# LÜGEN, SCHULD UND LEDERHOSEN

EIN SÜDTIROLKRIMI

VIOLA EIGENBRODT

# KAPITEL EINS

So zauberisch der brennende Himmel und der dramatische Sonnenuntergang am 31. Oktober gewesen waren, so schrecklich waren die sturzbachartigen Regenfälle der folgenden Tage, die reinste moderne Sintflut ergoss sich über Bozen. Hundebesitzer Michele Fornara ging in einer Regenpause am späten Vormittag des 1. Novembers sein Tier an der Talfer ausführen und bestaunte dabei das Hochwasser, mit dem sich der Stadtfluss rasch zu füllen begann.

An der Wassermauer-Promenade, die die Talferwiesen flankiert, zog Franzi gewaltig an der Leine. Michele ließ das Tierchen von dem Luxusteil, das er ihm zum letzten Hundegeburtstag aus dem Shop von Valentino in Mailand gekauft hatte. Normalerweise machte er solchen Unsinn nicht mit, aber diese war einfach allerliebst im alpinen Stil. Außerdem kaschierte das dazu gehörende Halsband den GPS - Tracker perfekt.

Neulich hatte ihn ein radikaler Klimaaktivist, dies war dem Aufdruck seines T-Shirts zu entnehmen, deswegen beschimpft, das sei Quälerei, man müsste Tieren nicht ihre letzte Freiheit nehmen und so weiter. Der Dackelmischling mit ausgeprägtem Jagdtrieb rannte wie von der Tarantel gestochen los, überquerte die matschige Grasnarbe und flitzte auf das gefährlich schnelle Wasser zu. Michele erschrak. Franzi war sonst auch kein Hund von Traurigkeit, aber so unvorsichtig hatte er sie noch nicht erlebt.

Er brüllte ihr hinterher, was nötig war, denn der Wind hatte schon wieder zugenommen. Da er als typischer Italiener nicht vorausgesehen hatte, dass es hier auf Bozens grüner Lunge durch das viele Wasser von oben rutschig sein könnte, kam er mit den eleganten Segeltuchschuhen nicht so recht voran, wollte er nicht selber in die Fluten stürzen. Oder zumindest auf seinen jeansbespannten Popo fallen.

Franzi fiel nicht in den Fluss, sondern hatte gestoppt und begann zu buddeln.

Endlich war ihr Herrchen an der Stelle angelangt. Erste Tropfen kündigten erneut Niederschlag an, als er sah, dass die Dackeldame etwas im Fang hatte. Da Michele immer fürchtete, sein Haustier würde alles Mögliche fressen, was ihm hinterher nicht bekommen könnte, zerrte er der Hündin, die sich heftig wehrte, die Beute aus den Zähnen.

Zuerst urteilte er, es sei eine zerbissene Wurst. Dann stockte ihm der Atem. Mit spitzen Fingern hielt er zwischen Daumen und Zeigefinger auch einen Finger, einen abgeschnittenen Ringfinger. Michele wollte an sein Handy, das in der Tasche am verlängerten Rücken steckte. Würde er dazu das „Fundstück“ ablegen, wäre Franzi sofort wieder im Spiel. Die guckte ausgesprochen böse und fing ärgerlich an zu bellen.

Das war Micheles Glück, denn eine Frau ging ebenfalls auf der Promenade spazieren und schaute nun neugierig zu Hund und Herrchen. Sie vermutete sicherlich einen

Dackelschänder, ihr Blick war nicht eben freundlich. Michele winkte aufgeregt, bedeutete ihr, doch zu ihnen auf die Wiese zu kommen, rief, so laut er konnte, es sei wirklich dringend. Vorsichtig trippelte sie mit einem Regenschirm bewaffnet über das nasse Gras in Micheles Richtung und blieb immer wieder stehen. Franzi sprang derweil vor Aufregung mehrfach in die Luft und drehte sich dabei beinahe um sich selbst.

Dass ihr kein Haar gekrümmt wurde, sah die Frau jetzt. Aber was wollte dieser Mann? Er fuchtelte ganz wild und machte mit der einen Hand das Zeichen zu telefonieren. Mit der anderen hielt er krampfhaft die Leine fest, und sie erkannte glücklicherweise nicht, dass er in dieser seinen grausigen Fund festhielt.

Als sie nahe genug gekommen war, um Worte besser verstehen zu können, rief ihr Michele zu, sie solle unbedingt die Polizei verständigen, es wäre etwas Schlimmes geschehen. Die Frau blieb wie zur Salzsäule erstarrt stehen und rannte dann weg.

Er konnte von weitem erkennen, wie sie ihr Handy aus der Manteltasche zog und eilig tippte.

Dann drehte sie sich noch einmal mit einem Gesichtsausdruck um, als ob Michele ein Schwerverbrecher wäre, und stob davon. Kurze Zeit später hörte man das Sondersignal der Carabinieri näherkommen. Der geborene Bozener war regelrecht erleichtert, denn nun wurde er endlich die Beute seiner braven Gefährtin los.

Nicht gerechnet hatte er mit den stundenlangen Verhören, die folgten und man natürlich ihn in den Verdacht nahm. Die Carabinieri quetschten den armen Michele aus, wo er denn die zum Finger gehörende Leiche versteckt habe, warum er diesen Körperteil denn abgeschnitten hätte, und stellten in einem fort ähnlich intelligente Fragen. Erst nachdem Micheles Lebensgefährte herbei gezerrt worden war und ihm ein lupenreines Alibi geben konnte, ließen sie von dem verschreckten Bürger ab.

Seine Hündin hatten die Beamten in der Zwischenzeit besser behandelt, mit einem Handtuch abgerubbelt, gefüttert und gestreichelt. Vor ihr stand eine Schüssel Wasser und neben ihr lagen ungnädig abgewiesene Leckerli. Die Ermittler vermuteten den Besitzer des Fingers, der in den Augen des Diensthabenden des Polizeipräsidiums nicht zwangsläufig tot sein musste, in der Nähe der Fundstelle.

Es gingen Meldungen an sämtliche Krankenhäuser der Provinz heraus, man ließ nicht nur das Talfer-, sondern auch Eisack- und Etschufer absuchen, ein gigantisches Unterfangen. Weil zusätzlich Hochwasser drohte, war die Möglichkeit recht wahrscheinlich, dass der Körper rasch ins Meer getrieben wurde, falls es sich um eine Leiche handelte. In einer Stadt wie Bozen mit recht hohem Verbrechensaufkommen wäre der Fall ebenso rasch untergegangen wie dieser in den Fluten der See, doch da ging die Meldung ein, dass beinahe gleichzeitig im Burggrafenamt ein toter Mann gefunden worden war. Ohne rechten Ringfinger. Sofort setzten sich die Beamten mit ihren Kollegen in Verbindung. Sie würden den Finger dorthin schicken.

## KAPITEL ZWEI

Es war frühmorgens am 1. November im Südtiroler Burggrafenamt, wie es ihn nur hier dank des golden leuchtenden Lärchenlaubs gegen einen kobaltblauen Himmel gibt. Der vorherige Abend hatte den Meranern zum keltischen „Samhain" einen spektakulären Sonnenuntergang präsentiert, gefolgt von einem leichten nächtlichen Regen. Anders als in Bozen war hier kaum Niederschlag gefallen, das geschah häufig. Das kündete von einem baldigen Einzug des Winters. Nur dann konnte der Tag danach so klar werden.

Das Begehen heidnischer Kulte im Land der Herz-Jesu-Verehrer wurde von vielen traditionellen Südtirolern mit Argwohn gesehen, die die zeitliche Übereinstimmung des Allerheiligen- und Allerseelenfestes der katholischen Kirche mit einem ganz ähnlichen, dennoch viel älteren Brauch nicht wahrhaben wollten. Den Kindern dagegen machte es Spaß und manch unorthodoxer Erwachsener feierte im Kostüm und maskiert auf Partys gerne mit.

Da klingelte das Mobiltelefon der Meraner Kommissarin Isabel Grüner kurz vor Dienstbeginn, aufgeregte

Carabinieri schwadronierten in schnellem Italienisch drauf los.

Vor der bereits angezogenen Frau mit dem reichen, kupferfarbenen Haar stand eine dampfende Tasse Rooibostee, den sie vor wenigen Minuten aufgebrüht hatte und eben trank. Immer wieder erstaunte Isabel ihre Kollegen mit der Fähigkeit, siedend heiße Getränke in einem Affenzahn die Kehle hinabzuschütten, anders konnte man das kaum nennen. Ohne Zucker, verstand sich. Nicht, um wegen ihrer rundlichen Figur ein bisschen abzunehmen, sondern sie hasste Süßes im Tee. Die passionierte Liebhaberin auserwählter Sorten hätte ihre edlen Getränke niemals mit solch künstlichen Zusätzen verunreinigt.

Da die Sekretärin Ursel um diese Zeit erst auf dem Weg zur Dienststelle war, informierte Grüner selbst ihren Kollegen Thomas Prinoth, Vertreter des krankgeschriebenen Matthias Ohnewein, per Sprachnachricht, das erwies sich am schnellsten.

Beim Castel Katzenzungen in Tisens/Prissian war eine männliche Leiche gefunden worden. Die Pathologin war auf dem Weg, KTU und Spurensicherung mussten informiert werden, sobald die Diensträume besetzt wären.

Die Fünfunddreißigjährige wohnte mitten in der Stadt, im Gebäude des alten Rathauses in der Sparkassenstraße. Es war die Wohnung ihrer Vorgängerin Lolita Mitteregger, die das schmucke Appartement seinerzeit gekauft hatte. Kein Balkon im obersten Stock, dafür aber eine Dachterrasse um einen Patio herum, im Sommer ein Traum.

Auf die belebte Sparkassenstraße führten verglaste Dachgauben, die in der warmen Jahreszeit allerdings zum Albtraum wurden. Doch das wusste die neue Kommissarin noch nicht. Mitteregger war ihre Kollegin in Brixen gewesen, nachdem sie vor einigen Jahren den Dienst an der Passer quittiert hatte.

Sie bot ihr die halbmöblierte Wohnung an, und Isabel übernahm sie dankend, das ersparte ihr viel Zeit und Geld. Nun eilte sie die ausgetretene originale und nicht ungefährliche Sandsteintreppe hinab und so schnell sie konnte durch die fast leeren Lauben zum Parkhaus Therme Meran. Ab und zu traf sie einen Bewohner auf dem Gang zur Bar, um den ersten Espresso des Tages zu nehmen und ein wenig in der Zeitung zu lesen.

Im Thermenparkhaus hatte ihr blauer Smart Roadster einen Dauerstellplatz, eine eigene Garage suchte sie bisher vergeblich. Der kürzeste Weg war über die Piave- und Gampenstraße zur Anschlussstelle der Schnellstraße SS 38 in Untermais, kurz MeBo genannt, weil sie von Meran nach Bozen führte, die sie in gut zwanzig Minuten in das schön gelegene Dorf bringen würde.

Vorbei an den abgeernteten Apfelplantagen auf der einen Seite und einem nicht attraktiven Industriegebiet auf der anderen, das sich bei Gargazon immer breiter machte.

Als sie in Nals nach Tisens/Prissian abbog, und die anmutige Landschaft bewunderte, nahm sich Isabel Grüner ein weiteres Mal vor, ab dem Frühjahr des nächsten Jahres endlich die malerischen Burgen und Burgruinen rund um das Weindorf intensiver zu besuchen. Sie war im Spätsommer hier mit ihrem Pedelec vorbeigegondelt und hatte sich eine ausführliche Tour ausgemalt, doch wie so oft war das Leben dazwischen gekommen.

Jetzt war sie unter Umständen hier zu Besuch, die das ungewöhnliche und charmante Castel Katzenzungen wirklich nicht verdient hatte. Auf dem Sonnenplateau ruhte das weiß leuchtende beinahe quadratische Gebäude über dem Etschtal mit seiner breiten steinernen Brückenzufahrt aus riesigen Bachwacken und dem romantischen verschnörkelten Weingarten, der einen der ältesten europäischen Weinrebenstöcke barg: der Versoaln.

Eine einheimische Traube, mehrere hundert Jahre alt, die man am Nordhang der Burg findet, ein Anblick wie gemalt unter dem Laubdach einer Pergola aus Kastanienholz.

Für die Weinkennerin und Liebhaberin ein Muss, eine Verkostung stand bei der Kommissarin an alleroberster Stelle. Ausgerechnet in dieser traumhaften Umgebung hatte eine Wandergruppe die Leiche gefunden. Sie waren von unten den Wanderweg Nr. 17 an den Rebenwurzeln vorbei nach oben gelaufen, und hatten am Treppenende, das auf den kleinen inoffiziellen Parkplatz vor der Burg endete, ihren entsetzlichen Fund getätigt.

Als sie den Tatort erreichte, ließ Isabel Grüner den Blick schweifen.

Sie bewunderte die unendliche Weite, die sich hier oben auf dem Sonnenplateau darbot, und die einmalige Aussicht über das Etschtal. Es hätte so ein schöner Moment sein können. Doch auf der Brücke zum Schloss kauerte wimmernd und in sich zusammengesackt die Frau, die die Wandergruppe für einen einmaligen Herbstspaziergang im Nebelwald hier hoch geführt hatte.

Ein paar deutsche Touristen mit Rucksäcken gaben bei Isabels Eintreffen den Carabinieri aus Lana ihre Beobachtungen zu Protokoll. Die ebenfalls gleich herbeigerufenen Rettungssanitäter verbargen anschließend den Blick auf die Leiche in einiger Entfernung, während die Polizisten den Tatort fotografisch festhielten und Spurensicherung und KTU aus Bozen sofort angefordert hatten. Bis dahin sicherten sie den Fundort.

Es war eindeutig ein Tötungsdelikt. Erschüttert trat die

Kommissarin neben den Toten und betrachtete ihn. Der Mann, der dort halb verborgen unter dem Baum lag, war splitterfasernackt, das Gesicht in einer Grimasse erstarrt, seine Lippen blutleer. Sein Hals war durchtrennt.

Wie ein grässliches Lächeln leuchtete die Wunde auf dem gelben Laub. Er wirkte nicht sehr groß und war ausgesprochen mager.

Irgendwoher kam er ihr sogar bekannt vor, doch woher bloß? Sie betrachtete den Rest des Körpers und entdeckte statt eines rechten Ringfingers eine klaffende Wunde.

Nun traf auch der sehr lange und schmale Kommissar Prinoth ein, wie immer schlampig angezogen, mit der obligatorischen E-Zigarette im Mund.

„Hoi, Isabel, was wirfst mich so früh aus dem Nest", versuchte er locker zu wirken. In Wirklichkeit war der hochintelligente Mann etwas verklemmt und eine Nachteule. Alle wussten, dass er sich gerne bis tief in die Nacht auf allen möglichen Streamingdiensten Serien „reinzog", dass er schlecht schlief und noch schlechter aß, und dass er sich, nach einem Rosenkrieg endlich geschieden, dennoch eine Frau wünschte. Das gab er allerdings nicht zu. Die neue Kollegin fiel rein optisch genau in sein Beuteschema, denn er stand auf Barockfiguren. Aber irgendetwas hielt ihn trotz ihrer warmherzigen Ausstrahlung von dem allerkleinsten Baggerversuch ab, darüber hinaus war er seltsam schüchtern.

Er verbarg außerdem sehr geschickt, was ihn für die meisten Frauen ziemlich attraktiv gemacht hätte: Klugheit, Charme, Humor und ausdrucksstarke Augen. Er versteckte sie hinter einer Brille, deren Gläser aus Fensterglas gefertigt waren. Er war ein wenig schräg und passte daher ausgezeichnet zur Kollegin Grüner, die ebenso von vielen Mitmenschen als ungewöhnlich empfunden wurde.

„Schaug“, meinte die Kommissarin nur und führte ihn zur Leiche. Prinoth verzog seine Miene. „Ist der von Halloween übrig geblieben?“, probierte er einen weiteren Scherz, und tatsächlich hörte man bei den Carabinieri den einen und anderen lachen. Grüner sagte gar nichts und machte ein steinernes Gesicht. Die Chefpathologin Lukrezia di Lorenzini war eingetroffen und Stefan Oberhofer, zurzeit in Vertretung gleichzeitig Boss der KTU, hatte bereits mit seiner Arbeit begonnen.

„Ihr fragts mich jetzt bitte nicht, was die Todesursache war“, fauchte die Medizinerin, der es definitiv zu früh am Morgen war.

„Todeszeitpunkt bis auf Weiteres: gestern am frühen Abend, vorläufig, wohlgemerkt. Wir haben jetzt Grade um den Nullpunkt, da verschiebt sich einiges“, sprach die Medizinerin und schaute sich die rechte Hand an.

„Ziemlich sicher post mortem abgeschnitten, mehr demnächst.“

Um Lob heischend blickte sie erwartungsvoll zu den beiden Kommissaren. Isabel Grüner kannte die kapriziöse Wissenschaftlerin nur vom Hörensagen, es war ihr bekannt, dass sie eine der allerbesten weltweit auf ihrem Gebiet war und dass gerätselt wurde, warum sie ausgerechnet in Bozen ihren Dienst tat.

Es sollte mit ihrer großen Liebe zu ihrer Frau, einer Punkmusikerin, zu tun haben. Sogar heutzutage war das noch immer ein Thema.

Isabel spürte, dass von ihrer Stellungnahme und der des Kollegen Prinoth, der mit di Lorenzini in Bozen zusammengearbeitet hatte, in Zukunft einiges in Sachen geeigneter Zusammenarbeit abhing. Da auch sie gerne in die Abteilung „schwierig im Handling“ abgeschoben wurde, war Einfühlungsvermögen angesagt.

Doch über dieses verfügte ebenso Thomas Prinoth. Von einer Sekunde auf die andere verwandelte er sich vom ungeschickten Morgenmuffel zum charmanten Ladykiller und benutzte dafür seine großen blauen Augen und eine weiche, warme Stimme.

„Dottoressa, wir wissen nicht nur, wieviel du in der Landeshauptstadt zu tun hast, sondern auch, wie ungern du dich zu früh festlegen möchtest. Du bist unser bestes Pferd im Stall, ohne deine exakten Analysen wären wir bereits in der Vergangenheit kaum weitergekommen".

Lukrezia war viel zu schlau, um die Schmeicheleien nicht genau als das zu erkennen, was sie waren.

Sie wurde keineswegs sauer, sondern anerkannte den guten Willen und den quasi zum Biss hingehaltenen Bauch, wie es Wölfe unter sich tun. Kollege Prinoth hatte sich als unterlegen gezeigt, sie nahm es an. Gerade wollte sie ihm gönnerhaft auf die Schulter klopfen, da trat Stefan Oberhofer zu den dreien.

„Ich hab' schon mal was für euch. Wir haben auf dem kleinen Parkplatz Spuren eines Fahrzeugs entdeckt. Noch ist er ja leer, keine Touristen da. Der Achsabstand und die Spurbreite der Reifen, 15 Zoll, sehen nach einem älteren Fahrzeug aus, möglicherweise ein Oldtimer. Der leichte Regen, der gestern nach Einbruch der Nacht angefangen hat, hat sie erhalten. Eventuell gehören sie zu einem VW Käfer. Oder", Oberhofer schien einen Geistesblitz zu haben, „sogar zu einem Kübelwagen. Ich sehe manchmal in Meran einen herumfahren, mit so einem Glatzkopf darinnen. Die Ralley „Südtirol Classic" ist sowieso schon lange vorbei, diese Möglichkeit können wir ausschließen."

Lukrezia di Lorenzini wunderte sich: „Aber das ist doch ein Kieselboden, wie konntet ihr da Reifenspuren finden?"

Stefan Oberhofer, ganz in seinem Element, verbesserte

gleich darauf. „Also, klassische Reifenspuren sind es ja nicht." Die Medizinerin rollte wegen dieser Haarspaltereien die Augen nach oben, nicht eingedenk der Tatsache wie übergenau sie selbst ihren Job nahm. Dann erklärte Oberhofer weiter:

„Das obere Ende des Versoalnrebstocks ist gleichzeitig auch eine Begrenzung vom Parkplatz. Unter seinem Blätterdach – ein paar gelbe Blätter hängen noch –, da, wo der Wanderweg bergab geht, ist reine Erde. Der Fahrer muss direkt darunter gefahren sein, vielleicht suchte er Schutz vor der heißen Sonne ..." Oberhofer hatte offenbar heute dasselbe Scherzkekswasser getrunken wie Kollege Kommissar Prinoth, die beiden Frauen schauten sich verwundert an, zuckten gleichzeitig die Achseln, sagten aber nichts.

Wer wusste, was dann noch alles käme. Das Eis zwischen der schicken Oberpathologin mit der dünnen Modelfigur und der pummeligen und leger-sportlich bekleideten Kommissarin war dadurch erfreulicherweise gebrochen.

Die Männer waren sofort im Gespräch über originelle Fahrzeuge, deren oft schrullige Besitzer und fachsimpelten, was es das Zeug hielt.

Isabel Grüner langweilte sich darüber und gab lieber eine Anweisung an die Carabinieri heraus, eine Abfrage über alle Oldtimerbesitzer, erst mal nur im Burggrafenamt.

Danach kümmerte sie sich um die Wanderführerin. Von der Gruppe, deren persönliche Daten festgehalten worden waren, hielt es keinen hier oben. Man hatte einen Mann und eine Frau mit Mühe davon abhalten können, den Schauplatz mit dem Handy zu filmen, dann zogen sie ohne ihren Guide in Richtung Castel Katzenzungen weiter.

Schließlich erwartete sie dort die gebuchte Weinverkostung.

Grüner versprach sich keine brauchbaren Erkenntnisse von der Landsmännin. Sie war nicht in der Lage, mehr zu erzählen als der Rest der Gruppe, hielt sich aber trotzdem zur Verfügung. Routinemäßig wurde sie zum Verlauf des gestrigen Abends befragt, den sie mit ihrem Nachwuchs und Ehemann bei einer Halloweenparty im eigenen Haus verbracht hatte. Gestartet hatte diese der Kinder wegen um siebzehn Uhr und beendet um einundzwanzig Uhr. Im Anschluss durfte die verstörte Frau gehen. Ihre Fingerabdrücke würde sie im Präsidium hinterlassen.

# KAPITEL DREI

„Wir brauchen unbedingt die Identität dieses armen Mannes“, sagte Kommissarin Grüner in einem Anflug von Verzweiflung später am Kornplatz zu ihrem Kollegen Thomas Prinoth.

„Einfach alles, was wir an Informationen über den Toten in Erfahrung bringen können, und das mit einem wahrhaft minimalen Ermittlerstand. Das kann ja heiter werden“, klagte der Kommissar. Die beiden befanden sich in einer prekären Situation.

Polizeichef Pixner war im Frühjahr pensioniert worden und Matthias Ohnewein, sein Nachfolger, nach einer überraschenden Aneurysma-Operation für längere Zeit in der Reha. Ohnewein, ein kräftiger, schlanker Mann und dank Lebensgefährtin Carmen und Dackel Eugen viel an der frischen Luft, hatte die Diagnose völlig unvorbereitet getroffen. Er war in diesem Jahr 53 geworden und seit längerer Zeit endlich mit sich selbst im Reinen. Ein hervorragender Polizist, der nun schmerzlich vermisst wurde.

Bei der jährlichen medizinischen Pflichtuntersuchung

war das Aneurysma im Bauch entdeckt worden, und der mitten im Leben stehende Mann wurde plötzlich mit seiner eigenen Endlichkeit konfrontiert. Die Krise allerdings hatte auch ihr Gutes. Seine erwachsenen Kinder, die die – schon lange überfällige und einvernehmlich verlaufene – Scheidung vor einigen Jahren nicht verkraftet hatten, kamen endlich wieder zu ihm. Die Angst um den Vater war stärker als alles Unverständnis und als jeder Egoismus.

Natürlich hatte er gebeten, in seinem Kurort von sämtlichen wichtigen Fällen unterrichtet zu werden.Da er es sowieso aus der Zeitung erfahren würde, schrieben sie ihm in knappen Worten, was geschehen war, und verbaten sich sämtliche Einmischungen. Schließlich wurde der neue Polizeichef gesund und munter in Meran gebraucht, und das kostete eben seine Zeit.

Darüber hinaus waren sie angehalten, Rapport über Eugens Wohlbefinden abzulegen. Ihn die ganze Zeit alleine in der Wohnung zu lassen, kam überhaupt nicht infrage. Abends hatte er Gesellschaft, Ohneweins Freundin Carmen holte ihn ab. So teilten sich die Polizisten im Kommissariat und die Carabinieri in der Petrarcastraße den verantwortungsvollen Zusatzjob. Einem wildfremden Hundesitter mochten sie den anspruchsvollen Jagdhund keinesfalls überlassen, auch wenn sich in Michele Fornara da wohl eine passende Person angeboten hätte.

Kommissarin Isabel Grüner war, endlich und nach langem Ringen mit Rom, als Ohneweins Verstärkung angekommen, und in Vertretung für den fehlenden Vorgesetzten sprang aus Bozen Thomas Prinoth ein.

So waren sie am Kornplatz schon wieder ein Hauptermittler zu wenig. Wie erfreulich, dass man sich auf die engagierten Kollegen der Carabinieriwache in der Meraner

Petrarcastraße verlassen konnte. Alles, was hier bei den Kommissaren an Material vorhanden war, wurde umgehend zu diesen umgeleitet.

Erste Erkenntnisse aus der Gerichtsmedizin trudelten ein, die Gerichtsmedizinerin hatte zurzeit kaum andere Kunden und war in der Lage, rasch zu liefern. Sie meldete sich über Zoom, damit alle Ermittler die Informationen gleichzeitig bekämen.

Der ältere Mann mitteleuropäischen Aussehens war nach deren Erkenntnissen tatsächlich an einem raschen Schnitt durch die Kehle, bei dem der gesamte Kopf beinahe durchtrennt wurde, am späten Nachmittag des 31. Oktobers getötet worden. Ziemlich sicher handelte es sich bei der Tatwaffe um ein Jagdmesser.

Zusätzlich wurde festgestellt, dass der Tote kurz vor seiner Ermordung Sex gehabt hatte und randvoll mit Alkohol und Kokain gewesen sei.

Sein Alter ließ sich auf Mitte fünfzig festlegen, obendrein bescheinigte ihm Pathologin Prof. Dr. Lukrezia di Lorenzini einen desaströsen körperlichen Zustand, zu dem ein ausgewachsenes Magengeschwür kurz vor dem Durchbruch gehörte, und – zu diesem Zeitpunkt für die Ermittlungsarbeiten am wichtigsten –, dass der Ringfinger post mortem abgeschnitten worden war. Außerdem wiesen Hämatome an Unterarmen und auf dem Oberkörper auf Schläge hin, alle älteren Datums. Seine Zähne würden Auskunft geben, falls sein Zahnarzt gefunden würde. Wenig hoffnungsfroh, wie die Pathologin sarkastisch hinzufügte.

Dafür trug er einen auffälligen Ehering am linken Finger, geflochten aus drei verschiedenfarbigen Goldsorten, eingraviert waren die Initialen S.S. und ein Datum, der

4.4.1994. Das half in der Sache nicht weiter. Lukrezia di Lorenzini fuhr mit den vorläufigen Untersuchungsergebnissen fort und ließ sich damit Zeit.

„Dass er viel Alkohol und Kokain intus hatte, wisst ihr ja bereits. Der Kokainkonsum ging über längere Zeit, mindestens zwei bis drei Monate. Und gestorben ist er aller Wahrscheinlichkeit nach an diesem Schnitt durch die Kehle. Aber ...", weiter kam sie zunächst nicht, denn die Kommissarin unterbrach sie.

„Aller Wahrscheinlichkeit nach? Wer überlebt schon eine Halsabschneiderei?", schnauzte Grüner ins Telefon. Den mitunter merkwürdigen Humor der Rechtsmedizinerin Lukrezia kannte sie noch nicht und nahm diese Bemerkungen zu ernst.

Dann sah sie alle anderen grinsen und di Lorenzini redete weiter.

„Liebe Isabel, solange ich keine hundertprozentigen Feststellungen machen kann, bleibt's bei dieser Formulierung. Bene?" Sie holte kurz Luft, während der Rest der Mannschaft schwieg.

„Der Mageninhalt geht gegen nichts. Seine letzte größere Mahlzeit hatte er vierundzwanzig Stunden vorher verputzt, den Tag über wohl hauptsächlich getrunken. Reste von belegten Brötchen habe ich gefunden, sonst nichts. Mit ihm bin ich dann soweit fertig. Als mir der Herr hier gebracht wurde, hatte ich gerade eine schockgefrostete Soldatenleiche aus dem ersten Weltkrieg auf dem Tisch. Höchst interessantes Forschungsobjekt, das kann ich euch sagen. Sehr gut erhalten und aufschlussreich in Sachen Ernährungsgewohnheiten von vor hundert Jahren. Also", di Lorenzini war bei ihrem Lieblingsthema angekommen und würde sicher noch sehr lange weiter geplaudert haben, wobei man sie, wollte man auf ihre unschätzbare Mithilfe nicht verzichten, niemals unterbrechen durfte. Da hörte man laut und deutlich einen Piepser im Hintergrund.

„Oh, mein Süppchen kocht“, rief die Chefpathologin, „ich melde mich wieder“, und verließ augenblicklich den Raum. Sitzung beendet.

Doch das Rätsel, um wen es sich bei der Leiche handele, ohne ganz Südtirol einzubeziehen, wie einige Jahre zuvor bei dem verschwundenen Promi-Maler Erwin Tschurtschentaler in einer sinnlosen Medienkampagne dank Tageszeitung „Rosengarten“, löste sich bei der Auswertung der Fotos erstaunlich schnell.

Carabiniera Patti Mayrhofer erkannte den Mann auf den Bildern trotz Entstellung sofort. Mayrhofer hatte am Tag der Leichenbergung frei gehabt und sah die Fotos erst jetzt.

Sie erschrak. Es handelte sich eindeutig um den Ehemann einer Bekannten.

Silvia Silla, eine Meraner Geschäftsfrau, in deren Trachtengeschäft „Goaslschnöll“ in den Berglauben die blonde, zierliche Patti und ihre Mutter gerne ihre Outfits für die Wiesn in München auffrischten. In Sillas Laden hing ein großes Bild des Ehemannes und Politikers Robert, der auf dem Foto den ungewöhnlichen Ehering trug. Mayrhofer und der ganzen Stadt war bekannt, dass die Eheleute zwar seit Sommer getrennt lebten, die glamouröse Wahlparty Roberts kleiner Partei aus Imagegründen aber ein letztes Mal zusammen gefeiert hatten. Der „Rosengarten“ kannte tagelang kein anders Thema, mit vielen Abbildungen aller Gäste in sämtlichen Lebenslagen. Die etwas über fünfzigjährige Silvia Silla wurde zwecks Identifizierung umgehend einbestellt und die Carabinieri ins Präsidium eingeladen. Ein Schlachtplan wurde entworfen.

Daher saßen Isabel Grüner zusammen mit Thomas Prinoth, Patti Mayrhofer und Appuntato Toni Scarpone im Besprechungsraum. Die Carabiniera im Range eines Alievo Ufficiale zeigte sich wegen ihrer Bekanntschaft mit Silvia Silla nicht befangen, sondern mehr engagiert als üblicherweise, den Fall mit aufzulösen.

Ihr Freund und Kollege Brigadiere Carmine Losso, Ranghöchster nach dem Maresciallo, befand sich auf einer Schulung in Rom, er würde auf Empfehlung seines Vorgesetzten Franco Marini selbst zum Maresciallo befördert werden.

Der charismatische Marini hatte seinen verdienten Jahresurlaub genommen und weilte bei Freunden in Neuseeland. Dort war es jetzt Frühsommer und er konnte die Heimat eines Vogels bewundern, der ihn im letzten Fall beinahe den letzten Nerv gekostet hatte, ein Kea. In zwei Wochen jedoch wurde er wieder in Meran erwartet.

Die Stadt war nach dem letzten Aufbäumen eines strahlenden Herbstes inzwischen wie in graue Tücher gehüllt. Nachdem ein schwerer Sturm von der Adria kommend ungeheure Regenmassen über die Dächer gedrückt hatte und sich Passer und Etsch gefährlich füllten, setzte sich zum Schrecken der sonnenverwöhnten Bewohner der Stadt das Regentief zu allem Unglück fest. Es schüttete Bindfäden, und das konnte dauern.

Wer schlau war und Wintersport liebte, erklomm flugs die Berge, wo die Sonne auf den glitzernden Schnee des allseits beliebten Skigebiets Meran2000 schien. In der Vorsaison ein wahres Vergnügen, keine stundenlangen Schlangen vor den Lifts, freie Ski- und Rodelbahnen. Loipen geräumt und Wanderwege für das beliebte Schneeschuhwandern vorbereitet. Der Wintersporttourismus, in den letzten Jahren durch die trockenen, zu warmen Winter ohnehin stark zurückgegangen, wurde nicht vor der Ferienzeit um Weihnachten herum erwartetet. Wer Zeit hatte, genoss das umfangreiche Schneegebiet in familiärer Atmosphäre.

Zudem stand das beliebte „Meran Wine Festival" vor der Tür, was die kleine Stadt zusätzlich überfüllte. Die Messe fand traditionell im Kurhaus statt, kostete einen astronomischen Eintritt, bot dafür aber nicht nur önologische, sondern auch kulinarische Highlights. Wer auf sich hielt, nahm teil, eine Rundreise nicht nur durch die klassisch italienischen und weltberühmten Weinanbaugebiete. Isabel Grüner freute sich seit geraumer Zeit darauf und hatte sich, trotz ihres nicht gerade üppigen Salärs bei der Polizei, die Eintrittskarte für einen Tag gegönnt.

Toni brachte aus dem nahe gelegenen, kürzlich gegen einigen Protest der umliegenden Barbesitzer eröffneten Starbucks Kaffee für alle mit, schließlich war es erst kurz nach neun Uhr.

Thomas Prinoth, der älteste der Runde, blickte konsterniert auf die großen Pappbecher mit den sonderbaren geschlitzten Deckeln, die ihn ein wenig an Schnabeltassen im Altersheim erinnerten, und guckte dann missbilligend drein. Toni, Patti und Isabel sahen das und grinsten sich heimlich an.

„Ernst herbei", befahl da der Kommissar. Weil er versuchte, dabei streng zu schauen, was ihm nicht gelingen wollte, mussten sie alle vier lachen.

„Nun", meinte Prinoth, „zu lachen gibt's eigentlich nicht wirklich etwas. Aber es tut uns allen gut. Wir sind ganz neu in dieser Konstellation, und wenn ich mich nicht irre, einer der wenigen Questuren in Italien, oder wenigstens in Südtirol, mit einer gut gemischten Besetzung."

Er hielt kurz inne und überlegte, ob es nicht besser sei, ein „vielleicht auch mit anderssprachigen oder zugewanderten Kollegen" hinzuzusetzen, glaubte aber, damit zu sehr vom Thema abzulenken. Wie üblich saß ihnen schon die Presse im Nacken und schrieb sich die Finger wund über die „gewohnt" unfähige Polizei und das bei einem Mord an einem so hochrangigen Politiker. Den sie normalerweise links liegen ließen. Ein gefundenes Fressen. Sie mussten rasch Land gewinnen.

„Gehen wir gleich zur Sache", forderte Isabel und griff nach ihrem Block.

„Wir wissen inzwischen, wer der Mann ist. Als Nächstes müssen wir die trauernde Witwe erneut befragen. Denn außer der Identifizierung der Leiche haben wir sie hier in Ruhe gelassen. Ihr Alibi bringt nicht viel, wie ihr wisst", legte sie eine Pause ein.

„Ich fand ja, dass sie wenig ergriffen bei seinem Anblick wirkte", mokierte sich Patti. Sie stand auf und fing an, der großen Glastafel, die sie für aktuelle Fälle eingerichtet hatten, Zettel mit Namen und Verbindungspfeilen anzuheften.

„Auf mich machte sie wirklich einen kaum überraschten Eindruck", legte sie nach, „als ich sie deswegen anrief, wunderte sie sich vielmehr, eine Kundin am Apparat zu haben. Ich hatte ihr meinen Beruf nie erzählt. Viele Menschen reagieren irritiert, wenn sie einen Polizisten privat treffen." Die anderen nickten.

„Dabei handelt es sich um ihren eigenen Mann", entrüstete sich Toni. Er war frisch verliebt und sehr entflammt für seine Neue.

„Auch wenn sie seit einigen Monaten getrennt lebten, waren sie doch sehr lange zusammen", fügte er rasch hinzu.

„Hier ist vieles komisch“, erklärte Isabel. „Zum Beispiel, dass der Typ völlig nackt war, Anfang November.“

Da wusste Patti Rat.

„Wenn er den Sex kurz vor dem Exitus vielleicht in dem Fahrzeug hatte, von dem wir Reifenspuren haben, könnte das der Grund sein.“

Kopfschüttelnd stimmten alle zu. „Magari (italienisch für vielleicht, wird sehr häufig benutzt). Falls die gefundenen Reifenspuren mit dem Fall zu tun haben und falls das der Tatort ist“, wandte Toni ein.

„Unsere Starpathologin konnte zusammen mit Stefan Oberhofer nachweisen, dass der Fundort nicht der Tatort ist. Soviel steht bisher fest“, erklärte Thomas Prinoth.

Sie besprachen, wer alles zum Verhör einbestellt werden sollte, neben den Familienangehörigen das politische Umfeld, Freunde, Freundinnen, Geliebte, Liebhaber und so weiter. Die Gattin musste durchleuchtet, zusätzlich zu dem villenartigen Stadel im schicken Tscherms die Trachtenboutique durchsucht werden. Eine Bewilligung für beides so schnell wie möglich beschafft werden. Das dauerte beim Oberstaatsanwalt in Bozen erwartungsgemäß lange, in diesem speziellen Fall gab es die Hoffnung auf eine rasche Zusage.

Als Nächstes brauchten sie dringend die Hardware Robert Sillas, Rechner, Handy, Tablets, iPod, alles, wodurch sich manches klären würde. Sofern diese Gegenstände nicht im Haus des Ehepaars waren, würden sie Amtshilfe der Kollegen in Rom brauchen. Dort hatte Silla eine Zweitwohnung.

Während Patti Mayrhofer die Sache mit dem Finger in das Einzugsgebiet der Mafia verortete, begann Isabel Grüner die Vorgeschichte des Ermordeten zu durchleuchten, sie erhoffte sich erste Erkenntnisse durch die Befragung der Ehefrau.

Kollege Prinoth recherchierte außerdem in Sachen Drogenmissbrauch, der hohe Kokainanteil im Blut war sicher kein Einzelfall. Möglicherweise hatte der konservative Politiker, der häufig in Rom war und dort eine Wohnung hatte, ein „second life".

Appuntato Toni Scarpone sah ein Tatmotiv in der Politik. Die Partei, der Silla angehörte, war als nicht gerade zimperlich bekannt.

Bis die für sie so wichtigen Untersuchungsmaterialien wie weitere gerichtsmedizinische Erkenntnisse, DNS-Spuren, Gewebeproben und Fingerabdrücke zusammengekommen und ausgewertet sein würden, mussten sie sich auf die Zeugenbefragungen verlassen, und so beschloss das Team, zu allererst Silvia Silla erneut einzubestellen.

„Nein", meinte da Isabel, „wir fahren zur ihr hin. Ich nehme Patti mit. Wollt ihr beide, Thomas und Toni, euch weiter an die Sichtung dessen, was über die Partei generell und im Zusammenhang mit Silla im Netz zu finden ist, machen? Besonders natürlich hinsichtlich der Wahl.

Da müsste man unbedingt auch die wichtigsten Presseorgane durchforsten, Leserbriefe, Meinungen und so weiter. Vielleicht gibt es da sachdienliche Hinweise, man weiß ja nie". Toni nickte und Kommissar Prinoth, der ein wenig wasser- und somit regenscheu war, stimmte zu.

Da erreichte das Kommissariat eine aufregende Nachricht: Der Ringfinger einer männlichen Hand war wenige Tage zuvor am Ufer der Talfer gefunden worden. Diese Mitteilung passte perfekt zum Leichenfund. Der Finger gehörte zu Lukrezia, und entweder Grüner oder Prinoth müssten den Finder befragen. Hoffentlich gab es dort eine Spur. Grüner forderte sämtliche Unterlagen darüber von den Kollegen aus Bozen an. Die waren außer sich vor

Freude, den Fall abgeben zu können. Sie hatten kurz zuvor ein Mafianest in einem Innenstadtkiosk, der hauptsächlich Lose für Lotterien verkaufte, ausgehoben. Südtirol war infiziert, soviel stand fest, sogar mehr als befürchtet. Die Polizei der Hauptstadt war beschäftigt.

# KAPITEL VIER

Von der Meinhardstraße fuhren die beiden Frauen tags darauf mit Pattis altem Alfa los, in der Hoffnung, die trauernde Witwe Robert Sillas bei sich zu Hause vorzufinden.

Vorher holten sie eilig den Rauhaardackel Eugen in Kommissar Ohneweins Algunder Wohnung ab, der schon in den Räumen freudig bellte, als Patti nur den Haustürschlüssel drehte. Nachdem sie die Wohnungstüre geöffnet hatte, sprang das Tierchen an ihr hoch und verteilte vor Freude Küsschen. Die geschmeidige Carabiniera, eigentlich eine Katzenfreundin, wand sich hin und her, und bekam den aufgeregten Hund endlich an die Leine. Unten angekommen, Ohnewein wohnte im zweiten Stock eines Mehrfamilienhauses, rannte Eugen an dem langen schmalen Lederband wie ein geölter Blitz zur nächsten Hausecke und erleichterte sich. Patti Mayrhofer war bekannt, dass dies in der gutbürgerlichen Wohngegend nicht gerne gesehen wurde, verstand aber die Nöte des Rüden. Der stand schon wieder hechelnd vor ihr und schien sie anzulachen.

„Ja, Eugen mein Freund, du darfst ja mit“, versprach die

junge Frau, bückte sich, strich ihm über das graubraune Fell und kraulte ihn. Meistens hatten die Kollegen und sie nur Zeit, Eugen um die vier Ecken und auf die Hundewiese in der Nähe zu führen, manchmal aber nahmen sie ihn auch mit. Kommissarin Grüner stand mit Tieren auf Kriegsfuß, sie mochten sie umgekehrt genauso wenig. Einzig ein kleiner gelber Wellensittich teilte eine Weile sein Leben mit ihr, und der Bergpapagei, der ebenfalls geraume Zeit mit den Carabinieri auf der Wache in der Petrarcastraße unfreiwillig verbracht hatte, würde ihr gefallen haben. Dieser Dackel müffelte ihr zu sehr und sprang über sie hinweg auf den Rücksitz, nicht ohne ein paar Fellhaare auf ihrem schicken Trenchcoat hinterlassen zu haben.

„Ich seh's ja ein, dass ihr das eurem Hias Ohnewein versprochen habt, und ich sag jetzt auch nichts", brachte sie jegliche Diskussionen über das interkommissarische Dogsitting im Vorfeld zum Schweigen. Sie planten, bis zum Ansitz Kränzel zu fahren, wo sie den Wagen parken würden.

Die letzten paar Meter in den Tränkweg wären schnell gelaufen, zumal sich der Dauerregen endlich eine kleine Pause gönnte. Isabel Grüner war nach ihrer Ankunft in Meran im Sommer mehrfach dort gewesen. Sie liebte nicht nur das alte Weingut mit historischer Mühle und Wasserrad, sondern auch den großartigen Garten mit seinem einzigartigen Labyrinth.

Stundenlang durchwanderte sie die sieben Abteilungen des Parks, wenn Meran wieder einmal unter einer Gluthaube verstaubte, und verweilte umgeben von Kunst und Natur. Hier fanden häufig in einem kleinen Amphitheater, geformt aus einer Grasfläche, Konzerte statt, stets ausgesuchte Qualität, oder zur Freude der Weinkennerin im romantischen Keller des Ansitzes Verkostungen exklusiver

Weine. Man würde da den Hund ein wenig auslaufen lassen.

Die Kommissarin hatte in Brixen Karriere gemacht. Nun wieder etwas mediterraner zu leben, passte ihr sehr gut. Ihr Privatleben hielt sie so geschützt es ging. Niemand brauchte zu wissen, dass sie eine Transgenderfrau war. Es würde schon noch früh genug durchsickern, da war sie sich sicher. Isabel schminkte sich sehr dezent, war mittelgroß und ein wenig mollig, allein ihre kräftigen Hände könnten auffallen.

Patti überlegte hinter dem Steuer, welche Ergebnisse ihrer ersten Internetrecherchen sie der Ranghöheren in Kürze referieren sollte. Wie stark sie ihren Freund und den Kollegen Carmine Losso vermisste, erzählte sie nicht einmal ihrer besten Freundin. Um ständige Gedanken an ihn zu vermeiden, trainierte sie mehr als sonst im Sportstudio Win Tsun, schob Überstunden und nahm sich Arbeit mit nachhause.

Im Netz stöberte die Carabiniera aus zwei Gründen gerne herum: Erstens stand dort manchmal mehr, als die Familie und Freunde bekannt geben wollten, und zweitens konnte man an Hand von Bewertungen oder Kommentaren einen zaghaften Anschein der Person bekommen, die man untersuchte. Allerdings schätzte sie diese Eindrücke mit großer Vorsicht ein, sich der Subjektivität durchaus bewusst.

„Beide Sillas haben viele Einträge, allerdings nur geschäftliche, nichts Privates oder gar Familiäres. Der Trachtenladen bekommt durchweg gute Bewertungen, abgesehen von einem Kunden, dem sein Janker nicht schnell genug genäht worden war. Die anderen überschlagen sich derartig an Lobeshymnen, dass die meisten garantiert gekauft wurden“, referierte die Jüngste der Carabinieri.

Isabel dachte bei der Erwähnung des „Familiären“ an die eigene Verwandtschaft, mit der sie seit Jahren kein Wort mehr gesprochen hatte, und konnte sich ein angedeutetes Lächeln nicht verkneifen.

„Logischerweise hatte Robert Silla auf seiner Webseite auch kritische bis hin zu verletzende Kommentare bei ein paar Blogbeiträgen. Manche hat er beantwortet, oder beantworten lassen, manche auch einfach stehen lassen, die haben sich selbst vorgeführt. Flüchtig drüber geschaut scheint er recht intelligent und eloquent gewesen zu sein. Für die letzten zwei Monate hat er auffällig wenig in seinen sonst regelmäßig geführten Blog geschrieben. Vorher kam nämlich wöchentlich immer etwas zu einem aktuellen Thema. Das lässt im August stark nach und im September war gar nichts mehr. Hinsichtlich der damals bevorstehenden Wahl recht erstaunlich. Die ganzen Zeitungs- und sonstigen Medienberichte, in denen er erwähnt wird, habe ich noch nicht gesichtet, aber das haben ja jetzt Thomas und Toni übernommen.“

Sie fuhren in den Kreisverkehr ein, von dem aus sie zum Ansitz abbogen.

Isabel äußerte sich nicht dazu, außer einem kurzen gedankenvollen „Hm.“

Die Polizistin war flüchtig gedanklich abgerutscht in ihre eigenen familiären Angelegenheiten, die in den Jahren vorher relativ bald auf der Arbeit zum „Outing“ führten. Irgendwann war es den Mitarbeitern aufgefallen, dass Isabel niemals Familienmitglieder, Feste oder dergleichen erwähnte. Und dann ging es los ...

Sie waren fast da, Patti fuhr automatisch langsamer, und Isabel war innerlich gleich wieder voll im Einsatz.

„Und die Signora?", wollte die Kommissarin dann doch wissen, während Patti links abbog.

„Sie führt den Blog auf der Webseite der Firma, der von ihr persönlich – oder sie lässt es so aussehen – mit Content gefüllt wird. Nichts Auffälliges. Sie informiert seit einiger Zeit ihre Kunden und Leser hauptsächlich mit der Idee, als erste einen Laden mit veganer Mode einzurichten und bat um Stellungnahmen. Wenn welche kamen, dann wohl privat, auf der Seite jedenfalls nicht. Sonst so gut wie nichts."

„Wir sollten darauf weniger Zeit verschwenden", meinte Isabel, „es gibt Kollegen in der Questura, die wir Bankverbindungen und so weiter untersuchen lassen können. Wir müssen uns auf unsere Kernkompetenzen besinnen", erklärte sie ein bisschen großspurig.

„Sollten wir die nicht als Nächstes die Familie des Opfers vernehmen lassen?", fragte dann Patti. Sie waren da. Die Polizistin parkte das Auto schnell und geschickt ein.

„Natürlich", antwortete Isabel, „Geschwister sind entweder total verstritten oder verstehen sich sehr gut. Meistens wissen sie deutlich mehr als die Eltern. Die hier sind ja auch schon reichlich alt", urteilte sie über die Erzeuger des Ermordeten.

„Was ist mit den Schwiegereltern?", überlegte Patti weiter, „die Laimers sind nicht ganz unbekannt bei uns in der Gegend."

„Auf alle Fälle. Roberts Kollegen wären für meinen Geschmack so schnell es geht an der Reihe, das hat mir dein Kollege Toni noch einmal klar gemacht, der sich auf ein politisches Motiv einschießt."

„Wir haben zu tun", freute sich die Alieva Ufficiale, es hätte ja ohne Franco Marini und Carmine Losso womöglich langweilig auf der Wache werden können. Allerdings sorgte

Eugen gelegentlich für Aufregung, sein Umgang mit der weiblichen Kundschaft war nicht immer gentlemanlike. Ohnewein hatte den Teckel offenbar reichlich auf Händen getragen, er nahm nicht jedes Leckerli und trank nur spezielles Wasser.

Patti und Toni waren den Umgang mit verwöhnter Tierbesatzung in ihrer Wache gewöhnt und trugen alles mit Fassung. Freilich befürchteten beide, die seit langem vermisste Stationsmieze Molly könnte für immer verjagt worden sein, denn Eugen hatte, wie sie fanden, mit einem unverschämten Grinsen auf der Schnauze, Mollys Katzenkorb, ursprünglich sogar ein Hundekörbchen, sofort in Beschlag genommen. Dunkle, kriegerische Zeiten zeichneten sich ab. Jetzt blieb er vorerst im Wagen.

Schon standen sie an der sehr modernen Tür in einem riesigen alten, teuer renovierten Stadel, dessen Mauerwerk von längst vergangenen Zeiten erzählte. Auf die Tür war eine Metallhand geschmiedet, mit der Isabel klopfen wollte. Stattdessen erklang bei der Berührung ein tiefer Gong. Die beiden Polizistinnen schauten sich erstaunt an, warteten ein bisschen und sahen dann eine winzige Kamera, hübsch versteckt im Handrücken. Sie zeigten ihre Ausweise. Endlich öffnete sich die Tür von selbst. Ein grauer, zerzauster Haarschopf erschien, betrachtete den Besuch und bat die beiden schließlich in die gute Stube.

# KAPITEL FÜNF

Silvia Silla hatte sich, als die Beamtinnen aufkreuzten, gerade zu einem Highnoon-Nap hingelegt, nachdem sie die ganze Nacht hindurch kein Auge geschlossen hatte. Wie sollte es überhaupt weitergehen? Gesellschaftlich war sie geliefert, soviel stand fest. Immer wieder bilanzierte sie ihre Situation, schwankend zwischen Angst, Wut und ein wenig Genugtuung.

Roberts Partei hatte im September gewonnen, er aber war sofort aus dem Spiel genommen worden, den Grund kannten außer ihr nur wenige.

Wo stand sein innig geliebter Bruder Benno? Der Sportler und Verleger lebte mit seiner Familie im Pustertal. Dort war er mit Frau und den beiden Jungen jedes Wochenende unterwegs, Skitourengehen, Skifahren, Snowboard, Langlaufen abseits von gespurten Loipen – der neueste Trend – und anschließend sehr traditionell ein Käsefondue in der eigenen Hütte auf der Seiser Alm. Er war konservativ und mochte seine Schwägerin nicht besonders leiden, seit ihrem intensiven Alkoholmissbrauch immer weniger. Frauen, die tranken, waren ihm ein Gräuel.

Der ehemalige Fahrer von Roberts Limousine Gianni, sein abgelegter Liebhaber, war mit Sicherheit schon längst über alle Berge, so wie ihr Mann das geschildert hatte. Das Opfer hatte noch während der Wahlparty in der italienischen Hauptstadt die Befürchtung geäußert, Gianni würde in seiner Rachsucht über den Abbruch ihrer Liebesgeschichte sehr wahrscheinlich als Allererstes Roberts zweite Kreditkarte plündern, die er ihm blind vor Verliebtheit damals geschenkt hatte.

Ihr Mann hatte sie zwar online gleich sperren lassen, doch das konnte dauern, die Browser waren an diesem Abend hoffnungslos überfordert. Zusätzlich hatte er dem temperamentvollen Süditaliener seine unfreiwillige Offenbarung und den damit verbundenen „Rausschmiss" aus der Partei zu verdanken. Rache wäre Robert zugestanden, doch der fühlte sich nur noch ausgebrannt und leer.

Als sie nach der Nacht in einem sehr vornehmen Hotel Rom verließen, hätte sie Robert am liebsten zur Hölle gewünscht. Mit dem Bekanntwerden seiner Homosexualität, dem jahrelangen Versteckspiel und der eiskalten Verabschiedung von sämtlichen wichtigen Positionen aus seiner Partei, wenn auch zunächst inoffiziell, wäre in kurzer Zeit ihre Reputation als seriöse Geschäftsfrau eines Ladens, der ausgerechnet traditionelle Trachtenmoden verkaufte, dahin. Ihre ohnehin launige Idee, sich mit veganer Kleidung zeitgemäßer darzustellen, ad absurdum geführt.

Silvia war sich der Konsequenzen sofort bewusst. Sie ertränkte wie üblich ihre uferlose Angst davor mit dem Südtiroler Schnapsbundele, stets wohl gefüllt mit erstklassigem Enzian. Robert strebte nicht mehr in seine Miniwohnung in der Ewigen Stadt zurück, er verzog sich in das Dachgeschoss des gemeinsamen Stadels. Die Eltern hatten ihn Silvia zur Hochzeit geschenkt und waren selbst in eine kleine Wohnung in der Nähe gezogen. Das große Haus war Familienbesitz von Silvias Mutter Gerlinde, der Augscheller-Hof. Die Tochter war sogar dort geboren, weshalb sie von dem aus der „Großstadt“ Sterzing stammenden Robert gerne als Landei bezeichnet wurde.

Nun dämmerte seine Gattin vor sich hin in Erwartung des Tsunamis sämtlicher finanzieller und persönlicher Folgen. Um den Shop musste sich ihre beste Mitarbeiterin Traudl kümmern. Die Einzige, der die wirtschaftliche Situation des Ladens, der vielen Kunden inzwischen einfach zu teuer geworden war, kannte. Robert hatte von Hause aus Geld und war in Südtirol als Politiker von hohen Diäten verwöhnt. Das erbte nun alles Silvia.

Am Ende hatte jemand den Streit am Abend vor der Ermordung mitbekommen. Robert war knappe zwanzig Kilometer weiter weg aufgefunden worden und sie fuhr einen SUV, mit dem sie eine Leiche locker hätte transportieren können. Dass sie eine gute Freundin in Prissian hatte, würde als Nächstes herauskommen. Ihre Impulsivität, gepaart mit Jähzorn war unter ihren Mitarbeitern gefürchtet.

Silvias im ganzen Land geachtete Eltern waren ihr keinesfalls eine Hilfe. Unlängst erst hatte sie der Vater mit dürren Worten informiert, dass er die Mutter zum 1. November in einem Heim in Toblach untergebracht hatte, weil es nicht mehr länger mit ihr auszuhalten gewesen war. Er selbst hatte dort ein kleines Appartement und sah sich mit diesen neuen Gegebenheiten ärgerlich konfrontiert.

Silvia war zum ersten Mal seit über fünfundzwanzig Jahren ganz für sich alleine und schlingerte wie die Titanic. Schwager Benno hatte angerufen, er war – trotz gegenseitiger Antipathie – der Einzige, mit dem so etwas wie eine Kommunikation möglich war. Er, selbst ein Häufchen

Elend, hatte ein Gespräch angeboten, war offensichtlich neugierig, wie dieser letzte Abend in Rom verlaufen war. Ob er sie im Verdacht hatte? Ob er seiner Schwägerin überhaupt an allem die Schuld gab?

Mit verschwollenen Augen, in Wollleggins und einem alten verfleckten, viel zu großen Sweatshirt empfing sie Isabel Grüner und Patti Mayrhofer und bot ihnen Kaffee an. Die vornehme Ladeninhaberin war völlig ungeschminkt, und so fielen ihre ungefärbten Haare und ihre tiefen Falten deutlich auf. Sie roch nicht eben frisch. Den Kaffee brauchte sie selbst dringend und die Beamtinnen nahmen ihn aus taktischen Gründen an. Eine Art Erleichterungsgefühl machte sich sogar bei Silvia breit, denn immerhin konnte sie nun reden.

Isabel musterte sie, während Patti sich ein wenig umsah. Vom Feinsten, aber verwahrlost.

„Wir haben einige wichtige Fragen an Sie, Frau Silla. Wir können das hier besprechen, oder Sie kommen mit uns auf die Wache. Falls Sie eine Aussage zu machen haben, müssten wir sowieso auf das Revier“, erklärte Kommissarin Grüner etwas schärfer als geplant.

Die Prominente, die bekanntermaßen über die Grenzen der Stadt Meran hinaus gerne in Leserbriefen gegen Flüchtlinge und andere „Asoziale“ wetterte, schien ihr in ihrer Verwahrlosung noch verachtenswerter, als sie es für sie persönlich ohnehin schon war.

Patti bemerkte das und glich vermittelnd aus.

„Wir stehen ganz am Anfang unserer Ermittlungen und können zurzeit noch nichts ausschließen. Ihre Hilfe ist für uns von unschätzbarem Wert.“

Silvia, die zunächst erschrocken drein geguckt hatte, schien etwas beruhigter. Sie schlürfte an ihrem Espresso und begann dann einen längeren Bericht über den allerletzten Abend mit ihrem verstorbenen Ehemann. Zwischendurch stockte sie immer wieder, überlegte und gab endlich unter Räuspern zu, dass sie übel gestritten hatten.

Isabel hakte hier nach:

„Worüber sind Sie denn so in Rage geraten und wenn Sie uns diese Szene noch einmal so detailreich wie möglich schildern würden?"

Solange Silvia nach Worten rang und augenscheinlich überlegte, was sie preisgeben konnte oder sollte, machte sich Patti Notizen auf ihrem Smartphone.

„Ich war insgesamt mit der Situation unglücklich. Robert war ein großartiger Rhetoriker und so war es ihm gelungen, mich zu dieser Schmierenoperette zu überreden. Obwohl – oder vielleicht gerade weil – er ahnte, es könnte seine letzte Wahl sein. Ich meine, er überlegte ohnehin das Aus seiner politischen Karriere", ergänzte sie die vorherige Aussage. Die beiden Polizistinnen schwiegen und so fuhr Silvia fort.

„Robert dachte, wenn er noch einmal mit der lieben Gattin auf diesem Traditionsereignis erscheint, wäre das besser fürs Image. Dabei wurde schon überall herum gezwitschert über ihn und seine traumhaft schöne Chauffeurstucke!"

Silvias Gesichtsausdruck verdunkelte sich deutlich, gegen ihren Willen.

„Chauffeurstucke?", entfuhr es der Kommissarin. „Wer ist denn das?"

Ihr war klar, dass ranghohe Politiker ihre Dienstwagen nicht selbst lenkten, aber den Fahrer in Zusammenhang mit diesem Fall zu bringen, wäre ihr nicht ohne Weiteres eingefallen. Sicher hätte der irgendwann ebenfalls befragt werden müssen, doch diese Äußerung, dazu so offensichtlich gekränkt hervorgebracht, das hieß Ohren-spitzen.

Die Witwe schien mit einem Mal nicht mehr trauernd, sondern fletschte die Zähne.

Sie enthüllte das amouröse Abenteuer, wie sie es nannte und damit gleichzeitig abwertete, mit Gianni und wie es geendet sei. Der Chauffeur war Geschichte und hatte aus Rache den Parteimitgliedern Robert auf eine impertinente Art und Weise als homosexuell diskreditiert. Damit war ihr Mann erledigt. Und sie gleich mit. Danach war der Fahrer verschwunden. Wie es in dieser Angelegenheit tatsächlich gelaufen wäre, konnte sie nur ahnen und vorstellen wolle sie es sich wirklich nicht.

„Möglicherweise", fügte sie hinzu, „würde da Roberts Bruder Benno mehr wissen."

„Ich telefoniere gelegentlich mit Benno", erklärte die noch immer verärgerte Frau.

„Der wusste natürlich auch Bescheid, und, man glaubt es kaum, sogar den eigenen, altmodischen Eltern gegenüber hatte Robert seine Neigung gestanden."

Als sich die Polizistinnen daraufhin anschauten, legte Signora Silla nach: „Das muss etwas mit der Tradition des Familienvorstands zu tun haben. Benno kann ja jetzt übernehmen, hurra!" Silvia biss sich auf die Zunge und erzählte anschließend trotzdem ein wenig weiter.

Robert hatte nach seiner persönlichen Wahlkatastrophe der Hauptstadt den Rücken gekehrt, hatte sein kleines Appartement dort aufgelöst, und war zuerst einmal zu ihr in den gemeinsamen Stadel gezogen. Er hatte hier ein Büro unter dem Dach, und hier schlief er auch. Bis sich die Wogen geglättet hätten, wollte er zu seinem Bruder nach Brixen ziehen, doch dazu kam es nicht mehr. Kommissarin Grüner interessierte ein wichtiger Umstand:

„Frau Silla, können Sie sich erklären, warum Ihrem Mann der rechte Ringfinger abgeschnitten wurde?"

Silvia hatte sich bei der Leichenschau nur das Gesicht ihres Gatten angeschaut und bisher war sie von niemandem mit diesem grausigen Detail konfrontiert worden. Sie schaute ehrlich erschrocken und antwortete dann:

„Robert trug einen Siegelring. Der war alt und wurde in der Familie immer dem ältesten Sohn vererbt. Sollte dieser kinderlos sterben – was nie der Fall war – bekäme ihn der nächste Sohn. Die Idee, es könnten nur Mädchen geboren werden, stand nicht auf der Agenda der Familie Silla."

„Gibt es ein Foto?", fragte Patti Mayrhofer.

„Ganz sicher ist er auf vielen Fotos von Robert zu sehen, ein Foto nur vom Ring könnte Roberts Vater aufbewahren".

„Wann haben Sie Ihren Mann eigentlich zum letzten Mal lebend gesehen", erkundigte sich die Carabiniera.

„Am Nachmittag des 31. Oktobers. Ich wollte hier nicht alleine bleiben und verzogenen Gören erklären müssen, warum ich keine Süßigkeiten für sie habe, sondern im Geschäft die Vorschläge für die Frühjahrskollektion der ersten veganen Trachtenkollektion durchgehen. Unser Geschäft liegt ja im hinteren Bereich einer kleinen Einkaufsstraße, die von den Lauben abzweigt, da kommt am Abend niemand mehr hin – außer zum Pinkeln." Sie rümpfte die Nase.

„Auf jeden Fall kroch Robert aus seinem Kabuff und fragte mich, ob er meinen Pelzmantel ausleihen könnte. Ja, ich war genauso entgeistert wie Sie beide. Es war ja noch gar nicht kalt!"

Patti Mayrhofer jedoch hatte dieser Umstand ausgesprochen überrascht. Silvia sah ihren ungläubigen Gesichtsausdruck und erklärte weiter.

„Robert war einen halben Kopf kleiner als ich. Er maß nur 1,72m und ich bin 1,81m. Daher passte ihm der Mantel, der sowieso weit geschnitten ist."

Erst jetzt fielen den beiden Beamtinnen die ziemlich großen Hände der Geschäftsfrau auf, und ihre ebenfalls ausladenden Füße.

„Ich fragte nicht, was er mit dem guten Stück wollte, es gab keine Konversation mehr zwischen uns. Er konnte ihn nehmen, und damit war die Sache für mich erledigt. Leider wurde der wertvolle Mantel bisher offenbar nicht gefunden", schien sie mehr den Verlust des Kleidungsstücks als den des Ehemannes zu bedauern.

Danach schien Silvia Silla erschöpft. Sie beschrieb noch den Pelz, kramte ein Foto von sich mit dem auffälligen Stück aus einer altmodischen Keksdose hervor. Man sah die junge Silvia in einem Nerz, der vom Schnitt her eher ein Männermantel aus den 1950er-Jahren war. Er wirkte auf merkwürdige Weise zu kurz für sie, Isabel konnte sich bei dem schnellen Hinschauen leider nicht erklären, wie dieser Eindruck entstand. Die Ärmel jedenfalls waren lang genug.

Die Besitzerin erklärte, sichtlich ermüdet, dass es sich um eine Spezialanfertigung für ihren Vater handelte, der die marderartigen Tiere selbst in den Belluneser Dolomiten gejagt hatte. Dann bat sie die Beamtinnen um Ruhe. Nach Tagen mit kaum Schlaf und großer innerer Unruhe hoffte sie nun, ihr Blick ging zum Küchenschrank mit dem obligatorischen Enzian und mannigfaltigen anderen selbst gebrannten Obstlern, endlich schlafen zu können.

„Wir hätten gerne Ihren Laptop und Ihr Handy, Frau Silla. Natürlich können wir auch mit einem Hausdurchsuchungsbefehl wiederkommen, aber so wäre es einfacher", bat Kommissarin Grüner. Silvia Silla erklärte, einen Rechner nur im Laden zu haben, und förderte ein archaisches Mobilphone zu Tage, aus der Zeit, als die Mittzwanzigerin Patti zur Welt gekommen war.

Ein Technikjunkie war sie ganz offensichtlich nicht. Auch ein Tablet habe sie nicht, versicherte sie den Polizistinnen. Isabel Grüner und Patti Mayrhofer ließen die überreizte Frau alleine und gingen.

„Porca miseria", sagte Patti zu Isabel, als sie vor der Tür standen. Damit meinte sie nicht den gerade wieder einsetzenden Nieselregen, sondern das verpfuschte Leben, das sie zu Teilen soeben gehört hatten. „Und zu all dem ein Nerzmantel, auch wenn er zehnmal von ihrem Tata (Papa) geerbt ist, pfuideibel", empörte sich die junge Polizistin.

„Tausende von Motiven", antwortete die Ältere, „legen wir los. Als Nächstes muss unbedingt dieser Gianni aufgetrieben werden." Sie rief im Präsidium an und gab dort bei Sekretärin Ursel an, alles über den Fahrer Gianni zu recherchieren, was möglich war. Die Tatsache, dass dieser – nach Angaben einer Hauptverdächtigen jedenfalls – wie vom Erdboden verschluckt war, machte ihn ebenfalls hochverdächtig.

Sie rannten über den nassen Asphalt in Richtung Alfa und beschlossen, sich im stilvollen Café Darling in Meran ein schönes Stück Kuchen mit einem heißen Ingwertee zu gönnen. Das Mittagessen war ja ausgefallen. Eugen musste einen kurzen Gang am Passerufer statt vielen neuen Gerüchen im Ansitz Kränzel in Kauf nehmen, wollte er nicht den restlichen Nachmittag auf der Rückbank verbringen. Eventuell fiel der eine oder andere Krümel Kuchen ab. Dann würden sie die Familie Silla auseinandernehmen. Eugen aber wurde vorher in Algund abgesetzt. Den Rest des Tages verbrachten sie mit liegengebliebenen Akten, derer sich nicht wenig in beiden Amtsstuben befanden.

# KAPITEL SECHS

Thomas Prinoth war, gerade als er sich ausführlicher mit Robert Sillas Partei beschäftigen wollte, am nächsten Tag zu einem Wohnungsbrand und einer dort gefundenen Leiche im Meraner Musikerviertel gerufen worden. Eine ziemlich krasse Geschichte, die auf Verbindungen zur Mafia hinwies. Ein Thema für Patti, für die er sich Notizen auf dem Handy machte. Mafiosi mischten sich inzwischen sogar in den Südtiroler Speckhandel mit ein, ein weites Feld, das sie alle weitere Monate in Atem halten würde.

Innerlich war er in einer kaum benennbaren Laune. Nach gescheiterter Ehe vorsichtig geworden, gönnte er sich ab und an eine Freundin, für kurze Zeit. Dabei hatte er ein klares Beuteschema, er, der lange dünne Lulatsch, stand auf runde Frauen. Frauen, an denen er viel zu streicheln hatte. Intelligente Frauen wie Isabel Grüner, was er toll fand. Doch von dieser ging kein Fünkchen erotischer Anziehungskraft auf ihn über, er fand sie sympathisch, ein wenig kauzig, aber nicht mehr. Für gemeinsame Arbeit die beste Voraussetzung. Der Kommissar bat die Bozner Kollegen um

Amtshilfe, denn hier hatte sich eine Sonderkommission konfiguriert und bereits etliche Erfolge in Sachen organisiertes Verbrechen einfahren können.

So widmete sich Prinoth auf der Heimatfahrt im Dienstwagen wieder dem neuen Fall und entschloss sich spontan, nach Bozen weiter zu fahren. Nachdem er über die Sekretärin Ursel, die „Allzweckwaffe" (Zitat Ex-Polizeichef Pixner) im Vorzimmer zu den Büros, mit Michele Fornara Kontakt aufgenommen und der zufällig gerade Zeit hatte, machte er einen Schlenker in Algund vorbei.

Fornara war auf dem Weg, seine Hündin auszuführen, das würde Eugen womöglich auch gefallen. Gesagt, getan, Bescheid gegeben, wo der Dackel wäre, und schon flog er quasi die MeBo, die Schnellstraße zwischen Bozen und Meran entlang, wie seine Landsleute. Nur die Touristen schlichen auf der kleinen Autobahn, mit verständlichem Grund.

Sie hatte recht unübersichtliche Kurven, in denen häufig furchtbare Unfälle passierten, doch daran dachte Thomas nicht. Die stattlichen Burgen, die die MeBo flankierten, sah er nicht mehr. Sein Magen knurrte, vielleicht würde er nach dem Treffen mit dem Fingerfinder in Bozen in seinem Lieblingsbrauhaus in der malerischen Altstadt einen Happen essen gehen.

Die weitläufigen Wiesen waren noch immer grün, auch nach diesem überaus trockenen Sommer, aber große und zahlreiche Laubbäume hatten ihr bis vor kurzem leuchtendes Laub abgeworfen. Der viele Regen der vergangenen Tage war am Ritten als Schnee heruntergekommen, es bot sich ein adventliches Bild zusammen mit der renaturierten Talfer. Sie hatten sich am Skaterplatz verabredet, Michele fiel die Ähnlichkeit des Kommissars mit dem von ihm hoch verehrten Peter Falk als Columbo auf. Nur größer und hagerer, doch die Ausstrahlung stimmte. Die beiden Hunde beschnupperten sich sofort und zerrten an ihren Leinen.

„Signore“, sprach Prinoth den Zeugen auf Italienisch an, „ich meine, wir können es wagen, die beiden von der Leine zu lassen. Erstens habe ich Eugens Lieblingsleckerli dabei und zweitens könnten wir sie im Zweifelsfalle von den Kollegen suchen lassen, von der Hundestaffel.“ Michele war der schräge Humor des Kommissars gleich gefällig.

Er folgte der Aufforderung, und die beiden Tiere spielten aufgeregt miteinander und rannten gemeinsam über Stock und Stein.

„Nun“, führte Prinoth das Gespräch weiter, „Sie haben den Finger ja nicht hier gefunden, sondern der Hund in der Nähe des Wassers, nicht wahr?“

„Essatamente, Commissario, wo er ganz genau lag, kann ich natürlich nicht sagen, da Franzi ihn gebracht hat. Es war ziemlich schauerlich, das kann ich Ihnen sagen. Daher habe ich mir im Nachhinein immer wieder die Szene vor Augen geführt und meine, der Finger muss von der Talferbrücke geworfen worden sein.“

„Wahrscheinlich, doch ich frage mich die ganze Zeit, warum ihn kein Vogel oder eine Ratte vorher verspeist hat.“ Es klang so, als habe der Polizist doch auch ihn im Verdacht, und sofort war der Sympathiefaktor verflogen.

„Sollten Sie tatsächlich meinen, Herr Kommissar“, antwortete Michele nun auf Deutsch, „ich hätte irgendetwas damit zu tun, dann täuschen Sie sich. Mein Hund hat den Finger hier gefunden, ich habe ihn nicht von zu Hause mitgebracht“, schloss er wütend seine Rede.

Prinoth sah ihn freundlich an und redete weiter Italienisch.

„Signore Fornara, niemand unterstellt Ihnen irgendetwas, wir müssen nur alle und jeden befragen, das müssen Sie doch verstehen. Wir holen jetzt die Hunde und verabschieden uns. Meine Frage wird nach so vielen Tagen ohnehin nicht mehr beantwortet werden können."

Die beiden Dackel, die tiefe Freundschaft geschlossen hatten, waren so einfach nicht voneinander zu trennen, wie Thomas Prinoth eingeschätzt hatte. Michele Fornara hatte sich wieder beruhigt und war nicht nachtragend.

So gab er zusätzlich zu bedenken, dass es in der Nacht übel angefangen hatte zu regnen und dass darin der Grund liegen könnte, warum offenbar erst seine Franzi den menschlichen Körperteil entdeckt hatte. Der Kommissar gab ihm recht. Weder Eugen noch seine neue Liebe wollten nach Hause, und weil Dackel recht eigensinnig sind, bedurfte es großer Überredungskunst, die innigen Freunde voneinander zu scheiden. Eugen saß beleidigt, an seinem Leckerli kauend, in seiner Kiste und Franzi würde ihrem Michele tagelang nur zum Dosenöffnen Aufmerksamkeit schenken.

Im Brauhaus befand Eugen, dass er das Bier ebenfalls kosten wollte, und tatsächlich gab ihm der Kommissar ein Schälchen davon ab. Dem trauernden Rüden schmeckte es nicht, und Prinoth brauchte keinen Anschiss von Ohnewein zu befürchten, der unter Umständen davon erfahren hätte. Selbst das Stückchen Bratwurst, dass ihm sein Entführer opferte, verschmähte der Hund. Kommissar Prinoth hatte keine Ahnung, was er da angerichtet hatte, und verspeiste seine Mahlzeit eben alleine.

Eugen wurde es dafür auf der Heimfahrt schlecht und Prinoth musste seine soeben gereinigte Citroën Deesse von Neuem putzen. Dass Hundekotze derartig stinken konnte, hätte er niemals gedacht. Ambitionen, sich selbst ein Tier anzuschaffen, waren endgültig aus dem Wege geräumt. Dann doch lieber eine Freundin.

Nach den neuesten Erkenntnissen, wozu auch die Nachrichten, die Mayrhofer und Grüner vorhin in die WhatsApp Gruppe „Katzenzungen" eingefügt hatten, gehörten, fügte der Kommissar diesen Fahrer, der allem Anschein nach plötzlich verschwunden war, zum Kreis der Verdächtigen.

Sekretärin Ursel sollte über die Parteizentrale die Adresse und den Aufenthaltsort des Fahrers erfragen. Seit Hubert Pixner in Ruhestand getreten war, war die flotte Mittvierzigerin geradezu aus seinem Schatten herausgetreten. Der ehemalige Polizeipräsident war ihr in seiner unkonventionellen Art in dieser hohen Position unheimlich, weil er gleichzeitig dominant war. Ein Verhalten, das sie schwer einordnen konnte. Hatte sie sich die vielen Jahre eher im Hintergrund gehalten, so startete sie mit dem neuen Chef und den neuen Kommissaren regelrecht durch.

Es passte mühelos zu seinen Überlegungen, als Mordmotiv ein Doppelleben des als sehr bodenständig bekannten Silla in den Fokus zu stellen. Hier müssten sie unbedingt nachhaken. Sollte der Rechtsanwalt wirklich ein außereheliches Verhältnis gehabt haben, dazu noch ein homosexuelles, wäre seine Karriere in der Politik hier in Südtirol augenblicklich beendet gewesen. Mit enormen Schaden an der stockkonservativen Partei, sie wäre komplett der Lächerlichkeit preisgeben. Hier könnte sehr wohl ein Motiv liegen.

Andererseits passte das nicht so leicht mit der Tatsache zusammen, dass sich Silla vor seinem Ableben körperlichen Vergnügungen hingegeben hatte. Hatte er sich nach Giannis Verschwinden einen Ersatz gesucht? Ein Lover auf einem vorsintflutlichen Nerzmantel in einem Kübelwagen?

Im Kopf des Kommissars schwamm eine Ursuppe mit erwägbaren Motiven, keine hatte eine konkrete Form und doch musste eine Erklärung darunter sein. Das Foto mit Silvia Silla im Pelzmantel wurde den Medien zum Fraße übergeben mit dem Hinweis nach möglichen Zeugen über den Verbleib des edlen Stücks mitzufahnden.

Toni Scarpone kehrte nach seiner Mittagspause, die er mit seiner Freundin mit einem Spaziergang im Thermenpark verbracht hatte, in die Wache in der Petrarcastraße zurück.

Nach der großen Sintflut, die die Passer in einen unbezwingbaren wilden Fluss verwandelt hatte, war diese wieder in ihrem Bett und über dem spätherbstlichen Meran schien die Sonne. Doch bald würde es dunkel werden. Die Texelgruppe, in deren Mitte die Stadt lag, sorgte in der kalten Jahreszeit für einen frühen Sonnenuntergang, ab 15 Uhr flammten die Lichter der Straßenbeleuchtung auf.

Mit seinem Elektro-Tretroller war es nur ein Katzensprung, und Lissi arbeitete als Empfangsdame im großen Hotel bei der Therme. Glück für ihn, denn sie hatte freien Eintritt in die prachtvolle Badeanstalt. So teilten sie freundschaftlich den saftigen Eintrittspreis und vergnügten sich an regnerischen Tagen zwischen Olympiaschwimmbecken, Whirlpools, Wassermassagen und Sauna.

Lissi erzählte ihm, während er sein Pausenbrot aus Schwarzplentenmehl (Südtiroler Ausdruck für Buchweizen) genussvoll und langsam kaute – das hatte sie ihm beigebracht – von den besonderen Feierlichkeiten zum dreißigjährigen Bestehen des diesjährigen Weihnachtsmarkts. „Ihr“ Hotel war schon komplett ausgebucht, denn viele Menschen aus dem Süden der Peninsula kamen seit Jahren dafür an die Passer.

„Wir sind eigentlich immer zusammen mit den

Kollegen an einem bestimmten Stand", berichtete der junge Mann, „allerdings fehlen dann jetzt der ehemalige Polizeichef Pixner, unser Brigadiere Losso wird gerade zum Maresciallo ausgebildet und Kommissar Ohnewein ist auf Reha. Selbst wenn der bis dahin wieder da ist, wird seine Carmen fein aufpassen, dass er sich schont."

„I mog des a nit", lächelte Lissi und küsste ihm zwischendurch zärtlich die fettigen Lippen, um die ihren dann mit einem lachenden „Igitt" mit einem Taschentuch abzuwischen. Tonis Smartphone rief „Kikeriki" und erinnerte ihn an das Ende der Pause.

Schnell wurde Lissi auf den freien Hals geküsst und schon rollerte er los.

Auf der Wache trug er die frei zugänglichen Berichte über Sillas Partei zusammen und stellte sie auf den gemeinsamen Server. Viel war als Material nicht herausgekommen. Dem „Rosengarten" war sie schlicht zu unwichtig, zu klein, keine Konkurrenz zur allgegenwärtigen und Südtirol bestimmenden SVP, der Südtiroler Volkspartei.

Dem langweiligen, wenn auch aus guter alter Südtiroler Familie stammenden Robert Silla schenkte die Zeitung gelegentlich Beachtung, wenn er mit seiner deutlich prominenteren Gattin auf einem der beliebten Gesellschaftsbälle im Meraner Kurhaus posierte. Ab und an traute sich sogar einer der Redakteure, die Gerüchte um häusliche Gewalt bei den Sillas anzudeuten. Diesen Punkt fand Prinoth höchst bemerkenswert. Hatte nicht di Lorenzini ältere Hämatome festgestellt?

Mehr war nicht zu finden, bis auf das große Medienecho allgemein, weil Sillas ach so kleine Partei einen Erdrutschsieg einer recht neuen Partei Ende Oktober mit zu verantworten hatte. Es gab Hinweise darauf, dass der

Politiker sich dennoch aus Rom zurückgezogen hätte, die Hintergründe blieben offen. Kurz danach war er tot.

Das Datum der Ermordung war dem „Rosengarten" gar eine pulitzerpreisverdächtige Headline wert: „Meraner Politiker von Vampiren aufgeschlitzt – Halloween ist endgültig ba ins (bei uns) angekommen", hieß es in der Subline. Okkultes, Blut und Mord in der beginnenden Vorweihnachtszeit, besser hätte es für die Zeitungsleute gar nicht kommen können.

Sie spekulierten wie wild darauf los und erfreuten sich so einer hohen Auflage. Aus dem außergewöhnlichen Pelzmantel war inzwischen sogar ein Bademantel geworden, die Fragen nach Belohnungen überschlugen sich, doch nichts Brauchbares war dabei. Mitteilungen der Presseabteilung des Polizeipräsidiums schlachteten sie der Information halber aus, der Rest wurde hinzugedichtet, wie üblich.

Wie praktisch, dass sich jemand auch noch an den „irren" Onkel von Silvia Silla erinnern konnte, der im Sanatorium Kettenbrücke in Innsbruck „einsaß." Ein Thema, das in aller Ausführlichkeit ausgeschlachtet werden konnte, mit dem Fall rein gar nichts zu tun hatte.

Kommissar Prinoth bat die Sekretärin Ursel, die für ihn und Grüner zuständig war, herauszufinden, wer diese Artikel und speziell den über häusliche Gewalt bei den Sillas beim Rosengarten verfasst hatte und die Person einzubestellen.

Möglicherweise hat Patti recht, hielt er bei sich dafür, als er das Foto des abgeschnittenen Fingers betrachtete. Die Carabiniera brachte diesen Körperteil mit der Mafia in Verbindung, die gerne Warnschüsse dieser Art abgab, was für ihren Kollegen Toni ziemlich wahrscheinlich war. Nur waren das dann Warnungen und das Opfer wäre noch am Leben.

Eine weitere Information erreichte das Kommissariat: Lukrezia di Lorenzini bestätigte, was allen klar gewesen war: der Finger gehörte Robert Silla. Sie schlussfolgerte anhand der Hautabschürfungen, dass er einmal einen Ring getragen hatte. Das passte ausgezeichnet zur Aussage der Ehefrau. Kommissarin Isabel Grüner erinnerte sich sofort an ihren Onkel Gabriel Grüner in Innsbruck.

Dieser hatte nicht nur eine unter Denkmalschutz stehende Galerie in der Stadt mit dem „Goldenen Dachl", sondern auch eine Leidenschaft für Genealogie und Heraldik. Mit dieser traktierte er die komplette Familie in Form von Vorträgen bei sämtlichen Familienfesten, denen er immer beiwohnte. Sein Spezialgebiet waren dabei Siegel und deren Ikonographie, beinahe schon ein Thema für die kunsthistorische Abteilung einer Uni. Gabriel Grüner hatte bei dem Fall mit dem verschollenen Aquarellisten mit einer perfekten Expertise geholfen, warum es nicht ein weiteres Mal mit seiner Hilfe versuchen.

Grüner brauchte dringend ein Foto mit der Frontalaufsicht des Rings, am Ende wäre der Onkel doch einmal hilfreich. Ansonsten war ihr Kontakt zur Familie so kaum mehr vorhanden.

Sobald die Autorin des Artikels gefunden und befragt worden war, musste Frau Silla zu ihnen kommen. Prinoths oberste Priorität war es, herausfinden, ob Silvia Silla ihren Mann geschlagen hatte. Seinen Verdacht schrieb er in die Gruppe.

Gianni Leone freilich blieb im Nirwana verschwunden. In seiner Wohnung in Bozen hatten die Kollegen niemanden angetroffen, Schränke und Badezimmer waren leer geräumt. Die Datenbankabfrage ergab keine Auffälligkeiten, er war unbekannt. Prinoth gab ihn zur Fahndung frei.

# KAPITEL SIEBEN

„Was wissen wir inzwischen alles über Robert Silla?“, meinte Isabel Grüner, als sie wieder alle zusammen, diesmal auf der Wache der Carabinieri, saßen. Eugen, von Thomas Prinoth vorübergehend adoptiert und mit Schmuseeinheiten überhäuft, genoss das Leben. Zwar roch es unangenehm nach Katze, aber er nahm gnädig im kuscheligen kleinen Hundekorb Platz, um danach ungnädig zu schweigen. Dieser Umstand wieder gefiel Patti Mayrhofer überhaupt nicht, die Molly in der Wache vermisste.

Ihren Carmine auch und den Maresciallo Franco Marini sowieso. Inzwischen war etwas Zeit vergangen, die sie mit Befragungen von Kunden des Trachtenmodengeschäfts, Parteifreunden und Bekannten Sillas aus Meran gefüllt hatten. Viele Aussagen, bisher keine Richtungsweisende. Es waren eher Meinungen und eine Menge Klatsch dabei. Die Politiker nutzten jede sich bietende Gelegenheit, auf ihre Integrität zu verweisen und nebenbei ein wenig Werbung für sich zu machen. Nach der Wahl ist vor der

Wahl, das war allen nur zu sehr bewusst, nicht nur in einem Land wie Italien.

Silla kam aus einer wenig vermögenden Akademikerfamilie. Einst hatte sein Vater Harald, ein studierter Germanist, für bedeutende deutsche Politmagazine geschrieben, dann einen eigenen Verlag gegründet und Bücher über das historische Südtirol herausgegeben. Das Geld, von dem sie lebten, hatte Mutter Ilse als Diätköchin verdient.

Sie bekamen vor etlichen Jahren die Möglichkeit, als Kastellane eine kleine Burg im Pustertal zu verwalten, und nahmen das Angebot sofort an. Diese lag hoch oben in der Nähe von Brixen. Von dort aus besuchte Robert dann das Gymnasium in der alten Kulturstadt und finanzierte sein Jura-Studium in Innsbruck als Redenghostwriter für namhafte Tiroler und Südtiroler Politiker. Sein jüngerer Bruder Benno bewegte sich später in Vaters Fußstapfen und studierte Germanistik. Der wertvolle und einzigartige Familienwappenring ging an den erstgeborenen Robert über. Ein stetiger kleiner Streitpunkt zwischen den beiden Brüdern, die sich ansonsten bestens verstanden.

Benno hielt die Familientradition des Verlegertums aufrecht und hatte aus dem Verlag ein Onlineportal für Heimat-E-Books gemacht, das recht gewinnbringend lief.

Die Kommissarin beendete ihren Satz: „Das mit dem schwulen Lover wird schon stimmen, sonst hätte sich Robert seinen Eltern gegenüber nicht derartig ausgeliefert. Das herauszufinden und abzusichern ist problemlos. Notfalls bestellen wir beide Elternpaare der Sillas ein. Für mich stellt sich die Frage, wenn der Gatte schon längere Zeit „komisch“ war, was auch immer Signora Silla damit gemeint haben mag, wie lange lief die Liebschaft in Wirklichkeit und was gab es zu verbergen, außer der Homosexualität, was heutzutage nicht mehr das Größte aller Probleme darstellen sollte."

„So ganz lupenrein ist das Alibi von dieser Silla wirklich nicht", fand Patti, „im Büro im Geschäft übermüdet eingeschlafen? Klar, es gibt diese Sprachnachricht, aber die muss nicht zwangsläufig im Laden aufgesprochen worden sein. Die Adressen auf ihrem Handy hat Ursel alle überprüft. Kein Match, alle geschäftlich, bis auf ganz wenige Ausnahmen. Die Freundin in Prissian, eine Praxis für Physiotherapie in Schenna mit einem sehr lustigen Namen." Sie hielt inne und wartete auf die Aufforderung, diese zu nennen. Als diese nicht kam, las sie leicht verärgert vor: „Praxis für kreative Leibtherapie". Nun lachte der Rest doch und Prinoth meinte, das könnte sehr wohl auch die Adresse einer Escort-Agentur, droben im reichen Nobelstädtchen, sein.

Jetzt prustete Toni laut los, und Isabel drohte ein wenig mit dem Zeigefinger. Danach begann sie an einem der runden Zelten herumzuknabbern. Diese Südtiroler Weihnachtsspezialität hatte ihre Mutter gebacken und für die gesamte Mannschaft mitgegeben. Marini mochte kein Früchtebrot und erst Recht keine Brotzeit in seinem Reich, also nutzten sie seine Abwesenheit mit kleinen Unbotmäßigkeiten. Ist die Katze aus dem Haus ...

Derselben Meinung blieben die Kommissare und hatten, nachdem Silvia Silla eine schriftliche Aussage zu ihrem Alibi in der Nacht vom 31. Oktober auf den 1. November unterschrieben hatte, das mobile Telefon kurzfristig beschlagnahmt, und ließen es untersuchen. Frau Silla hatte an diesem Abend um 18.01 Uhr ihrer Freundin eine Sprachnachricht gesendet, und von einem großen Streit mit ihrem Mann erzählt.

Sie empörte sich auffällig über die Tatsache, dass

Robert ihren Pelzmantel hatte haben wollen. Somit war es ihr keinesfalls völlig egal gewesen, wie sie es der Polizei gegenüber dargestellt hatte. So bekamen sie endlich einen Hinweis auf das fehlende Privathandy des Opfers, denn die Nummer war eingespeichert.

„Wer sagt denn eigentlich, dass sie die ganze Zeit alleine gewesen ist", hakte da Toni nach. „Die Frau ist ziemlich wohlhabend, sie könnte eine kleine private Halloweenparty mit gewagten und „besonderen" Trachtenmoden gefeiert haben", ging ihm die Fantasie durch.

„Ach, Toni", mokierte sich da ein wenig Patti. „Selbst wenn es so gewesen wäre, muss es ja nicht heißen, dass Frau Silla in ihrem Laden herumgeschnackselt hat. Außerdem halte ich es für wenig wahrscheinlich, dass ein gerade angebandelter Flirt umgehend hilft, den Ehemann um die Ecke zu bringen und kostengünstig zu entsorgen".

Toni konnte sich ein Grinsen nicht verkneifen und Isabel knurrte.

„Wir wissen auch nicht, ob die Lady nicht jemanden in Prissian kennt", ließ sie nicht locker. „Sie muss uns wahrhaftig nicht alles erzählt haben."

„Sicher, das stimmt schon, Tatsache ist, dass ihr Alibi durchlässig ist und da sollten wir auf alle Fälle dran bleiben", beruhigte Patti.

Isabel blieb hartnäckig.

„Sag, Patti, hattest du nicht auch das Gefühl, dass diese Silla, als wir bei ihr waren, bei weitem nicht nur traurig war, sondern auch wütend?", löcherte sie die Kollegin, die für sich einen ganz anderen Weg verfolgte und auf wichtige Ergebnisse von Stefan Oberhofer wartete.

Der befasste sich nach einer erstaunlich rasch erlaubten Hausdurchsuchung vor allem mit dem Handy der Haupttatverdächtigen. Im Dachstübchen hatten sie Kleidung des

Opfers entdeckt, seinen Dienstrechner, persönliche Unterlagen wie seine Brieftasche mit allen Ausweisen, Karten und etwas Bargeld und ein Tagebuch. Sonst war außer unfassbar vielen, schlecht getarnten Verstecken von Schnapsflaschen und Fläschchen nichts Fallrelevantes gefunden worden. Keine Blutspuren, nichts. Die Villa fiel als Tatort aus. Die Geschäftsunterlagen nahmen sie komplett mit, den Rechner zusätzlich. Oberhofer hoffte, den jungen Controller im Hauptpräsidium mit der Aufgabe betrauen zu können, die Berge von Rechnungen gegenzuchecken. Vielleicht lag auch dort ein Motiv. Auf die Schnelle ergab sich vor allem eines: Signora Silla stand wirtschaftlich mit dem Rücken an der Wand. Ein effizienter Grund, unbedingt ihr Geschäft durchsuchen zu lassen. Eine Tatwaffe fehlte leider noch immer. Das Tagebuch durfte die Kommissariatssekretärin Ursel studieren.

„Stimmt, sie schlug mehrfach mit der flachen Hand auf den Tisch und ihre Augen haben reichlich gefunkelt", erinnerte sich die Carabiniera. Dann fiel ihr ein weiteres Indiz ein:

„Die Frage ist doch auch, warum Silvia Silla den Ringfinger hätte abschneiden sollen, den mit dem Siegelring und nicht den mit dem Ehering", fragte Patti und fixierte Isabel.

Diese ordnete an: „Ich denke, wir müssen die Silla noch einmal einberufen, und zwar genau in dieser Sache. Wir müssen wissen, ob da im Vorfeld schon mal was gelaufen ist in Sachen Rache einer betrogenen Ehefrau."

Als ob sie es gerochen hätte, stand plötzlich die Hauptverkäuferin aus Sillas Laden im Vorraum. Eugen kläffte verärgert, er fühlte sich in seiner Ruhe gestört. Frau Traudl Fera war irritiert, doch Patti, spielte in der Abwesenheit des großen Marinius, wie ihn seine Untergebenen gerne nannten, die Gastgeberin und sprang von ihrem Platz auf.

Sie stellte sich an das Trenngatter und fragte freundlich: „Was kann man für Sie tun, Signora?“? Die Mitarbeiterin, von Toni und Patti im Geschäft „Goaslschnöll“ kürzlich befragt, war da aber schweigsam gewesen, aus Loyalität ihrer Chefin gegenüber. Oder aus Angst, ihren Job zu verlieren. Angeblich kannte sie Silvia Silla nicht persönlich, wusste nichts über den bekannten Ehemann, und schon gar nichts über den Fahrer, den die Polizei dringend suchte.

Auf einmal bot sie eine offizielle Befragung ihrer Person auf der Wache an, sie wollte alles erzählen, was sie über diesen rätselhaften Fall im Kopf hatte.

Grüner und Prinoth hätten schon längst gehen sollen, waren aber interessiert geblieben. So stellte Isabel Grüner eine der ersten Fragen: „Frau Fera, warum öffnen Sie uns jetzt auf einmal ihr Herz?“

Die ältere hagere Frau trug ihre ehemals blonden, inzwischen graumelierten, Haare in einem Zopfkranz zusammengefasst, der ausgezeichnet zu ihrem dunkelgrünen Dirndl passte. Eine Art Uniform. Patti war damit vertraut, dieses Kleidungsstück wurde von allen Mitarbeiterinnen des Ladens getragen. Sogar ein Namensschild steckte in Brusthöhe, ihre antiquierte schwarze Ledertasche hielt sie mit beiden knochigen und ringlosen Händen fest vor ihrem Bauch. Isabel Grüner überlegte, dass sie solche Taschen bei ihrer Urgroßmutter gesehen hatte, und fand sie schon wieder originell.

Weiße wollene Strümpfe steckten in schwarzen glatten Schuhen mit einem kleinen Absatz. Beinahe Daisy-Duck-Schuhe, wie die Kommissarin zudem amüsiert feststellte.

Traudl Fera druckste ein wenig herum und begann dann ihren Vortrag.

„Die Chefin ist seit Tagen nicht mehr im Geschäft, sie vernachlässigt sich und uns. Jeder hat gewusst, dass sie das

Schnapsbundele mehr als ihren Mann liebt, aber jetzt kümmert sie sich um gar nichts mehr. Also bin ich rausgefahren, wollte wissen, wie das nun weitergeht.

Sie hat mich angeschrieen, dann soll ich halt woanders hingehen, sie sperrt den Laden sowieso zu. Noch nicht einmal das Weihnachtsgeschäft und den Christkindlmarkt wollte sie abwarten, da haben wir in den letzten Jahren noch am meisten Umsatz gemacht. Die Italiener sind ganz wild auf unsere Loden, auf die schönen Federkielstickereien, die Fatschn (Ledergürtel) und natürlich unsere Dirndln. Darin hat jede Frau eine gute Figur", war sie völlig in ihren Verkäuferinnenjargon verfallen und schaute vornehmlich bei den letzten Worten die füllige Kommissarin Grüner an.

Die wiederum zog die kaum gezupften Augenbrauen hoch, sie war sich augenblicklich fett vorgekommen. Kommissar Prinoth fiel das stehenden Fußes auf, in den Augenwinkeln sah er die beiden Youngsters verstohlen grinsen, und unterbrach sanft den Redeschwall.

„Das hat Sie schließlich dazu bewogen, Frau Traudl, zu uns zu kommen und die Wahrheit zu erzählen?"

„Also, glougn hon i vourher a nit" (gelogen habe ich vorher auch nicht), war sie umgehend beleidigt, und alle befürchteten, die könnte wieder abrauschen, ohne etwas Wichtiges ausgesagt zu haben. Daher schmeichelte Patti, die offenbar in den Augen Frau Feras die richtige Figur für Trachtenmoden hatte, mit freundlichen Worten: „Ma dai, wo denken Sie denn hin? Wir freuen uns doch, dass Sie den Weg zu uns gefunden haben, und wir nun hoffentlich mit Ihrer entscheidenden Hilfe diesen Mordfall auflösen können. Das sind wir doch alle dem Robert Silla schuldig. So viel, wie er für unser Land getan hat."

Ein unschuldiger Augenaufschlag folgte, und die

Kommissare beschlossen innerlich, Patti für den Oskar vorzuschlagen. Toni machte sich auffällig an Eugens Ecke zu schaffen, das Tierchen hatte dringend Wasser aus der Teeküche nötig.

Traudl Fera setzte sich auf ihrem Stuhl zurecht, zupfte am Rock des Dirndls, stellte die Füße ordentlich nebeneinander und fing an.

„Die Frau Silvia hat schon länger ein Problem mit dem Schnaps, das haben alle gewusst, wirklich alle. Ich bin am längsten im Laden und anfangs war das nicht so. Sie war ehrgeizig und hat es auch geschafft. Wir waren in Meran das wichtigste Trachtenmodengeschäft. Es fing mit der politischen Karriere vom Robert an, und, wenn ihr mich fragt, mit der Kinderlosigkeit. Das ist nicht gut, wenn eine Frau kein Kind hat."

Angesichts ihrer mageren Figur und der Schmucklosigkeit ihrer Finger stellten sich allen vier Polizisten da gewisse Fragen, hielten es jedoch für geschickter, zu schweigen. Nicht, dass sie schon wieder beleidigt wäre.

„Die Chefin wurde aber besonders in diesem Jahr immer angespannter, nervöser, schließlich ließ sie am Robert so gar kein gutes Haar mehr. Dabei war der ja auf Wahlkampf und kaum in Meran, wie sie selbst beklagt hat. Sie isch mir gegenüber immer verschlossener worden und mir kam vor, sie hat wollen einen rachsüchtigen Eindruck vertuschen", erzählte sie in leichtem Meraner Slang.

Thomas Prinoth mischte sich ein:

„War denn der Ehemann ab und zu mal im Geschäft und haben Sie magari (vielleicht) den Fahrer kennengelernt?"

„Robert Silla war ab und an mal im Geschäft gewesen, dabei isch mir auffallen, dass der immer schlechter beieinander war. Über den Fahrer weiß ich nix. Abgeholt hat er ihn manchmal. Scho a recht fesches Mannsbild, der Gianni. Die Chefin hat ihn geradezu gehasst." Frau Fera machte Anstalten, aufzustehen, da stellte der Kommissar noch eine letzte Frage:

„Wo waren denn eigentlich Sie am 31. Oktober gegen 18 Uhr, Frau Traudl?" Überrascht und dann herablassend blickte die Verkäuferin von einem zum anderen und antwortete dann: „Mit meiner Muina (Katze) beim Viehdoktor, das lässt sich jederzeit überprüfen."

Das war es, Traudl Fera unterschrieb ein Protokoll und wendete sich zum Gehen. Als sie sich umdrehte, um eine anschließende Bemerkung zu machen, erschien auf ihren Lippen ein beinahe diabolisches Lächeln, das man der eher spröden und vertrockneten Frau gar nicht zugetraut hätte: „Frau Silvia trägt stets ein Schweizer Taschenmesser mit sich." Sie ging mit kleinen schnellen Schritten aus der Wache und war verschwunden.

„Die Silla muss unbedingt noch einmal her", ordnete Isabel Grüner an. „Wobei ich mich schon frage, warum diese Verkäuferin plötzlich ihre Chefin belastet. Außerdem fehlt mir der Grund, warum sie ihrem Mann nach der Tat den Finger mit dem Siegelring abgeschnitten haben sollte. Wenn schon, dann doch den Ehering, oder? Oder ganz was anderes ..."

Toni Scarpone und Thomas Prinoth gerieten wegen des unmittelbar einsetzenden Kopfkinos in Nöte, der Kommissar fand ein weiteres Mal, dass die Kollegin auf merkwürdige Weise unweiblich wirkte. Patti Mayrhofer blieb ungerührt. Sie warf ihre blonde Mähne, die sie heute offen trug, mit einem Schwung nach hinten, und gab zu bedenken:

„Dass sie nicht auf den komischen Ring abfährt, war

damals in ihrem Stadel deutlich zu bemerken. Übrigens, haben wir eigentlich inzwischen ein Foto?“

Kommissar Prinoth antwortete: „Unsere Sekretärin hat Harald Silla vorgeladen. Wir wissen also bald mehr.“

Patti überlegte, was Frau Fera mit diesem Auftritt bezweckt hatte und ob es womöglich ein Ablenkungsmanöver war. Einen Zusammenhang mit Robert Silla war auf den ersten Blick nicht sichtbar.

„So, wie die hier aufgetreten ist, hasst sie garantiert Schwule“, grübelte die junge Polizistin. „Mädchen, die Vorurteile immer ganz weit nach unten packen, das weißt du doch“, konterte Toni, „obwohl ich dir zustimme. Aber man darf eines in unserem Job ganz gewiss nicht: sich vom ersten Eindruck täuschen lassen.“

Patti wollte etwas erwidern, unterließ es dann. Sie mochte es sich nicht zugestehen, dass ihr Carmine Losso, der ehemalige Brigadiere der Station, nicht nur persönlich fehlte. Merken sollte das hingegen niemand.

Da schlenderte zu ihrer aller Freude Stefan Oberhofer herein, wie immer freundlich und mit einem sanften Lächeln auf den Lippen.

„Ich hab’ gehört, ihr seid alle hier und: ich hab‘ was für euch.

Lukrezia di Lorenzini war sich sicher, dass die Tatwaffe kein einfaches Küchenmesser war. Die Schneide muss sehr scharf und lang gewesen sein, vielleicht ein Bowi-Messer. Wir sollten uns die Silla-Villa noch einmal vorknöpfen. Zusätzlich haben wir Silvia Sillas mobiles Telefon untersucht und sämtliche Telefonnummern sicher gestellt. Macht’s gut, ich hab′ noch zu tun“, sprach er und schlenderte wieder weg.

Den Verbindungsabgleich übernahm Sekretärin Ursel im Präsidium und präsentierte eine Zeit später eine Liste von Namen. Eine Adresse fiel Grüner sofort ins Auge: eine Mathilde Kirmair, wohnhaft in Prissian. Diese wurde von Silvia Silla sehr häufig angerufen. Ob das diese Freundin war, die die Silla am Abends des Mordes angerufen hatte? Frau Kirmair musste befragt werden. Toni und Patti wollten sich darum kümmern, aber erst morgen. Für heute war Dienstschluss.

„Ich habe hier noch meinen Einstand zu machen“, verkündete Kommissar Prinoth. „Wie wäre es denn mit heute?“

Alle waren begeistert.

Patti hatte dadurch einen vorzüglichen Vorwand, ihrer mit dem Alter immer dominanter werdenden Mutter abzusagen, während Toni ein wenig unglücklich daher schaute. Aber es musste doch sein. Isabel Grüner berichtete von einer neuen Bar in den Berglauben, recht nahe an ihrer Wohnung. Wenn die anderen schon einmal vorgehen wollten, sie würde sich gerne ganz kurz umziehen. Etwas Bequemeres, wie sie meinte.

Als sie eine Viertelstunde nach den drei andern in der angesagten Künstlerkneipe „Passer-Partout“, in der die komplette Meraner LGBTQ+-Gemeinde verkehrte, aufkreuzte, fiel den Kollegen der sprichwörtliche Kitt aus der Brille.

Frau Grüner erschien in einem kunterbunten Dirndl. Einem echten. Sie drehte sich und zog dann mit der rechten Hand den Dirndlsaum kokett ein bisschen nach oben. Kollege Thomas Prinoth fielen dabei die muskulösen, aber schlanken Oberschenkel auf. Isabel setzte sich an die Bar und bestellte einen „Sex on the Beach“, während die anderen Polizisten noch die Karte studierten. Zur rechten Seite von Thomas hatte sich die geschmeidige Patti positioniert, Toni bestaunte ein wenig hilfesuchend die bunten Lokalgäste.

Isabel wollte gerne die beiden Carabinieri, von denen sie inzwischen einiges gehört hatte, besser kennenlernen und auch ein bisschen über den großen Marinius befragen. Er war für seine operativen Fallanalysen über die Grenzen Merans hinaus bekannt und das ohne Zusatzausbildung. Das machte ihn in Isabel Grüners Augen zum echten Wunder. Kommissar Prinoth dagegen packte bei der jungen Frau seinen gesamten Charme aus.

Sie erzählte zwar, dass ihr Stationskollege Carmine Losso auch ihr fester Partner im Privatleben wäre, und sich zurzeit in einer Ausbildung zum Maresciallo befände, aber Thomas spürte die Wirkung des ersten Cocktails. Bis die Herrschaften gegen 24 Uhr den Laden wieder verließen, war der Ersatzpolizist eine Stange Geld losgeworden und reichlich angeheitert. Madame Grüner hatte alle zusammen unter den Tisch getrunken und die beiden aus der Petrarcastraße schwärmten von ihrem Chef. Patti fand den Thomas richtig süß, und Toni brachte die große Frau nach Hause. Dann gingen alle sehr brav in ihre eigene Bettstatt, sie hatten schließlich einen äußerst diffizilen Fall.

# KAPITEL ACHT

Mit leicht verkaterten Köpfen erreichten die Carabinieri Patti Mayrhofer und Toni Scarpone am folgenden Morgen einen riesigen hölzernen Hof in Prissian, beinahe direkt neben Castel Katzenzungen. Er war in klassisch Südtiroler Bauernarchitektur sehr gepflegt erhalten, sicher recht alt, und ausgesprochen anschaulich. Ein richtiges Postkartenmotiv. Heute war es sehr sonnig und warm. Vielleicht würde es doch wieder einmal an Weihnachten schneien, danach sah es augenblicklich aber nicht aus. Der Stadel glänzte unschuldig im Morgenlicht, die Blumenkästen sorgfältig mit Tannenzweigen zugedeckt. Patti gähnte und Toni grinste, als sie an der Kuhglocke neben der Tür zogen. Zu ihrer Überraschung öffnete eine kleine und schlanke Mittdreißigerin mit kurzen, verstrubbelten Haaren.

Dies war eine Frisur, wie Patti erkannte. Toni hielt sie für eventuell die Tochter des Hauses und ebenso verpennt wie sie beide.

Noch mehr überrascht waren die zwei Polizisten, als die

Frau in einem klaren Hochdeutsch fragte, wer sie denn wären und was sie wollten.

Eine Deutsche, ja gut, aber dennoch sollte sie die Uniformierten erkennen.

So wiesen sie sich trotzdem aus und fragten nach Mathilde Kirmair. Die Blonde bat sie in den großzügigen Flur und um einige Minuten Zeit und verschwand im Inneren des großen Hauses.

Es erschien eine recht schlanke, fast dünne Dame Ende Fünfzig, die alles erdenklich Machbare unternahm, um jugendlich zu bleiben und zu wirken. Die Haare der Witwe, ehemals dunkelbraun, waren in einem ähnlichen Farbton gefärbt. Obwohl dies ganz sicher bei einem teuren Coiffeur gemacht worden war, sah Patti am Scheitel einen feinen silbrig-weißen Strich. Hier wuchs das Originalhaar nach.

Frau Geometer Kirmair trug einen Bob ohne Pony, ein Herméstuch um den Hals, um Falten zu überdecken, eine enganliegende schwarze Lederhose mit Edelweiß-Stickereien, eine weiße Bluse, die in die Hose gestopft war, ebenfalls eng anliegend, dazu einen goldenen Gürtel, eine schwarze Jankerjacke aus Lammwolle und goldene Slipper. Sie machte einen übergepflegten Eindruck und war ausgesprochen freundlich. Auf ihr etwas zu faltenloses Gesicht hatte sie ein dezentes Make-up mit perlmuttfarbenem Lipgloss aufgetragen und schien ausgehfertig zu sein.

„Was kann ich für euch tun?", fragte sie locker. „Viel Zeit habe ich nicht, muss zu meinem Steuerberater, entschuldigt. Ihr seid ja ganz sicher wegen der armen Silvia da?"

Toni war innerlich der Meinung, dass Robert Silla der Ärmere der Eheleute Silla wäre, sagte aber nichts. Er überließ es sowieso lieber der eloquenten Patti, sich mit einer so vornehmen Dame zu unterhalten.

„Soll Ihnen meine Haushälterin etwas zu trinken bringen?"

Da Toni nun nickte, rief Frau Kirmair nach einer Stefanie und führte die Carabinieri in ein schickes Wohnzimmer mit gemütlichem Kamin. In ihm flackerte ein Feuerchen, das sie garantiert nicht selbst entzündet hatte. Kostspielige weiße Polstermöbel standen vor einem Panoramafenster, das über das Etschtal nach Gargazon blicken ließ.

Die Verstrubbelte kam herein, schaute böse, und knallte ein Tablett mit bestellten Espressi auf einen enorm alten Tisch aus Holz. Ein primitiver Bauerntisch aus Süditalien mit dicker Tischplatte und voller Ritzungen und Einschnitten. Ein außerordentliches Teil, wie Toni fand, den könnte er sich in der Wohnung mit seiner Liebsten perfekt vorstellen. Doch die ahnte gar nichts von ihrem Glück mit der trauten Zweisamkeit, wohnte glücklich in ihrer WG in einer kaiserzeitlichen Villa in der Meraner Grabmayrstraße.

„In der Tat sind wir hier, um Sie ein wenig über die Gattin des getöteten Politikers Robert Silla zu befragen, denn auf der Telefonliste von Frau Silvia ist Ihre Nummer diejenige, die am häufigsten angewählt wurde. Wir schließen daraus, dass Sie wohl recht gut befreundet sind", erklärte die Carabiniera.

„Ich weiß ja nicht, was Silvia Ihnen bereits berichtet hat. Seit Roberts Tod habe ich sie nicht mehr gesehen und auch nicht gesprochen. Sie reagiert auf nichts, keine Anrufe, keine Nachrichten. Ich mache mir ernsthafte Sorgen. Allerdings halte ich es für meine Pflicht, Ihnen alles zu berichten, was ich weiß."

Patti und Toni schätzten, da hätte sie genauso gut bei

den Kommissaren eine Aussage machen können, wenn ihr das so wichtig war, schwiegen aber aus taktischen Gründen. Möglicherweise hatte es nur eines Anstupsers bedurft.

Was nun folgte, ließ bei beiden Polizisten den Eindruck entstehen, Frau Mathilde habe ihren Besuch vorausgesehen und sogar vorbereitet.

Kirmair begann ihre Erzählung mit dem Abend der beiden direkt vor der Wahlparty in Rom. Da musste es wohl nicht nur zwischen den Eheleuten ordentlich gekracht haben, sondern auch zwischen den Liebenden Robert und Gianni. Silvia hatte ihrer besten Freundin von einem so handfesten Streit erzählt, dass Roberts Fahrer und Geliebter – Kirmair setzte offenbar voraus, dass der Polizei dieser Umstand bereits bekannt war – Schluss gemacht habe und alleine in die laue Spätsommernacht entschwunden wäre.

Ganz alleine freilich nicht, denn er sei im Besitz von einer Nebenkreditkarte Sillas gewesen, die umgehend gesperrt worden sei. Aus der Sicht Mathildes hätte Robert im Prinzip beide betrogen, Gianni und Silvia. Patti Mayrhofer notierte sich, die Kreditkarte müsste über das Kreditinstitut unbedingt in Sachen Aufenthaltsort Gianni überprüft werden, womöglich konnte dadurch ein Bewegungsprofil erstellt werden.

Sie spürte, dass Mathilde als Silvias beste Freundin eine Menge an Informationen liefern könnte, man musste es nur geschickt anfangen. Sie gab mit einer heimlichen Nachricht via Handy Toni zu verstehen, dass er verschwinden solle. Ein Gespräch unter Frauen wäre nun das einzig Richtige.

Toni Scarpones Diensthandy piepte und kurz darauf entschuldigte er sich:

„Signora, wir sind derzeit ziemlich schwach besetzt auf unserer Dienststelle, ich muss zurück. Ohne die Amtshilfe der Kollegen aus Lana wären wir ziemlich aufgeschmissen. Wenn Sie mich bitte entschuldigen wollen", bemühte er sich um feine Sitten.

Dann war er auf und davon, man hörte nur noch die griesgrämige deutsche Haushälterin irgendetwas vor sich hin mosern.

Die Carabiniera hoffte, sich mehr Material gegen Silvia und vielleicht sogar einen Beweis finden zu können. Ihr Instinkt war richtig, denn Mathilde Kirmair wies ihr Hausfaktotum an, den Steuerberater anzurufen, den Termin zu verschieben und Tee zu machen. Diese legte schnaubend einen theaterreifen Abgang hin und verschwand.

Die Hausherrin zuckte mit den Achseln und erklärte, zuverlässiges Personal sei schwer zu finden, und zuverlässig wären sie nun einmal, diese Deutschen.

Dann legte sie los:

„Mein Verhältnis zu Silvia konnte mit der Zeit nicht mehr als so warmherzig wie zu Beginn bezeichnet werden, denn ich habe große Schwierigkeiten, mit ihrem Alkoholmissbrauch umzugehen. Sie wurde unzuverlässig, man weiß wirklich nicht mehr, woran man ist. Sie rief mich oft an, wenn sie getrunken hatte, und dann bekam ich sie nicht mehr vom Telefon weg. Vorzugsweise mitten in der Nacht. Sie wurde wirklich immer mehr zur Belastung."

Mathilde seufzte und nahm einen Schluck Tee, der inzwischen von der Kurzhaarigen mit steinernem Gesicht serviert worden war. Patti hörte aufmerksam zu. Sie war mucksmäuschenstill, einzig ihr Kopfnicken zeigte Verständnis. „Für mich ist das schrecklich, wir kennen uns schon so lange."

Frau Kirmair schaute Patti erwartungsvoll an und diese fragte prompt:

„Wie lernten Sie sich denn kennen?"

Nun gab es kein Halten mehr. Die Carabiniera erfuhr, dass eine Modenschau im „Goaslschnöll“ die beiden Frauen vor Jahrzehnten zusammengeführt hatte und Mathilde alle Einzelheiten der Silla-Ehe kannte.

„Mein Janker und meine Lederhose sind aus dem Laden, aber ich gehöre inzwischen zu den wenigen, die sich Silvias Preise noch leisten können“, bedauerte sie diesen Umstand. Mit einem tiefen Seufzer fuhr die mehr als wohlhabende Lady fort:

„Ich würde Ihnen das gewiss alles nicht erzählen, und ein wenig fühle ich mich wie eine Verräterin, aber ich traue Silvia einfach nicht mehr über den Weg.“

Das kam einem Urteil gleich, wie sie sofort bemerkte und versuchte, es wieder rückgängig zu machen.

„Silvia hatte das Geschäft von ihrem Vater übernommen und aufgebaut, die Konkurrenz in ihre Schranken verwiesen und stets hart dafür gearbeitet. Sie kam obendrein auf den witzigen Namen, der dem Haus richtig Aufwind gab. „Trachten-Silla“ war nach vierzig Jahren wirklich nicht mehr der Burner“, gab sie Einblick in das Leben ihrer Freundin.

„Robert und Silvia haben sich bei einem Ballonfestival vor dreißig Jahren kennengelernt. Sie müssen sich sofort verliebt haben und nahmen auch Lästereien in Kauf, denn sie war fast einen Kopf größer. In Mailand mag so etwas niemanden interessieren, aber bei uns? Es gibt da ganz niedliche Fotos“, befand Freundin Mathilde, und überlegte einen Augenblick, ob sie einige auf ihrem Handy hätte. Silvia hatte sie ihr einmal geschickt, als sie mit Robert letztes Jahr Silberne Hochzeit gefeiert hatte. Doch tat diese jetzt nichts zur Sache. „Und dann?“ munterte die Carabiniera zum Weitererzählen auf.

Sie ließ die ganze Zeit das Gespräch über ihr Handy aufnehmen.

Frau Kirmair fuhr fort: „Sie wohnte in Meran, er in Sterzing. Schließlich kündigten sie beide ihre Wohnungen und zogen zusammen. Denn Robert hatte, wenn auch über die Verbindungen der Familie Laimer, in eine bedeutende Meraner Kanzlei einsteigen können.

Silvia übernahm das Modegeschäft und machte es überregional bekannt, wurde sehr erfolgreich in der Provinz, während Robert immer mehr und mehr in die Politik ein- und aus der Kanzlei ausstieg. In Sachen Kinder wurden sie schnell einig, sie wollten beide kinderlos zu bleiben."

Patti sagte dazu wieder nichts, karrieresüchtige Menschen waren ihr im tiefsten Inneren zuwider. Dass sie auch im Augenblick keine Kinder wollte, im Gegensatz zu ihrem Carmine, der sich sehnlichst wenigstens einen Bambino wünschte, verdränge sie schleunigst. Mathilde führte weiter aus:

„Die ersten Jahre liefen perfekt, beide hatten viel zu tun, beide wurden immer bekannter. Silvia gestand mir, dass sie eines Tages morgens aufwachte und geträumt hatte, ein Mann – und zwar nicht Robert – habe sie leidenschaftlich geküsst. Da merkte sie, dass sich in dieser Beziehung außer gewissen Turnübungen vieles abgekühlt hatte.

Auch rief er sie nicht mehr an, schnelle WhatsApp Nachrichten oder E-Mails reichten. Das muss der Zeitpunkt gewesen sein, an dem sie zu trinken anfing. Schlimmer wurde es, als Robert plötzlich diesen Gianni als Fahrer hatte. Die Veränderung in ihrem Charakter habe ich lange Zeit nicht bemerkt, sie muss mich irgendwie manipuliert haben."

Mathilde stand auf und lief ein wenig in ihrem Wohnzimmer umher. Sie stellte sich vor das Panoramafenster, hinter dem bald die Sonne versinken würde. Schon so lange war Patti hier, die verstohlen auf ihre iWatch linste. Madonna. Die Polizistin hatte eine Antenne, dass die wichtige Zeugin noch mehr auf dem Herzen hatte und wartete ruhig ab. Tatsächlich sprach sie weiter, ohne an ihren Platz zurückzukommen, und produzierte einen unglaublichen Sprung in ihrer Erzählung, denn sie machte diesen Chauffeur zum Mittelpunkt ihrer Erinnerungen. Patti wurde aufgeregt, ließ sich aber nichts anmerken.

„Dann hat sie ihn gesehen, diesen Gianni, als er, entgegen seiner Gewohnheit, seinen Chef an der Haustüre abholte. Es war am sehr frühen Morgen und er parkte direkt vor der Tür. Ein bildschöner Kerl, der seine Homosexualität betont offensichtlich vor sich her trug. Es war ein winziger Bruchteil von einer Sekunde, wie er damals Robert angesehen hatte, die Silvia stutzig gemacht hatte. Ebenso schnell war es auch wieder vorbei.

Sie rief mich gleich danach an und erzählte es mir. Eine Alarmglocke war bei ihr losgegangen und ich hatte keine Idee, wie ich sie beruhigen konnte. Dass sie Recht hatte, wurde kurze Zeit später bestätigt. Robert eröffnete ihr, dass er bisexuell sei. Er wolle das jetzt ausleben und habe sich unsterblich in Gianni verliebt. Robert zog aus. Silvia erhöhte die tägliche Enziandosis."

Mathilde kam wieder zu Patti zurück und setzte sich auf ihren Sessel. Der Tee war derweil kalt geworden und Pattis Magen knurrte unüberhörbar. Nach dem Gelage am Abend zuvor hatte sie am Morgen gar keinen Hunger verspürt, doch das hatte sich inzwischen geändert. Mathilde, eine vollendete Gastgeberin, sah sie erschrocken an.

„Wo habe ich nur meine Gedanken, Sie armes Kind, Sie sind ja ohnehin so zierlich. Darf ich Ihnen etwas anbieten, meine Köchin ist ausgezeichnet, natürlich von hier", plapperte sie, als wäre ihr die „Beichte" von gerade eben peinlich.

Die junge Frau lächelte, für den Lapsus ihres Magens konnte sie nichts.

„Nein danke, Signora Kirmair, es wird auch Zeit für mich, zu gehen, ich habe Ihre Zeit sicher über die Maßen strapaziert."

Mathilde Kirmair gestattete sich ein feines Lächeln.

„Sie sind wirklich ein wunderschönes Mädchen. Sie sollten sich mal bei dieser hiesigen Modelagentur melden, da verdienen Sie sicher mehr als bei den Carabinieri", meinte die Lady, und weil sie es ohne falsche Hintergedanken gesagt hatte, rastete die stolze Patti Mayrhofer nicht aus.

„Mal schauen, zurzeit haben wir wirklich ausreichend zu tun und – vielleicht heirate ich ja auch."

Warum nur hatte sie das gesagt, urteilte sie erschrocken. Schnellen Schrittes und in Begleitung der Dame des Hauses persönlich eilte sie zur Tür.

„Frau Mayrhofer, wenn Sie mich noch irgendetwas fragen wollen, nur zu. Ich fahre erst zu Weihnachten wieder weg, ins Beaver Creek Village, Colorado, USA. Da ist man wenigstens unter sich", plauderte sie leichthin.

Dann hielt sie plötzlich – Patti konnte sich nicht erinnern, gesehen zu haben, dass Frau Kirmair irgendetwas eingepackt hätte – eine Art Tütchen in der Hand. „Das sind von mir selbst gebackene kleine Krapfen, ohne Füllung, dafür aber ein bissl gezuckert. Nehmens bitte!"

Patti bekam das, in eine Serviette gepackte, etwa hühnereigroße Gebäck in die Hand gedrückt. Sie betrachtete das köstliche Backwerk und wunderte sich.

Niemals im Leben konnte sie sich diese Frau in der

Küche beim Backen vorstellen und dennoch war es so. Vorsichtig steckte sie die Bällchen in ihre Hosentasche und nahm sich vor, diese dem Kollegen Toni zu schenken. Sie selbst aß nichts Süßes.

Bevor sie ging, stellte sie der jungenhaften Frau noch eine entscheidende Frage: „Frau Kirmair, ich muss Sie das fragen, aber wo waren Sie eigentlich am Abend des 31. Oktobers gegen 18 Uhr?“

Mathilde Kirmair schaute überrascht drein, lachte dann und antwortete: „Auf der Halloweenparty auf der Pitchforkranch, wo ich manchmal reite. Sie fing schon nachmittags an und ging bis nach 24 Uhr. Ich war als Ötzis Frau verkleidet und habe mich mit vielen Gästen unterhalten. Da wird sich bestimmt einer an mich erinnern.“

Patti hatte dies notiert und würde es an das Präsidium zum Überprüfen weiterleiten. Pitchforkranch, wo um Himmelswillen war die denn? Die Carabiniera verabschiedete sich lächelnd, während sich hinter ihr das schwere Portal schloss.

Die Polizistin ging ein Stück zu Fuß bei dem angenehmen Wetter, hatte aber Toni angerufen, er sollte sie abholen. Dabei kam sie an einer Baustelle vorbei, ein neuer Wanderweg wurde angelegt. Die Männer stoppten bei ihrem Anblick kurz die Arbeit, pfiffen und johlten, was das Zeug hielt. Unverschämte Einladungen folgten.

Catcalling vom Feinsten, ärgerte sich die Polizistin und hätte die Kerle am liebsten umgehend verhaftet. Eingekerkert bei Wasser und Brot. Da kam ihr der zündende Gedanke.

Sie blieb stehen und zog die Serviette mit dem Gebäck aus der Tasche. Langsam entnahm sie dem improvisierten Beutel zwei Krapfen und steckte den Rest zurück. Wie ein weiblicher Terminator stellte sich die junge, durchtrainierte

Frau vor die Männer, hielt die Krapfen wie zwei Eier in der offenen Hand und zerdrückte diese ganz langsam. Sie lächelte dabei.

Diese Symbolik begriffen die gerade noch feixenden Kameraden, wurden biererernst und widmeten sich umgehend ihrer Arbeit. Patti ging pfeifend weiter, bis ihr endlich der Kollege im Alfa entgegenkam.

# KAPITEL NEUN

Die fitte und schnelle Sekretärin der beiden Kommissare hatte inzwischen nicht nur die Mitarbeiterin des Rosengartens eruiert, von der die meisten Artikel über Robert Silla stammten, sondern eine Überprüfung der Kreditkarte des Politikers in Auftrag gegeben. Silla war quasi seit Geburt an Kunde der Raiffeisen Südtirol. Selbstverständlich hatte er eine goldene Karte und zwei Nebenkarten, für Silvia und – für die Polizei nun glücklicherweise – eine für Gianni. Seine eigene befand sich unter seinen persönlichen Dingen, die von der KTU ausgewertet wurden. Mit mäßigem Erfolg, es war nichts darunter, was sich als wirklich relevant für den Fall erwiesen hätte. Grinsend hatte Stefan Oberhofer ein verpacktes, fliederfarbenes Kondom auf Ursels Schreibtisch gelegt und dort eine Weile angeregt mit der Frau, die ebenso kommunikativ war wie er, darüber geschwätzt. Außerdem hatte Ursel immer ein Schälchen mit baci di perugia neben ihrem Rechner stehen. Oberhofer durfte sich nehmen, die Kommissare nur, wenn sie auch recht freundlich waren und sich ausreichend über Ursels Mithilfe bedankt hatten. Jetzt, Mitte November, waren auch Spekulatius dabei, Oberhofer hätte Ursel beinahe einen Heiratsantrag gemacht.

Als Kommissar Thomas Prinoth leicht angeschlagen, aber pünktlich um neun Uhr zum Dienst erschien, reichte sie ihm eine Telefonnummer:

„Miriam Ladurner, du kannst sie jederzeit anrufen", rief sie ihm hinterher, während er in sein Büro ging. Sie vertiefte sich derweil wieder in die Lektüre des Tagebuchs des Politikers. Hubert Pixners Chefbüro stand leer, und Matthias Ohnewein, der neue Polizeichef, hatte bisher alles so gelassen, wie es war. Er war sogar befugt, auf seinen ausdrücklichen Wunsch hin, den uralten Schreibtisch und den ebenfalls alten Holzhocker seines Vorgängers für Besucher und Mitarbeiter zu behalten.

Ohneweins OP im Meraner Krankenhaus war problemlos verlaufen, daher fiel der neue Chef glücklicherweise nicht für immer aus. Nach ein paar Tagen stationär kam er in ein Rehazentrum im Unterland und langweilte sich dort schier zu Tode, wie er bei gelegentlichen Kontrollanrufen mitteilte. Ursel und Pixner hatten ihn schon besucht, ob er und Isabel auch …?

Da stürmte die Kollegin zur Tür hinein.

„Sorry, ich brauchte Aspirin aus der Apotheke und dazu dieser Stau in den Lauben, die Besucherströme nehmen bereits zu. Endlich ist das Weinfest vorbei und man denkt, es kehrt etwas Ruhe in dieses Städtchen ein, da kommen die ersten Weihnachtstouristen. Ist das hier irgendwann auch mal weniger turbulent?"

Aus dem Vorzimmer kam Lachen und dann eine knappe Antwort: „Nie"!

Schnaufend warf Grüner ihre Umhängetasche neben ihren Schreibtisch und stürzte sich auf den Drehstuhl.

Umständlich schälte sie sich erst dann aus einer knallroten gepolsterten Winterjacke, unter der sie ganz in Blau gekleidet war. Blauer Rollkragenpullover, blaue Jeans, die in roten Wildlederstiefeletten steckten. Für Schneefall ungeeignet, das sah Ursel sofort, Prinoth fand die Farbkombination erstaunlich und schwieg sich natürlich aus.

Inzwischen telefonierte der Kommissar, während Isabel das Kondom, das jetzt bei ihr gelandet war, betrachtete, daran roch und es dann zur Seite legte. „Parfümierte Pariser, was es nicht alles gibt", wunderte sie sich. „Lag bei Sillas Habseligkeiten", klärte die Vorzimmerdame auf. „Ab damit in die Asservatenkammer, den Fall wird es uns nicht aufklären", meinte die Kommissarin, hielt sich ihren Schädel und sah dem sprudelnden Aspirin im Glas vor sich zu.

„Ich habe vielleicht eine Rübe", klagte sie. Jetzt krank zu werden wäre eine schlechte Alternative.

Prinoth beendete das Telefonat, schnappte sich einen Parka, der vermutlich der 1968er-Generation entstammte, und verschwand mit den Worten:

„Ich bin dann mal weg. Diese Reporterin hat genau heute und jetzt Zeit. Aber ich muss ein wenig fahren, sie ist bei „Onkel Taa" zu einer Gastro-Reportage. Da nehm' ich doch gleich den Eugen mit".

Seine Erwartung, vielleicht eine kleine leckere Mahlzeit in dem urigen und sehr speziellen Gasthaus, das sich völlig der verblichenen Kaiserzeit verschrieben hatte, würde enttäuscht werden, im Spätherbst hatten Restaurant und Museum Bad Egart immer für sechs Wochen geschlossen. Die andere Hoffnung, den Hund wieder fröhlich zu machen, würde sich ebenfalls nicht bestätigen. Es war sogar eine E-Mail von Ohneweins Freundin Carmen gekommen, was er dem armen Tierchen angetan hätte.

„Ich setze mich mit Lukrezia zusammen, in Sachen Finger“, posaunte Isabel Thomas hinterher, der erstaunt eine fast männliche Stimmlage wahrnahm. Isabel hatte noch gestern Abend spät eine Nachricht in die Whatsapp-Gruppe geschrieben, nachdem sie interessiert Pattis Bericht gelesen hatten, sie müsse unbedingt mehr über das, wie sie formulierte „abbene“ Körperteil wissen. Sagte es etwas aus, war es mit dem gleichen Werkzeug abgetrennt worden, mit dem das Opfer getötet worden war?

Kommissar Prinoth, wie durch einen übernatürlichen Zufall heute ansehnlich gekleidet, fuhr schnell an Ohneweins Wohnung in Algund vorbei und holte den Hund. Eugen schaute ihn unendlich deprimiert an, hörte allerdings auf seine dringendsten Bedürfnisse und kam mit. Jedoch rannte er nicht wie sonst von dannen, sondern schaukelte auf seinen kurzen Beinchen hinter dem Mann her, der ihm sein bisher schlimmstes Leid angetan hatte. Wovon dieser rein gar nichts mutmaßte.

Der Kommissar verfrachtete den widerwilligen Hund in seinen alten Citroën und nahm die SS38 in Richtung Töll. Vom Gasthaus hatte er schon viele schwärmen gehört, heute würde er sich überzeugen.

Zu seiner größten Enttäuschung war es offiziell gar nicht geöffnet, doch die Tür war nicht verschlossen. Er fand eine eher unauffällige Frau, bewaffnet mit einem Notizblock und eine Blondine, die offenbar die Köchin war, sowie den Gastgeber höchst persönlich, Onkel Taa, vor. Es war enorm gemütlich im Gastraum, der einem Museum gleich viele Exponate zur Zeit von Sissi und Kaiser Franz-Josef beherbergte.

Liebevoll waren die Tische und Sitzgelegenheiten dekoriert, bildhübsche alte Lampen spendeten weiches und warmes Licht, eine Reise in die k.u.k. Zeit konnte stattfinden. Die Köchin erzählte soeben von ihren Kniffen und Kunstfertigkeiten, denn selbst die Speisekarte war nach Genüssen der Kaiserzeit ausgerichtet. Die Reporterin bat Prinoth, ein wenig zu warten, sie wären gleich so weit und die Chefin bot ihm daher einen Platz an einem der Tische an. Prinoth bewunderte die zu großen Schnecken mit Haus kunstvoll gefalteten Stoffservietten und studierte die Karte.

Dem Vater der Köchin war der enttäuschte Gesichtsausdruck des Kommissars nicht entgangen, denn er sprach ihn an. „Unsere Küche bleibt für Gäste im Winter immer ein paar Wochen zu, aber für diese Reportage haben wir eine Kleinigkeit gerichtet. Es kommen ja auch noch ein Fotograf und ein Kameramann. Möchtens vielleicht einen Happen mit verkosten, auch wenn es noch nicht Mittag ist?"

Der dünne Mann hatte noch nicht gefrühstückt, danach war ihm nicht nach dem Absturz vom Abend zuvor, und freute sich um so mehr. Sogar Eugen sollte eine Wurst bekommen, die er beleidigt beschnupperte und vorsichtig annagte.

„Was hat denn Ihr Hundele?", meinte die Journalistin Miriam Ladurner, die an den Tisch gekommen war und sich auch setzte. „Er wirkt so unfroh.".

„Wir wissen es nicht, es ist auch nicht mein Hund, sondern wir teilen das Dogsitting unter uns Kollegen auf. Ich war vor Kurzem mit ihm an der Talferwiese wegen einer Zeugenbefragung, der auch einen Dackel dabei hatte. Die beiden haben gespielt und waren dann nicht mehr auseinanderzubringen. Vielleicht hat es damit zu tun."

Ladurner, die mit Hunden aufgewachsen war, nickte heftig mit dem Kopf.

„Aber hallo. Das Tier wird sowieso traurig sein, dass sein Herrchen weg ist, und dann auch noch das. Bringen

Sie die beiden doch wieder zusammen, dann wissen Sie Bescheid. Was möchten Sie nun von mir wissen?", beendete sie das Hundethema.

Prinoth schrieb sich eben eine Notiz ins Handy, dass er Michele Fornara benachrichtigen solle, und wendete sich dann der Zeitungsfrau zu. Inzwischen hatte der Gründer des Restaurants beiden eine Weißweinsuppe mit Artischocken serviert, die köstlich roch und von allen langsam gelöffelt wurde.

Dabei erzählte Miriam Ladurner, dass das Meiste, was ihre Zeitung über den Getöteten gemeldet hatte, völlig frei erfunden war. Sie waren immer mehr an Silvia Silla interessiert gewesen, weil die die vornehmsten Familien der Stadt ausstattete und auf jedem Ball gesichtete wurde. Ihr Alkoholabusus war genau deswegen nicht verborgen geblieben und ein ausgezeichnetes Futter für die Gesellschaftsreporter mit teilweise wirklich gemeinen Fotos.

Natürlich war da auch immer wieder der Größenunterschied zwischen den beiden Sillas aus der Schublade gezogen worden, obwohl das inzwischen keinen Hund mehr hinter dem Ofen herausholte – Eugen knurrte bei dieser Bemerkung – geschweige denn auffiel. Daher waren beide Sillas schon länger nicht mehr in der Öffentlichkeit, allein die Wahl hatte das Ehepaar wieder in Schussposition der Tageszeitungen gebracht..

Prinoth fragte:

„Sie erwähnen in einem Ihrer Artikel, dass Frau Silla als gewalttätig bekannt wäre und ihr Mann gelegentlich blaue Flecken aufwies. Woher haben Sie diese Informationen?"

Ladurner wand sich ein wenig.

„Naja, sicher ist das nicht. Die Silla ist wohl manchmal im Laden, vor Kundschaft, ihre Verkäufer angegangen, verbal jedenfalls. Das hat keinen guten Eindruck hinterlassen und mit dazu beigetragen, dass immer weniger Leute zu ihr kamen. Die Jungen kaufen sowieso zunehmend online. Und Robert trainierte ja im hiesigen Judoverein. Da muss das mit den blauen Flecken aufgefallen sein."

Prinoth notierte sich, im Verein nachfragen zu lassen und unbedingt den Hausarzt von Silla auszuforschen. Ein Job für Ursel.

In diesem Augenblick brachte der gute Geist des Hauses einen Miniguglhupf mit Schokoladensauce, den sie nun in der Ruhe, die er verdient hatte, verspeisten. Sogar der Hund durfte kosten.

Eugen trabte etwas zufriedener mit ins Auto, nachdem er sich ausführlich an der Etsch bei einem kurzen Verdauungsspaziergang erleichtert hatte und Prinoth beschloss, auf dem Nachhauseweg die Carabinieri in der Petrarcastraße zu besuchen. Nach dem Sintflutregen am Anfang des Monats und den anschließenden warmen Tagen war der November endlich so, wie er nach Meinung der meisten Menschen auf der nördlichen Halbkugel zu sein hatte: grau, neblig und feucht.

Richtig kalt war es dagegen nicht, lange Unterhosen bei weitem nicht nötig. Der dünne Kommissar hätte sich nach der warmen Stube hier am Wasser dennoch welche gewünscht, er schlotterte.

Eugen wurde es schließlich zu viel, sein Jagdinstinkt offenbar vorübergehend außer Gefecht gesetzt, denn er ließ eine massige schwarze Bisamratte ungehindert an sich vorbeiziehen. Mit dem Hund stimmte ganz offensichtlich etwas nicht.

# KAPITEL ZEHN

Toni Scarpone und Patti Mayrhofer hatten die liegengebliebenen Aktenberge verteilt und tippten schweigend vor sich hin. Es war viel zu still in der Wache, sie waren das nicht mehr gewohnt. Mieze Molly, die sie immer mal wieder besuchte, hatte vor einigen Jahren überdies ihre Rasselbande bei ihnen aufgezogen, in der Zelle, die niemals benutzt wurde. Die lieben Kinderlein hatten sie nachfolgend im Team aufgeteilt, sogar der Chef persönlich hatte sich beteiligt und Molly war unter"s Messer gekommen. Das hatte sie ihnen übel genommen und noch einen anderen, wesentlich übleren Umstand. Denn im vergangenen Jahr war die Station vorübergehende Heimat eines Bergpapageien, Lord Wellington, geworden, und nun strich seit einiger Zeit die graue Mieze vor der Tür herum.

Hereinkommen mochte sie aber nicht, irgendetwas hielt sie ab. Oder das Strawanzen war ihr doch lieber. Auf jeden Fall fehlte etwas. Nicht nur Maresciallo Marini, wie den beiden jungen Carabinieri schmerzlich bewusst war. Sonst war Marini allerhöchstens zehn Tage am Stück im Urlaub, doch dieses Jahr hatte er sich, weil das Ziel sehr weit entfernt lag, für einen dreiwöchigen Urlaub entschieden. Eine Woche also war er noch in der Ferne und ob er dann gleich betriebsbereit war, würde man sehen.

Am Rechner der Carabiniera lehnte eine Ansichtskarte aus Rom angelehnt, auf deren Rückseite nur zwei schlichte, aber wichtige Worte standen: Ti amo.

Eine Nachricht von Carmine Losso, mit dem sie unter der Woche, so oft es ging, telefonierte. Patti vermisste ihn, und immer mehr erwog sie eine Heirat. Nur wollte sie noch keine Kinder, ein leidiges Thema zwischen den beiden. Ihr Schweigen und Träumen wurde vom Kollegen Toni, selbst glücklich verliebt und immer bestens gelaunt, außer seine Nonna nervte ihn, missinterpretiert worden. Er platzte in ihr geistiges Hochzeitsdirndl, denn er rief:

„Du“, und Patti war wieder auf dem Boden der Carabinieristation.

„Ja“, antwortet sie. Immer, wenn Toni etwas Fallrelevantes ausbrütete, begann er seine Überlegungen genau in dieser Art.

„Ich denke die ganze Zeit über diesen Joke nach, den der Prinoth anfangs gemacht hat, als die Leiche entdeckt wurde. Du warst da ja nicht dabei. Er meinte mit Blick auf das Opfer, ob der eventuell von Halloween übrig geblieben sei, wegen des tiefen Schnitts, der den Kopf fast abgetrennt hat. War kein schöner Anblick.“

Patti gab sich keineswegs betroffen, sondern grinste.

„So schlecht ist der Spruch jetzt auch wieder nicht, Toni, du schwebst einfach zu sehr auf Wolke Sieben mit deiner Lissi. Immerhin war der Typ randvoll mit Drogen, der Täter oder die Täterin eventuell auch – vielleicht ist da einer ausgeflippt. Aber wie ist er oder sie in diesem Zustand mit seiner Kiste wieder weggekommen – ohne nennenswerten Unfall?"

Sie fand Tonis Überlegungen absolut nachvollziehbar.

„Ist inzwischen eigentlich etwas aus der Oldtimersuche geworden, hast du Infos?"

Der Appuntato wühlte in der Kladde zum Fall und fand eine Liste der Besitzer von VW-Käfern in Südtirol. Es waren nur sehr wenige. Zwanzig. Beliebte Oldies in dieser Provinz waren der Fiat Cinquecento und Land Rover Defender. In Meran gab es einen Halter eines echten Kübelwagens, der absoluten Seltenheitswert hatte. Alle diese Besitzer waren überprüft worden und hatten nur negative Ergebnisse. Toni meinte:

„E la madonna! Das wäre ja auch zu einfach gewesen. Die Kiste kann ganz woanders gemeldet sein. Theoretisch müssten wir sämtliche uralt Möhren in ganz Italien überprüfen, wenn wir nicht durch Zufall auf den Richtigen stoßen oder anderweitig den Fall lösen."

Er schien entmutigt.

„Ach, Toni", tröstete da Patti, „wir haben doch noch lange nicht alle Möglichkeiten ausgeschöpft, mit den Zeugenbefragungen stehen wir ganz am Anfang, zum Beispiel."

„Kollegin, du hast wie so oft Recht. Aber warum schlitzt einer dem Mann so die Kehle auf, und schneidet ihm dann auch noch den Finger mit dem Siegelring ab. Lässt aber den edlen Ehering an der Leiche. Den kostbaren Pelz nimmt er mit. Später zieht er den Ring ab und wirft den Finger im strömenden Regen von der Talferbrücke. Wo er nicht von einer Ratte umgehend gefressen wird, sondern auf eine gepflegte Dackeldame wartet. Das passt doch alles nicht zusammen, außer die Story ist vom organisierten Verbrechen, das womöglich mit der Partei arbeitet, geplant."

Patti schmeckte der Gedanke an „la famiglia", die Familie von Onkeln und Tanten nicht, dazu schien ihr Silla insgesamt nicht wichtig genug.

„Schau, wenn Silla in diesem Oldtimer getötet wurde, was sehr wahrscheinlich ist, dann kann der Pelz einfach kontaminiert gewesen sein und wurde deswegen mitgenommen. Nicht wegen seines Wertes und seiner Schönheit. Die Sache mit dem Ehering durchblicke ich auch nicht, vielleicht hat der Täter den einfach für nicht so wertvoll gehalten, wer weiß? Silvia Silla hätte den Pelz bestimmt mitgenommen und mit dem verschwundenen Siegelring versucht, eine falsche Fährte zu locken. Offenbar hasste sie den Ring, also, weg damit. Das Ganze könnte ein Versöhnungs-Schäferstündchen gewesen sein, das aus dem Ruder lief. Oder eines mit Gianni!"

Toni Scarpone hörte nicht mehr richtig zu. Er wollte mit der Liebsten am Abend nach Innsbruck in die Olympiahalle, Eishockey schauen. Lissi spielte selbst, in Meran gab es ein recht fähiges Team. Doch das Spiel in Innsbruck wäre wirklich großes Kino und er hatte die Dame seines Herzens dazu eingeladen. Toni wollte ihr einen unvergesslichen Abend bereiten und eventuell seine Wohnungspläne präsentieren.

Ein relativ schlechtes Foto war vorhin von Benno Silla als Arbeitsgrundlage bereitgestellt worden, das war wenigstens etwas. Der Carabiniere hatte mithilfe weiterer Polizisten aus den angrenzenden Revieren das eingescannte Ringfoto an sämtliche Juweliere – erst einmal – in Meran und Bozen schicken lassen und erfreulicherweise Rückmeldung bekommen.

In Meran war ein Händler ausfindig gemacht worden, der den Ring wiedererkannte und Toni telefonierte lange mit ihm. Der Geschäftsmann gab an, ein ziemlich magerer

Typ mit kurzen blonden Haaren habe ihm Anfang November ein solches Schmuckstück gezeigt und gefragt, was dieses wert sei. Außerdem habe er noch eine goldene Herrenarmbanduhr dabei gehabt, die er verticken wollte. Dem Goldschmied war die Sache suspekt, besonders der Wappenring. Er lehnte den Ankauf ab, schätzte die Uhr auf einige tausend Euro und den Ring für unverkäuflich.

Als er den Verkäufer fragte, woher er diese Schätze habe, meinte der, sie wären ihm geschenkt worden, doch sie würden ihm nicht gefallen, nicht sein Stil. Der Mann habe mühelos, aber eine Art Gossenitalienisch gesprochen, mit einem deutlich deutschen Akzent. Er blieb höflich, hatte nach dem Geschmack des Juweliers etwas „Nuttiges", und ging dann wieder.

Der Geschäftsinhaber hatte kurz überlegt, der Polizei Meldung zu machen, aber worüber? Tagtäglich wurden gestohlene Schmuckstücke angeboten. Selten allerdings bei ihm, er war seriös und seine Adresse an der Postbrücke alteingesessen und ausgezeichnet. Die Familie der Späthaufs lieferte Preziosen in alle Welt. Das war der Grund, warum ihm diese Geschichte in Erinnerung geblieben war. Weder der Mann noch sein Anliegen passten in diese Gegend. Der Juwelier war selbstverständlich bereit, seine Aussage bei der Polizei zu wiederholen und zu bezeugen. Dort zeigte man ihm zusätzlich Fotos aus der Datenbank, die zu seiner Beschreibung leider nicht entsprachen. Woraufhin ein Phantombild angefertigt wurde. Späthauf meinte noch, der Mann könnte eine Perücke getragen haben und roch für sein Empfinden stark nach einem billigen Parfum.

Toni nahm sich einiges vor und bat einen der jungen Kollegen aus der Wache in Lana um Mithilfe. Sie mussten jetzt Portale wie Ebay durchwühlen, vielleicht selbst eine

Anzeige aufgeben, das Darknet bemühen, alles daran setzen, den Ring zu finden. Er war felsenfest davon überzeugt, dass hier der Schlüssel zu ihrem Fall zum Vorschein kam wäre.

Im Netz hatte Toni weiter recherchiert und dabei einen bedeutsamen Artikel gefunden. Den wollte er nun seiner Kollegin vorlesen, oder wenigstens den Link weiterleiten.

„Senti, cara", hob er an und Patti fiel vor allem sein Tonfall auf, „Kommissar Prinoth irritierte ja die Tatsache, dass bis zum Erscheinen Franzis der Ringfinger unberührt auf der Wiese am Talferufer lag, mich auch. Dort wimmelt es nur so von Ratten. Was, wenn den da jemand quasi im Morgengrauen deponiert hatte, dann hat ein anderer schnell den Ring entfernt, der Rest wurde liegen gelassen. Oder Fornara ist in die Sache verwickelt, und hat das Teil, nachdem er das Viech von der Leine gelassen hat, den Finger eben kurz fallen gelassen?"

„Toni, es hat die ganze Nacht wie aus Kübeln geschüttet, da kriegst du auch keine noch so gierigen Nagetiere aus ihrem Bau. Außerdem: Wenn einer schon den Finger absäbelt, warum sollte er nicht gleich das Schmuckstück abziehen, warum dieser Aufwand? Fornara ist übrigens raus, der hat seinen Freund als Alibi, ganz sicher."

„Was nicht heißt, dass er die Geschichte nicht in Auftrag gegeben haben könnte", Patti zog die Augenbrauen nach oben, „aber du hast Recht, mir erscheint er nicht arg tatverdächtig.

Dennoch habe ich mal das Darknet bemüht und gleich in Sachen Siegelringen und Familientraditionen geforscht. Tatsächlich gibt es verbrecherische Organisationen, die Leute mit dem Wunsch nach einer „höheren" Abstammung bedienen. So wie einst die Adoptionen, was aber heute nicht mehr so einfach geht. Die Wünsche kommen hauptsächlich aus dem osteuropäischen Raum und werden häufig in Verbindung mit gefälschten Urkunden und Wappen gebracht. Siegelringe können Wappen tragen. Unter Umständen hat unser Fall genau damit zu tun. Ich werde jedenfalls mal versuchen, einen solchen Ring dort anzubieten, nachgemacht versteht sich. Wir werden sehen, wer sich da so meldet".

Toni war fest davon überzeugt, und deutlich selbstbewusster als in den Jahren zuvor. Es würde allmählich Zeit für ihn, zum Brigadiere aufzusteigen.

Patti leuchtete ein, der Kollege würde von dieser Idee nicht abzubringen sein, einzig durch Gaius Julius Marinius, wie sie den Chef manchmal aus Scherz nannten, doch der war nun einmal in Übersee. Außerdem hatte sie anfangs ebenfalls diese Idee präferiert, war inzwischen durch den Besuch bei Mathilde Kirmair mehr in Sachen Doppelleben Robert Sillas unterwegs. Silvia Silla blieb für sie die Hauptverdächtige.

Da bellte es vor der Tür und Kommissar Prinoth polterte mit Eugen herein. Patti kniete sich zu dem kleinen Hund und streichelte ihn, was er sich nur von ihr gefallen ließ.

„Womit wir gleich beim Thema wären. Eugen ist seit unserem Ausflug nach Bozen schlecht drauf. Ich weiß mir nicht mehr weiter. Ohneweins Carmen ist das auch schon aufgefallen und nun gibt sie mir die Schuld. Das wird heiter werden, wenn der Chef mal wieder hier ist", klagte der dünne Mann.

Toni, der Hunde nicht vornehmlich mochte, auch keine kleinen, zuckte die Schultern.

„Michele Fornara hat mir geschrieben, dass seine Franzi ähnlich reagiert. Was sollen wir nur machen?"

„Ja, vielleicht haben sich die beiden ineinander

verliebt?“, meinte Carabiniere Scarpone klug. „Was schrieb Fornara genau?“

„Dass sie kaum frisst und die ganze Zeit über beleidigt guckt. Wenn wir nicht ein Problem mit Ohnewein bekämen, hätte ich über den Gesichtsausdruck sogar lachen können“.

Patti und Toni riefen gleichzeitig: „Hä?“ und der Kollege klärte auf. Michele Fornara hatte ihm ein Foto von Franzi geschickt, wie sie ihn böse anschaute und auch mager geworden wäre. Das konnte der Kommissar, der die Hündin nur kurz gesehen hatte, nicht nachvollziehen, wohl aber den Ausdruck im Dackelgesicht. Sie zeigte sich selbst mit den Ohren als beleidigt. Alle drei mussten schallend lachen, obwohl Patti mit der Hundedame Mitleid hatte.

„Wir zeigen Eugen das Foto, Thomas, mal sehen, wie er reagiert“, sagte die Carabiniera im Spaß und nahm Prinoth das Handy aus der Hand.

„Da, Eugen, schau, ist das deine Angebetete?“

Augenblicklich begann der Rüde zu bellen, mit dem Schwanz zu wackeln und leckte das Display ab. Patti zog das Gerät sofort zurück und Prinoth schimpfte. „Ma puttana, jetzt ist das Teil eingeschlabbert, igitt.“

Er eilte zur Toilette und holte dort Papier, um es zu reinigen.

„Auf alle Fälle wissen wir jetzt Bescheid. Unser Liebespaar hat Liebeskummer“, konstatierte Toni Scarpone und seiner Kollegin Patti Mayrhofer gelang der entscheidende Satz: „Wir müssen eine Lösung finden“.

Sie schauten sich an und beschlossen, auch Isabel Grüner von dieser neuen Entwicklung zu berichten. Als Nächstes wurde Eugen nach Hause gebracht und Ohneweins Freundin Carmen darüber aufgeklärt, was sich im Inneren des armen Tieres höchstwahrscheinlich abspielte.

Ganz grob machten sie ein wöchentliches Treffen jeweils in der anderen Stadt aus, damit das Paar sich sehen und riechen konnte. Über die Zukunft der Liebenden dagegen hing ein großes Fragezeichen, das letztlich nur die Besitzer entscheiden könnten.

# KAPITEL ELF

Es war Mitte November, Maresciallo Marini würde in einer Woche zurück in Meran erwartet. Nach dem Frühstück im Präsidium angekommen, erfuhr Kommissar Prinoth, dass Sekretärin Ursel wie immer fleißig gewesen war.

Die Dame hatte sich der Sache mit dem auffälligen Pelzmantel ein weiteres Mal angenommen und über die Webseite der Meraner Polizei einen erneuten Suchauftrag gestartet. Im Gegensatz zu den Zeitungen aber war sie erfolgreich.

Eine Frau meldete sich, die zwar nicht Silvia Silla, doch einen Mann in diesem ungewöhnlichen Kleidungsstück am späten Nachmittag des 31. Oktobers an der Bushaltestelle des 216er-Busses in Tscherms gesehen hatte. Der Mantel fiel ihr auf, weil sie früher in Deutschland eine Kürschnerin, ein fast ausgestorbener Beruf, gewesen war. Als sie wiederholt in den Rückspiegel schaute, sah sie, dass ein Wagen dort an der Bushaltestelle hielt.

Da es dunkelte, konnte sie ihn nicht recht erkennen, aber sie glaubte, ein Fahrzeug aus ihren Jugendtagen – mit einer gewissen Freude – zu sehen, einen VW-Bus, einen ziemlich alten, vielleicht sogar einen T1. Es kam ihr vor, als wäre der Pelzmantel in ihn eingestiegen, musste dann aber wieder nach vorne schauen, weil es sonst garantiert gekracht hätte, bei diesem Feierabendverkehr.

Ursel hatte nicht nur die Frau einbestellt, die das Ganze zu Protokoll gab, sondern recherchierte, dass der 216er an dieser Haltestelle auf der angegebenen Straßenseite nach Tisens fuhr. Dort könnte der Mann ja abgeholt worden sein, vermutete die schlaue Mitarbeiterin der Kommissare. Eine Beschreibung des Mantelträgers hatte die deutsche Rentnerin, die ihren Alterswohnsitz in Meran hatte, leider nicht geben können.

Als sie mit ihrem Auto vorbeifuhr, waren ihr nur der Pelz aufgefallen und die miserable Passform für den Träger, der viel zu klein und dünn schien. Es könnte passen. War es tatsächlich Silla gewesen, wüsste man inzwischen wenigstens, wie er zum Castel Katzenzungen gekommen war.

Thomas Prinoth hatte gleich wieder einen neuen Auftrag für sie, nämlich Sillas Hausarzt und seinen Judoclub herauszufinden. Das Magengeschwür, der Drogenverbrauch und die damit eventuell verbundenen Persönlichkeitsveränderungen des Opfers interessierten ihn. Es war für alle am Fall beteiligten Polizisten wichtig, sich ein möglichst genaues Bild des Geschädigten zu machen. Eine operative Fallanalyse zu versuchen, auch wenn die beiden Spezialisten für diese nicht greifbar waren. Dackel Eugen war noch vor dem Frühstück ausgeführt worden. Abgeführt werden sollte er später, wenn er sich nicht brav benahm.

Ins Präsidium durfte er nicht, dafür sorgte allein schon Sekretärin Ursel, die solche „Sperenzien“ gar nicht liebte. Patti hatte sich für diese Woche bereit erklärt, Eugen zu seiner Freundin nach Bozen zu bringen. Nie hätte sie geahnt, dass es dabei womöglich ein ganz anderes Abenteuer zu bewältigen galt.

Ursel notierte den Auftrag und folgte ihm dann in das gemeinsame Büro von Isabel Grüner, um ihre Ergebnisse nicht zweimal berichten zu müssen, wobei darüber auch die beiden Carabinieri in der Petrarcastraße unterrichtet wurden. Doch zuvor ließ sich Kommissarin Grüner die Privatadresse von Ex-Polizeichef Hubert Pixner geben.

„Ich glaube, ich besuche ihn einmal", informierte sie die anderen von ihrem Vorhaben.

„Willst du den liebeskranken Eugen mitnehmen?", fragte ihr Kollege und erzählte in wenigen Worten, was geschehen war. Dann ermunterte sie Ursel, endlich zu sprechen. Diese konnte sich einen Kommentar zum Thema Polizei und Tiere nicht verkneifen – sie hatte schon das „Getue" mit der Katze und dann auch noch mit dem Papagei missbilligt und fand das Casino um den eingebildeten Dackel mäßig aufregend – wollte aber endlich einen Vortrag der anderen Art halten. Sie fragte, ob genug Zeit vorhanden sei, und legte los, als beide nickten:

„Über die Parteizentrale fand ich heraus, dass Gianni Leone, er ist fünfundzwanzig Jahre alt, geboren in Palermo und hat ein abgebrochenes IT -Studium in Bologna hinter sich, lange in Bozen Taxi gefahren ist. So kam auch der Kontakt mit Robert Silla zustande. Er hat sich jedes Mal, wenn die Trenitalia wie so oft nicht kam oder große Verspätung hatte, mit dem Taxi nach Rom fahren lassen." Sie sah die erstaunten Gesichter der Kommissare. „Ja, die Partei hat es ja, das musste der nicht aus der eigenen Tasche bezahlen. Auch den Fahrer, den Silla dann einstellte, weil das mit dem Taxi auf die Dauer doch zu teuer wurde. Was privat zwischen den beiden war, ignorierte man beziehungsweise man wusste es nicht. Das kam glaubwürdig bei mir an. Wobei es sicher gegen Ende Gerede gegeben haben wird. Von ihm fehlt seit dem Wahlabend jede Spur. Die Wohnungsdurchsuchung, die ihr angeordnet hattet, ergab außer einem erheblichen Drogendepot im Spülkasten der Toilette keine Hinweise.

Den Dienstwagen hatte Gianni ordnungsgemäß in der Tiefgarage in Rom vor der Wahl abgestellt, der Pin-Code des Autoschlüssels bestätigte ihn als Fahrer und die Uhrzeit. Nach dem elektronischen Fahrtenbuch waren Chauffeur und Politiker am 23. September von Bozen nach Rom gefahren. Der Wagen war dann am 24. September innerhalb der Stadt am frühen Nachmittag bewegt worden. Es stellte sich heraus, dass Gianni damit eine Shoppingtour unternommen hatte, bei der er seinen Abendanzug in Papageienfarbe aufgetrieben hatte. Nach 17 Uhr stand das Auto für einige Zeit an seinem Stellplatz, bis es die Partei dort abholen ließ. Gattin Silvia war mit dem Zug in die Hauptstadt gefahren.

Warum das Alles, erfahrt ihr gleich bei meiner Zusammenfassung über den Tagebuchinhalt.“

Ursel machte eine kurze Pause, setzte dabei frischen Kaffee auf und holte eine Tüte mit kalten Pizzaschnitten. Spätestens jetzt wurde beiden Kommissaren klar, dass es tatsächlich eine längere Sitzung würde, doch Ursel hatte entscheidende Neuigkeiten angekündigt.

„Die Kumpel seiner Partei wussten erst, was los war und auch, warum Silla sich von seiner Frau getrennt hatte, als er sich unmittelbar nach der Wahl mit einem Video geoutet hat. Der Zeitpunkt aber machte einige der Genossen misstrauisch und tatsächlich stellte sich der Film als Deepfake heraus, generiert von Gianni Leone. Wahrscheinlich ein Racheakt, denn Silla hatte bei der Wahlparty seine Frau dabei. Danach ist Leone abgehauen und kein Mensch weiß, wo er ist. Allerdings weisen die Kreditkartenabrechnungen in Richtung Schweiz. Darauf jedoch komme ich noch."

In der Tat waren Grüner und Prinoth ziemlich überrascht.

„Die Kollegen müssen doch stinkesauer dort gewesen sein", meinte Thomas und Isabel nickte zustimmend. Wieder einmal fiel dem Ersatzmann aus Bozen auf, wie unweiblich sie manchmal war. Es fiel im Vergleich zur sehr femininen Ursel geradezu ins Auge, dass sie breitbeinig auf ihrem Stuhl saß und an einem Bleistift herumkaute. Er fand das nicht elegant, obwohl er genau die gleiche Position einnahm. Dieses wiederum fiel ihm nicht auf.

„Allerdings", bestätigte die Sekretärin, „sie kamen sich belogen und betrogen vor, um nicht zu sagen, verarscht. Das hat mir die Kollegin dort genau so erzählt. Weil sie doch so wertekonservativ sind. Noch bevor der Betrug mit dem Deepfake herauskam, wurde Silla beurlaubt, weg von Rom, weg von der Partei, er sollte seinen Koffer nehmen, eine offizielle Erklärung würde schon noch nachgereicht werden. Da war er dann plötzlich tot. Wie praktisch."

Die Kommissare sahen Ursel und dann sich an. Isabel meinte:

„Dass die sich der Lächerlichkeit preisgegeben sahen, glaube ich sofort. Da muss man sich nur die Plakate aus der heißen Wahlkampfphase vor Augen führen. Ziemlich rechte Säcke, wenn ihr mich fragt", war sie dabei, sich in Rage zu reden. Das wollte Thomas aus einem Instinkt heraus vermeiden, und er unterbrach seine Kollegin.

„Dass die Partei jemanden umbringt, nur weil er nicht mehr ins Konzept passt, halte ich für etwas verwegen. Wobei das ja schon Mafia-Charakter hätte", verstummte er.

So unwahrscheinlich war die Idee doch wieder nicht.

„Eben“, meinte Isabel, „unseren beiden Carabinieri gefällt die Überlegung mit dem organisierten Verbrechen und der Partei ohnehin recht gut. Offiziell hat sich Silla da bisher nichts zuschulden kommen lassen, es gibt keine einzige Zeugenaussage in dieser Richtung. Offiziell wurde verkündet, dass Robert, dessen schlechtes Aussehen bereits in der Öffentlichkeit aufgefallen war, an einem Burn-Out erkrankt wäre und für einige Zeit der Politik den Rücken kehren würde.“

„Vielleicht haben wir uns tatsächlich zu sehr auf seine Frau konzentriert, wir müssen uns unbedingt den Bruder vornehmen, das mache ich, Isabel. Nachdem du bei Pixner gewesen bist. Das ist übrigens eine sehr gute Idee, Pixner hat über die Tore der Stadt hinaus den Ruf, ein hervorragender Ermittler zu sein. Bestimmt fällt ihm was ein, er kennt ja auch seine Pappenheimer in- und auswendig.“

„Ich übrigens auch“, maulte Ursel da, „und ich bin auch noch lange nicht fertig. Ich referiere jetzt das Tagebuch. Eine Zusammenfassung in schriftlicher Form gibt es natürlich auch. Es waren ausschließlich seine Fingerabdrücke auf der Kladde, nebenbei.“

„Ursel, wir wissen, was wir an dir haben“, schmeichelte Thomas Prinoth und Isabel war ein weiteres Mal überrascht, wie überaus charmant dieser sonst so zurückhaltende Mann lächeln konnte. „Wir wollen unbedingt und ausführlich über den Tagebuchinhalt informiert werden. Es ist nur so, wenn man gerade eine Idee hat, muss man die festhalten oder jemandem erzählen, sonst ist sie weg. Also bitte, schieß los!“

# KAPITEL ZWÖLF

„Damit ihr mir den Quatsch da glaubt, werde ich nicht nur erzählen, was der Herr Silla so aufgeschrieben hat, sondern teilweise vorlesen. Er hat mit Füllfederhalter und ausgesprochen schön geschrieben", stellte Ursel fest.

„Silvia Silla hat offenbar eine Anti-Aggressions- oder Alkoholtherapie angefangen oder gemacht, das wird nicht klar. Er hat überlegt, ob Silvia wie so viele Frauen womöglich doch einen Kinderwunsch gehabt hätte, oder ob vielleicht dies der Grund wäre für ihre cholerischen Anfälle, in denen sie anfing, ihm Ohrfeigen zu geben, bis hin zu regelrechten Fausthieben? Er wusste, dass sie trank. Sie glaubte, es verheimlichen zu können, doch eines Tages hatte sie die kleinen Schnapsflaschen in der Mülltonne nicht gut genug versteckt und dann war es ihm wie Schuppen von den Augen gefallen.

Im Großen und Ganzen scheint die Therapie dann geklappt zu haben, denn er beschreibt, dass es nicht mehr zu Übergriffen gekommen sei."

Thomas Prinoth unterbrach sie.

„Dann können wir uns den Judoclub diesbezüglich schenken. Danke, Ursel, das hilft uns weiter. Hin müssen wir natürlich trotzdem, und auch zum Doc."

„Silla beginnt das Tagebuch übrigens mit dem Wahlkampf, wenn es noch ältere gibt, dann wurden die wohl weggeräumt", erklärte die Sekretärin noch schnell, bevor sie weiter den Inhalt wiedergab.

„Es muss während der vielen Fahrten in Sachen Wahl geknistert haben, allerdings scheint es zuerst von diesem Gianni ausgegangen zu sein.

Er beschreibt, wie er sich immer mehr in diesen schwarzäugigen Schönling verguckt, und wie er dabei über seine kaputte Ehe nachdenkt, was ihm mal an Silvia gefallen hat, und sich fragt, warum sie ihm nicht mehr gefällt. Ich zitiere hier mal", sagte Ursel und schlug eine mit einem kleinen bunten Zettel markierte Seite des ansonsten schwarzen Büchleins auf.

„Seit wann berührt sie mich nicht mehr, keinesfalls so, wie gerade eben Gianni? Er hat etwas Animalisches, was mich anzieht, Wildheit, ein verlangendes Feuer, das von keiner Frau auf der Welt gelöscht werden kann. Ich bin erschüttert und zweifle an mir und der Welt. Zitat Ende, vorerst", beeilte sich Ursel, mit einem Blick auf ihre Armbanduhr weiter fortzufahren.

„Ursel, ich hätte Zeit, auch nach Feierabend, ich würde das hier sehr gerne in einem Stück durchhaben", bekräftigte Kommissarin Grüner den Beginn der Besprechung, und auf Prinoth wartete noch nicht einmal Hund Eugen, wie er zugab. Ursel hielt ihr Privatleben privat und achtete stets auf korrekte Arbeitszeiten. Heute würde sie eine Ausnahme machen, denn sie wollte diesen Silla und seine Fantasien aus ihrem Kopf haben.

„Guat, dann weiter", bejahte sie die Sitzung.

“Offenbar ist er erkrankt, er schreibt von ständigem Sodbrennen, das zu chronischen Schmerzen geworden ist. Wahrscheinlich das Magengeschwür, das di Lorenzini diagnostiziert hat.“

Ursel mochte die – in ihren Augen – hochmütige Gerichtsmedizinerin nicht, musste ihr allerdings perfekte Arbeit zubilligen.

„Der Gianni hat ihm immer mehr schöne Augen gemacht und eines Tages hat er ihn dann so weit gehabt. In einem Hotelzimmer ist es passiert. Es hat ihn so irritiert, dass er angefangen hat, im Internet über Bi- und Homosexualität zu suchen. Dabei muss er wohl auf eine Dating-Plattform gestoßen sein. Casanova Rosa“, kriegte sich die Sekretärin vor Kichern nicht mehr ein.

Prinoths erstaunlich sinnliche Lippen umspielte ein Lächeln, während Isabel ein unfrohes Gesicht machte, sie schaute ausgesprochen hölzern daher. Ursel übersah das und plauderte weiter.

„Leider hat er uns nicht den Gefallen getan, seinen dortigen Nickname preiszugegeben. Aber er hatte wohl seinen Gianni im Verdacht, dort herum zu poussieren, jedenfalls gab‘’s deswegen gelegentlich Streit.

Zusätzlich, weil der junge Kerl Spaß wollte, was bedeutete, ausgehen und Party machen. Eine Kneipe in Bozen, die solltet ihr mal genauer untersuchen, sie heißt „Goldene Legging“, da waren sie häufiger. Der junge Kerl fast täglich.“

Prinoth gähnte ein wenig.

„Das „Goldene Legging“, vorher „Wirtshaus zum Goldenen Hirschen“, ist ein altbekannter Schuppen der LGBTQ-Gemeinde, da bekommen wir hundertprozentig gar nichts raus. Wir waren da oft, als ich noch bei der Sitte diente“, meinte er.

„Ich versuche, dass einer der Bozner Kollegen vorbeischaut. Sonst eben jemand von uns. Möglicherweise erfahren wir doch etwas über den Aufenthaltsort des schönen Chauffeurs."

Er forderte die Sekretärin auf, fortzufahren.

„Es gab einen anderen Grund, trotz entbrannter heftigster Liebe, für die Streitereien. Gianni hielt sich wenig an die Abmachung, seinen Chef beim Abholen möglichst neutral bis gar nicht anzuschauen, sondern schmachtete wie ein verliebter Romeo.

Niemand traute sich, seinen Verdacht offen auszusprechen, man munkelte lieber von Ehemüdigkeit und einer Geliebten in Rom. Schnell wurde eine deutsche Blondine daraus. Ziemlich dünn und sehr groß. Jeder, dem es langweilig war, fügte noch weitere Fantasie- und Wunschvorstellungen hinzu, sodass die Mär von einer Influencerin die Runde machte, die aus vermögendem Elternhaus stamme, bei Gucci und Fendi ein und aus ging und die beste Freundin von Roberts Fahrer Gianni sein sollte. Tatsächlich hatte dieser einmal auf den Wunsch seines Bosses hin eine Schulkameradin von Bennos, dem Bruder Sillas, ältestem Sohn, die beide auf Klassenreise in Rom waren, zum Flughafen Fiumincino gefahren. Die junge blonde und sehr schlanke Dame hatte dringend nach Hause gemusst, weil die Oma gestorben war. Keiner der vielen Kollegen, noch nicht einmal die der „Konkurrenz" hatte den Mut, das Offensichtliche zu benennen, wahrscheinlich, weil auch sie alle etwas zu verbergen hatten. Das hat mich dann endlich ein wenig amüsiert, nach dem ganzen verliebten Gequatsche. Die heißen Szenen habe ich euch lieber vorenthalten."

Ursel trank einen Schluck Limonade und biss von der

Pizza ab. Auch die beiden Kommissare stärkten sich ein wenig. Dann erzählte sie weiter.

„Als es auf die Wahl zuging, und sich ein Sieg einer Partei abzeichnete, bat Robert Silvia, ihn zur Wahlparty nach Rom zu begleiten. Er hoffte, das würde dem Getratsche über ihn hoffentlich kurzfristig ein Ende setzen. Nun kommt das Interessante: An ein gemeinsames Leben mit Gianni dachte er zu diesem Zeitpunkt gar nicht mehr. Dafür gab es folgenden Grund, und den trage ich euch wieder vor, das ist bühnenreif!“

Wieder schlug Ursel das Tagebuch an einer markierten Stelle auf und las mit theatralischer Stimme:

„Ich war wie vom Donner gerührt. Was hatte Gianni da eben von sich gegeben? Er wollte die erste First Gay-Lady werden. Er war am Nachmittag in einem kanariengelben Anzug und Schuhen erschienen, um mir mitzuteilen, dass er mit auf die Wahlparty wollte. Er stellte klar, dass er nun seit etlichen Wochen und Monaten die Person an meiner Seite sei, mit der ich lebe und eben nicht die abgelegte Ehefrau. Also wüsste er nicht, warum die jetzt noch mit auf die geile Veranstaltung dürfe und nicht er.

Missmutig war er ja schon seit Längerem. Immer wieder machte er Vorschläge zur gemeinsamen Freizeitgestaltung, immer häufiger sagte ich ihm diese ab.

Ich glaube, er zerbrach allmählich an seinen widersprüchlichen Gefühlen, die hauptsächlich aus Liebe und Groll bestanden, aus Langeweile, wenn er für mich zu Hause blieb, und schlechtem Gewissen, wenn er trotzdem ausging. Die Aktion mit dem gelben Anzug war der Gipfel der täglichen Auseinandersetzungen seit Wochen. Wir scheinen nur noch zu streiten. Keine Küsse, keine Zärtlichkeiten, nur böse Worte, Unverständnis. Nun hatte er mich nach Rom fahren müssen und durfte schon wieder nicht mit in die Öffentlichkeit als der Mann an meiner Seite, sondern diese blöde Tussi, von der ich „angeblich" doch nichts mehr wollte. Gianni verstand die Welt nicht mehr und flippte nach meiner Absage komplett aus.

„Du dämliche Hete, die du noch immer bist, verpiss' dich aus meinem Leben, sonst dreh' ich dir noch den Kragen um", schrie er mit stark angeschwollenen Halsadern, raste zur Tür hinaus und schlug diese mit ordentlichem Krachen hinter sich zu.

Er stürmte die fünf Stockwerke hinunter und verschwand ins römische Nachtleben. Zudem hatte er meine Zweitkreditkarte, die würde er nun ordentlich plündern. Das kündigte er dummerweise noch an."

Ursel brach ab und schaute die beiden Kommissare an.

„Das könnte ein glasklares Motiv sein", konstatierte Isabel Grüner und Thomas Prinoth nickte.

„Mit einem Schönheitsfehler, es ist ein Tagebucheintrag. Ein Indiz für ein Motiv, leider kein Beweis, da man nie weiß, wie authentisch es ist", bekräftigte sie. Ursel meinte dazu, dass sie außerdem Leone immer noch nicht hätten und wenn er tatsächlich in der Schweiz herumturnen würde, es schwierig werden dürfte, an ihn heranzukommen. So, ohne echten Beweis.

„Machen wir für heute Schluss", bat Prinoth, der inzwischen ziemlich müde war. Lesungen waren nicht sein Ding, vor allem dann nicht, wenn man sich wie der Luchs konzentrieren musste.

„Ich schaue mal beim Judoclub vorbei, der liegt auf meinem Weg in den Wasserlauben. Vielleicht darf ich sogar ein wenig mit trainieren, ich habe früher viel Judo gemacht", verriet Isabel Grüner dem wieder einmal erstaunten Prinoth.

Bei ihren runden Formen hätte er sie für wenig sportlich gehalten, aber gelegentlich täuschte sich sogar er. Zeit, einige seiner vielen Vorurteile zu überdenken, meldete ihm ein Teufelchen in seinem Hirn.

Ursel, die gute Fee des Hauses, packte ihre edle Handtasche und stob davon. Für heute reichte es wirklich. Der Kommissar überlegte sich auf dem Heimweg in den modernen Bozner Stadtteil Don Bosco, ob die von Juwelier Späthauf erwähnte goldene Armbanduhr von Robert stammte. Man müsste Silvia Silla unbedingt dazu befragen.

# KAPITEL DREIZEHN

Toni Scarpone ekelte das Darknet mit seinen Waffenverkäufen und seinem so offen zur Schau gestellten Menschenhandel mit Frauen aus Drittweltländern und vor allem der Kinderpornografie einfach nur an. Doch da musste er jetzt durch, wollte er seinen Plan durchsetzen.

Der junge Polizist war fest davon überzeugt, in dem verschwundenen Siegelring des Opfers Robert Silla den Schlüssel für den Mord zu finden. In die Szene einsteigen zu können, wäre hilfreich. Aber wie? Mithilfe eines Lockvogels, fiel ihm ein, ein Ring zum Beispiel, den er als Verkäufer im Netz feilbieten wollte. Eventuell könnte ihm der Goldschmied dabei helfen. Nach einem Telefonat war es so weit, und Toni konnte los traben.

Der Carabiniere erschien, in Begleitung eines traurigen Dachshundes, bei Juwelier Späthauf und erblickte dort einen passenden Siegelring, den er fotografieren durfte. Späthauf erzählte, er habe den Ring vor ungefähr dreißig Jahren auf einer Schmuckmesse in Triest entdeckt. Die wertvolle Preziose, die aus einem Pfandleihhaus stammte, war für den sprichwörtlichen Apfel und ein Ei verkauft worden.

Späthauf versuchte den Händler, der aus dem ehemaligen Jugoslawien stammte, ein wenig auszuhorchen, doch er erfuhr gar nichts. Somit war der Ring unverkäuflich, wollte der Goldschmied nicht als unseriös erscheinen. Weil er ihm gefiel, und eine Seltenheit darstellte, warb er dennoch mit dem Stück, massives Gold mit einer Platte aus Jade und eingraviertem chinesischem Drachen, in der Auslage seines Schaufensters. Erstaunlicherweise wollte ihn in der ganzen Zeit niemand haben, am Ende hing irgendein Fluch über ihm, man konnte schließlich nie wissen. Toni überraschte der Aberglaube bei einem taffen Geschäftsmann, aber wie hatte sein Vorbild und Chef, der Meraner Carabinierichef, Maresciallo Franco Marini immer gesagt: „Unser Herrgott hat einen großen Tiergarten“ und so beließ er es bei der Freude über die unkomplizierte Mithilfe des Meisters. Eugen geriet auch in eine frohere Gemütslage, denn der Juwelier war ein Hundefreund und hatte ihn die ganze Zeit über schnüffeln lassen. Sogar ein Stückchen Wurst hatte der für ihn aufgetrieben. So, wie es aussah, wäre außer einem Hund niemand über diese Mahlzeit erfreut gewesen.

Und nun schlenderte Toni entlang der malerischen Jugendstilbrücke über die Passer zurück zur Wache in der Petrarcastraße, Eugen war schon wieder lustlos und musste gezogen werden. Es war immer noch ein milder November, einzig die Spitzen der Texelgruppe waren vom großen Regen, der oben als Schnee heruntergekommen war, überzuckert. Weiche Luft lag über der Stadt und machte den Gedanken an einen romantischen Christkindlmarkt mit heißem Glühwein zur Spottnummer. Andererseits konnte in den Bergen das Wetter schnell wechseln und die blaugraue Farbe der Passerfluten verhießen Kälte. Toni schauerte in ihrer Erwartung.

So marschierte der junge Mann raschen Schrittes vorbei am historischen Postgebäude, nicht sehr weit entfernt von seiner Herzensdame im Thermenhotel.

Ob er ihr zu Weihnachten wirklich einen Ring schenken sollte? Späthauf hatte wirklich schöne Stücke, doch preislich definitiv über dem, was sich der Appuntato leisten konnte. Vielleicht schaute er bei seiner Lieblingsoma vorbei. Die sammelte nicht nur Katzen, sondern auch alten Schmuck. Wäre ohnehin viel persönlicher, fand der verliebte Freund. Angeboten hatte sie es ihm ja schon.

Toni mochte dieses Viertel, in dem Meran durch normale Geschäfte und Handwerksbetriebe ein wenig den Charakter einer richtigen Stadt hatte, lief an der Heiliggeist-Kirche vorbei und durch die Matteottistraße zurück.

Als im frühen zwanzigsten Jahrhundert dort das neue Rathaus gebaut wurde, hieß sie noch Rathausstraße und erhielt einen Belag, der in seiner Erhaltung einzigartig ist. Große Porphyrplatten bilden bis heute den Straßenbelag und unterstreichen den Eindruck, sich in einem Stadtviertel zu befinden, das ein wenig in der Zeit stehen geblieben war. Das mochte Toni. Doch es gab einen anderen, weiteren Grund:

Als er klein war, ging seine Oma manchmal mit ihm dort in ein wunderschönes altmodisches und privates Kino, dem Apollo, das – mit erheblicher Verspätung – die Animationsfilme für Kinder zeigte, die zeitlich angesagt waren. Im Jahre 2009 wurde es ohne Ankündigung geschlossen und nie wieder eröffnet. Ein ziemlicher Verlust für alle Cineasten der Stadt und denen, die es werden wollten. Inzwischen gab es seit acht Jahren einen Nachfolger im Rennweg, mit anspruchsvollem Programm. Tonis Freundin

Lissi hatte ihn schon einige Male dorthin mitgenommen und er entwickelte sich allmählich zu einem regelrechten Filmfreak. Nachdem die beiden in der Wache eingetroffen waren, nahm Eugen sofort im Körbchen Platz, schnaufte theatralisch und schlief dann ein.

Vielleicht war durch die Kinobegeisterung seiner Freundin Tonis Phantasie angeregt worden, als er, wieder auf der Wache, seine Fährtensuche im Darknet begann und seine Trophäe zum vorgeblichen Kauf anbot. Denn es biss wenige Tage später schon ein Interessent an. Ein Kroate, der vorgab, als Lkw-Fahrer eine ältere ukrainische Frau aus dem Donbass gerettet und zum Dank genau diesen Ring geschenkt bekommen zu haben.

Man habe ihm das Teil gestohlen und er hätte ihn gerne zurück. Natürlich log dieser Mann. Wie Toni, der sich Tomaso Povero nannte, ihn denn erhalten habe, wollte er unbedingt wissen. Das Ganze auf Englisch, von beiden Seiten mehr schlecht als recht.

Zusammen mit Späthauf hatte sich der junge Carabiniere eine Geschichte zurechtgelegt, die glaubwürdig klang und konnte so einen Mirko Vukovic veranlassen, sich mit ihm zu treffen. Tomaso verlangte für den Ring, der allein aufgrund seines Goldgehaltes schon dreihundert Euro wert war, vom Wert der Jadeplatte mit dem einem eingravierten chinesischen Drachen ganz abgesehen, nur zweihundert Euro, worauf sich Vukovic sofort einließ. Goldschmied Späthauf hatte für Toni eine perfekte billige Kopie des Rings in aller Eile angefertigt, diesen würde er mitnehmen.

Sobald der Ring fertig war, konnte die Aktion starten. Toni blieb aufgeregt und fragte seine Kollegin, ob sie mit ihm nach Feierabend etwas trinken gehen wollte. Dann erzählte er seinen Plan. Kollegin Patti war not amused.

„Toni, solche Alleingänge sind keine gute Idee“, meinte

sie in der „Panzerbar“ an der Romstraße. Diese wurde wegen ihres futuristischen Äußeren so genannt, bot aber den besten Espresso der ganzen Stadt.

„Auch stimme ich dir zur Abwechslung mal nicht zu. Deine Idee ist ganz schön crazy. Unser aller Vorbild Hubert Pixner – his words are law – lässt zwar keine Idee als zu verrückt gelten, aber das ist zu unausgegoren. Ich mache mir Sorgen. Und wenn du zehnmal in deiner Freizeit tun kannst, was du willst, du forderst das Schicksal ganz schön heraus. Weiß Lissi von der Aktion?“

Patti Mayrhofer, in der Rangliste der Carabinieri immer noch das Schlusslicht, überlegte, ihrem Lebensgefährten und Brigadiere Carmine Losso eine Nachricht über Tonis Vorhaben zu schicken. Sie war damit gewaltig im Konflikt. Zum einen vertraute Toni ihr, zum anderen spürte sie förmlich die Gefahr, in die er sich begab.

„Nein, Patti, ich habe ihr nichts gesagt, außer, dass ich heute Abend beruflich unterwegs bin. Ich glaube, sie wollte mit ein paar Leuten ins Kino, ein Musikfilm, mit dem ich sowieso nichts anfangen kann. So passt das.“

Seine Kollegin überlegte, ob sie Lissi, die sie einmal kurz kennengelernt hatte, als sie Toni in der Wache abholte, vielleicht ins Nördling 2.0., ihrer Lieblingskaraokebar einladen sollte. Nach dem Kino, wenn sie die Abendschicht fertig hätte, und der Kriminaldauerdienst eingeschaltet war. Doch sie verwarf die Idee gleich wieder.

Sie stürzte den Espresso hinunter, als Toni gerade erzählte:

„Ich schenke Lissi vielleicht einen Ring zu Weihnachten, was hältst du davon?“ Pattis Alarmglocke in Sachen Vukovic schrillte unaufhörlich in ihrem Kopf, ihr fiel zu dieser Idee nur der Wunsch ihres Freundes Losso ein, der ständig vom Heiraten daher schwadronierte.

„Ein Ring, sie zu knechten“, zitierte sie aus dem „Herrn der Ringe“ unpassend, denn Tonis bis eben freundliche Miene veränderte sich augenblicklich. Er sah verletzt aus und Patti bereute ihre unbedachte Bemerkung auf der Stelle.

„Toni, es tut mir leid, es ist nur so, dass Carmine mir ständig mit Hochzeit und Heirat kommt, ich bin ganz sicher ein wenig überempfindlich zurzeit“, beruhigte sie den Kollegen. Sie verschwieg ihr innerliches Chaos darüber, denn andererseits sehnte sie sich nach ihrem treuen Partner. Wenn er nur hier wäre und Toni begleiten könnte.

„Toni, ich hab' nachher nichts Wichtiges vor, lass' mich mitkommen, ich halte mich selbstverständlich im Hintergrund“, bat die Carabiniera.

Doch der wollte davon nichts wissen und bereute, ihr den Treffpunkt mit Vukovic schon verraten zu haben.

Er zahlte beide Espressi und begab sich auf den Weg. Patti sah er im Rückspiegel mit dem Dienstalfa in Richtung Petrarcastraße rasen und sauste davon. Angst hatte er keine.

# KAPITEL VIERZEHN

„Die Silla reagierte damals seltsam, als wir ein Foto von dem Ring haben wollten“, wunderte sich Kommissarin Isabel Grüner. „Die hat doch garantiert auch eins, das besser ist als diese miese Fotokopie.“

Sie erzählte ihrem Kollegen, dass die bisher Hauptverdächtige, die das Adelsprädikat, wie sie den Ring nannte, offenbar nie leiden mochte, konnte und wollte dazu nicht sehr viel aussagen.

Der erneuten Untersuchung der Villa schaute sie in ihrer Küche staunend zu, denn diese war seit Monaten unbenutzt. Im Spüler befanden sich nur benutzte Gläser. Obwohl sie keinesfalls darüber Rechenschaft abgeben musste, erklärte sie dem Leiter der Mannschaft, sie koche nicht, habe noch nie gerne gekocht, und ließe sich, wenn sie Hunger verspüre, was kaum vorkäme, irgendetwas bringen. Meran hätte da in den letzten Jahren ordentlich aufgerüstet und es gäbe mehr als nur einen Pizzaservice. Den Leuten in den weißen Overalls stand sie dabei im Weg herum und hielt sich an einem ordentlich gefüllten Glas fest. In die oberen Dachräume begleitete sie ihre „Gäste“ nicht, es interessierte sie schlicht nicht.

Die Kommissarin und Thomas Prinoth tranken ihren Pausen-Macchiato in der angesagten Bar „Drei Blumen“ ganz in der Nähe der Polizeistation, im wenig attraktiven stark befahrenen Rennweg. Hier wurde hauptsächlich Craftbeer ausgeschenkt, das beide nicht mochten, dafür aber Patti Mayrhofer, wie sie kürzlich erzählte. Toni war regelrecht baff, denn er hatte Patti bisher immer nur Wein trinken sehen, falls sie überhaupt einmal einen Tropfen Alkohol zu sich nahm. Manchmal waren sie nach der Arbeit gemeinsam dort vorbeigegangen und nutzten die Örtlichkeit, um für den Feierabend den Polizeialltag loszulassen.

Manchmal gelang es, oft aber nahmen drei der vier „Blumen“ die Arbeit im Kopf mit nach Hause. Nur Toni Scarpone war ausreichend abgelenkt.

Eine kurze Anfrage bei Roberts Eltern bestätigte, dass er den Wappenring aus Gold mit einem Edelstein getragen hatte, wie vom Juwelier beschrieben. Ein Foto war schon bei den Carabinieri, doch die Schwarz-Weiß-Kopie war minderwertig.

„Wahrscheinlich hat man ihm deshalb den Finger abgeschnitten, jemand wollte den Ring haben!“, sinnierte Isabel und betrachtete dabei den schmalen silbernen Reif, den sie am Mittelfinger trug. Zum wiederholten Male fielen ihrem Kollegen dabei ihre großen, muskulösen, aber wohl geformten Hände mit langen Fingern auf.

„Ist so ein Siegelring denn tatsächlich wertvoll?“, erkundigte sich Thomas, der sich aus Schmuck überhaupt nichts machte.

„Das kommt auf den Stein an, aus dem er geschnitzt wurde und das Material des Ringes selbst. Ich werde das

Foto nun an meinen alten Onkel Gabriel Grüner in Innsbruck schicken. Der ist fit in Wappenkunde und Heraldik, möglicherweise kann er uns helfen. Was mich allerdings echt total fuchst, ist die Tatsache, dass das private Handy Sillas immer noch nicht gefunden wurde“, kommentierte Kommissarin Grüner die bisherigen Ergebnisse zu diesem Thema. Prinoth referierte den Rest:

„Die Männer und Frauen von Stefan Oberhofer haben die Villa in Tscherms auf den Kopf gestellt, den Rechner und dieses ominöse Tagebuch zu Tage gebracht, sonst nichts. Auf dem Rechner nur Offizielles, im Browserverlauf nichts Auffälliges. Bis auf eines: Er hat, ungefähr zur gleichen Zeit, in der er mit dem Bloggen aufhörte, eine Weile über nichtbinäre Geschlechtsidentität und Lebensmodelle recherchiert. Doch gab es weder in Südtirol noch in Rom Ausstellungen oder sonstige Ereignisse zu diesem Thema, das muss also einen anderen Grund gehabt haben. In der Bude in Rom fanden die Kollegen gar nichts Relevantes.

Sie stellte sich als ehemaliges Jugendzimmer in der großen Wohnung einer Schweizer Journalistin in Trastevere heraus, deren Tochter ausgezogen war und die sich nun mit ihrem Mann tagtäglich stritt, wenn sie nicht zugedröhnt war. Eine ehemalige blonde Schönheit, die ausgezeichnet Italienisch sprach, am armen Robert leider nichts Gutes ließ. Seine Vorliebe für Männer war ihr aufgefallen, Gianni mehrfach dort gewesen, ohne sich von ihr beeindrucken zu lassen. Das nahm sie ihm übel. Im Zimmer fand sich außer DNS von Robert und von Gianni und die der Wohnungsinhaber nichts, was zur Klärung des Falls verwendet werden konnte.“

Dann schlenderten die beiden wieder zurück in ihr Büro, wo sie Silla-Senior erwarteten, was Ursel über die Eltern herausgefunden hatte.

So soll in Meran bekannt gewesen sein, dass zunächst nur Mutter Silla von der Idee, als Kastellane auf einer Burg zu arbeiten, begeistert war und weniger er. Harald Silla, promovierter Germanist und Verleger als Handlanger eines Südtiroler Adeligen, der es vorzieht, in Deutschland in einer vornehmen Villa zu residieren statt in seiner mittelalterlichen Burg mit Holzöfen, zugigen Zimmern und Hofpflaster aus Wackersteinen.

Das änderte sich schnell, denn der Senior hatte immer einen vorzüglichen Draht zu jungen Leuten, seine historischen Südtirolbücher waren gezielt an Jugendliche gerichtet und auf der Burg bot er allerhand Kurse für Kinder und Teenager an. Da lernten die Mädchen Bogenschießen und die Jungen durften zu Mutter Ilse in die Küche, Feuer machen und bei den Kochkesseln „einen Zahn zulegen“, um das Essen schneller zu garen.

Die Kurse waren in den Ferien stets ausgebucht und auch an den Wochenenden ziemlich beliebt. Für die Kastellane, die einen eher kärglichen Lohn bekamen, da sie dafür Kost und Logis frei hatten, ein beruhigendes Zubrot. Über den Ring würde sicher Harald Silla am meisten wissen, denn es wäre ein Familienring, der vom Vater an den ältesten Sohn vererbt wird.

Inzwischen waren die Kommissare wieder an ihren Schreibtischen, da klopfte es an der Tür. Eine freundlich lächelnde Ursel brachte den beiden Beamten einen älteren Herrn ins Zimmer, der dem Toten ausgesprochen ähnlich sah und vollkommen grau im Gesicht war.

Harald Silla. Nachdem er Platz genommen hatte, kramte er aus seiner Brieftasche ein qualitätvolles Originalfoto, auf dem der Ring zu sehen war. Ein Goldring mit einem quadratischen Onyx, auf den ein stilisiertes Herz mit gekreuzten Schwertern graviert war. Der Ursprung des Wappenrings war in der Familie unbekannt.

„Vielleicht haben wir alle Mitschuld an seinem Tod", ging er gleich in die Vollen und berichtete von einer hässlichen Szene zu Erntedank, das stets mit der gesamten Familie begangen wurde. Robert wirkte schwächlich, war blass und abgemagert. Zusätzlich streitsüchtig und sogar gehässig, was man nicht von ihm kannte. Ein anderer Mann, ein anderer Robert kam zum Vorschein, Senior und Bruder zeigten sich geschockt. Am allermeisten aber von den Neuigkeiten, die der Vater verabscheute und missbilligte.

Als hätten sie sich verbündet, keifte Roberts Mutter Ilse mit los. Niemals, wirklich niemals hätte Robert bei der stets freundlichen und liebenswürdigen Frau, die Kinder so sehr liebte, solche Ablehnung gegenüber Homosexualität vermutet. Sie mochte sogar die Blumen, die ihr ihr Sohn überreichen wollte, nicht annehmen, geschweige denn, sich von ihm anfassen lassen, man wüsste ja nicht, was er für Krankheiten mit in die Burg bringen würde.

Schwiegertochter Silvia bekam ihr Fett gleich dazu weg. Hätte sie sich mal mehr um Robert als um ihre Karriere gekümmert und ihm vor allem eine ordentliche Familie geschenkt, wäre das alles nicht passiert.

Der sonst so weise Harald stach in dieselbe Wunde, als der ältere Sohn fassungslos von einem zum andern schaute und bleicher als die gekalkte Burgmauer geworden war. Robert wurde verpflichtet, den Familienring umgehend an seinen Bruder Benno abzugeben, er wäre seiner nicht mehr würdig. Das zukünftige Familienoberhaupt, das soeben in Ungnade gefallen war, versuchte in namenlosem Zorn, den Ring abzuziehen, aber er steckte fest wie angeschmiedet.

„Meine Frau fand immer, dass Silvia zu karrieresüchtig

wäre. Dass Robert eher eine Frau gebraucht hätte, die ihm den Rücken stärkt und ihm ein gemütliches Heim richtet, in dem er Kraft tanken kann. Vielleicht wäre er dann heute noch da und hätte auch diese unglückselige Affäre nicht angefangen, die alles nur noch schlimmer gemacht hat. Kinder erden einen“, setzte er hinzu.

Dass seine altväterlichen Ansichten in dieser Amtsstube nicht auf fruchtbaren Boden fielen, bemerkte er nicht. Isabel gab sich einen Ruck und fragte trotz des Ärgers, der in ihr aufgestiegen war, in freundlichem Ton:

„Wussten Sie eigentlich, wie krank Ihr Sohn war?“

Harald Silla wurde für das Erste grauer. Anschließend dann laut. Sehr laut. Er stand, für einen Mann seines Alters erstaunlich schnell, von seinem Stuhl auf und erwiderte unerwartet wütend:

„Glauben Sie tatsächlich, mein Sohn würde sich erlaubt haben, seinen alten Vater zu verarschen? Er muss geahnt haben, wie Ilse und ich auf die geschmacklosen Neuigkeiten reagieren würden. Da hat er wohl vergessen, uns auch noch von seinem Magengeschwür zu erzählen!“

Er wusste es also doch, und dann vermutlich von dem Bruder Benno, es wurde höchste Zeit für eine Vernehmung Benno Sillas und einem Besuch beim Hausarzt des Opfers. Warum er darüber so entrüstet war, erschloss sich den Kommissaren nicht. Unter Umständen hatte es etwas mit seinem Alter zu tun.

Prinoth, der im Sinne gehabt hatte, den Vater bezüglich der Drogengeschichte ein wenig auszufragen, gab dieses Ansinnen auf. Eine Frage zu stellen kamen die Kommissare nicht umhin:

„Herr Silla, wo waren Sie denn am Abend des 31. Oktobers gegen 18 Uhr?“, traute sich Isabel Grüner, sich zu erkundigen. Der Greis fing an zu brüllen und lief beim

Schreien dunkelrot an, er würde sich solch idiotische Fragen verbitten und sie würden von seinem Rechtsanwalt hören, schrie er und ging, so rasch er konnte, in Richtung Ausgang.

Die Kommissare machten sich Sorgen um seinen gesundheitlichen Zustand und gaben Ursel heimlich ein Telefonzeichen. Silla Senior schüttelte sein weißes Haupt und brummelte Unverständliches, das sich nicht wie Liebeserklärungen anhörte.

Dr. Harald Silla hatte sich so aufgeregt, dass er vergaß nachzufragen, warum ihn die Beamten nach Roberts Erkrankungen, zu denen er auch dessen Schwulsein zählte, gefragt hatten und stürmte schließlich davon. Fassungslos schauten sich die Kollegen an. „Eine freundliche Familie“, meinte Ursel, an der vorbei der wütende Mann aus der Amtsstube raste. Unten wartete unauffällig ein Beamter, der aufpasste, dass sich der rasende Alte in das herbei gerufene Taxi setzte.

# KAPITEL FÜNFZEHN

Ein eigenes Auto konnte sich Carabiniere Toni Scarpone nicht leisten, durfte aber den Wagen seiner Mutter nehmen, so oft er wollte. Anna, die früher einmal Rennen fuhr, war nach den Ereignissen der letzten Jahre mit den Nerven zwar nicht am Ende, doch sie waren dünner geworden. Tonis Vater war in den Bergen abgestürzt, als er und seine jüngere Schwester noch klein waren und die Mutter verdiente mit ihrem Servierjob keine Reichtümer. Mithilfe ihrer intakten Familie brachte sie sich und die Kinder durch, bis sie mit Mitte Fünfzig noch einmal eine Liebe fand. Es war sogar die große ihres Lebens. Alle gönnten es der kleinen tapferen Frau, dass sie ein zweites Mal heiratete und so glücklich wurde. Da wäre der neue Partner um ein Haar gestorben, ein Herzinfarkt, den er überlebte. Doch blieb er zu fünfzig Prozent schwerbehindert. Weil der Mann vital und stark war, sah ihm das niemand an und sofort kam bei den Nachbarn im Dorf Neid auf. Es wurde für das Paar schlimmer, denn den beiden brannte der kleine Stadel, in dem die Mutter nach der Heirat mit ihrem Ehemann wohnte, beinahe komplett ab. Sie überlebten und konnten sich dank der Versicherung, die der Mann schon lange hatte, eine kleine Wohnung in Meran leisten. Sie kauften sie. Wieder waren die – nun ehemaligen – Nachbarn neidisch. Der tapfere Invalide verlor durch die Behinderung seine Arbeit, gab dennoch nicht auf und konnte sich schließlich als Hausmeister an einem Gymnasium der Stadt verdingen. Der ehemalige Ofenbauer war handwerklich geschickt und beherrschte quasi alles. In der neuen Wohnung in der Goethestraße unweit des Meraner Krankenhauses war für die inzwischen erwachsenen Kinder kein Platz mehr. Tonis Schwester studierte jetzt Mode in München und er war WG-Gast bei einem guten Freund, wollte aber eine neue, größere Bleibe für sich und Lissi.

Nun brauste er mit dem alten Mini über die MeBo in Richtung Bozen, wo er mit Mirko Vukovic, falls das überhaupt der richtige Name wäre, auf dem Gelände der Bahnhofparks verabredet war. Toni war komplett furchtlos, er fühlte so etwas wie Lampenfieber und freute sich, Maresciallo Marini, der bald wieder aus Neuseeland zurückkommen würde, erste Erfolge präsentieren zu können. Er ahnte nicht, dass ihm seine Kollegin Patti Mayrhofer dicht auf den Fersen war. Vukovic hatte Toni für 19 Uhr einbestellt, nach Feierabend, wie er schrieb. Er sei Wachmann bei einem hiesigen Zubehörbelieferer, Dienstschluss für die Tagesschicht wäre 18 Uhr.

Noch klang das alles nicht unseriös, wie Toni fand. Allein der Ort des Rendezvous hatte Patti aufhorchen lassen, nachdem er ihn ihr – dummerweise – genannt hatte. Mirko wollte sich im Park am Bahnhof in Bozen treffen, seit vielen Jahren ein Schauplatz der dunkleren Seite der alten

Handelsstadt. Straßenstrich, Drogenhandel, Schwarzmarkt, alles, was illegal war, fand hier statt. Er galt bei den Einheimischen als gefährlich, aber schließlich war Scarpone ja Polizist. Außerdem musste man nicht jedem Gerücht glauben, was hauptsächlich die erzreaktionären Parteien über den Park meinten.

Der Park war ursprünglich ein Paradies und Willkommensgruß für die Touristen, die Ende des neunzehnten Jahrhunderts begannen, Südtirol zum Urlaubshotspot zu machen.

Daran erinnerte an dieser Stelle alleine das Grandhotel Laurin mit seinem traumhaften Garten, in eklatantem Gegensatz zu den traurigen Resten einer einst blühenden Parklandschaft mit Zierpflanzen, Koniferen und grünen Rasenflächen.

Sie hatten eine bestimmte Bank unter einer alten Laterne ausgemacht, nicht weit weg davon fand Toni unverhofft sogar einen Parkplatz für den Mini. Den Ring bewahrte er in einem kleinen Kästchen, das ihm Juwelier Späthauf mitgegeben hatte. Der Carabiniere in Zivil saß auf dem äußersten Rand der Bank, inzwischen beträchtlich angespannt. Er trug Handschuhe, die Schatulle in der Tasche seiner schicken roten Winterjacke.

Er sah von weitem einen mittelgroßen, unauffälligen Mann mit langsamen Schritten näherkommen. Er trug graue Wanderschuhe, graue Hosen und eine graue Schneejacke mit reflektierenden Streifen, auf dem Kopf eine ebenfalls graue Wollzipfelmütze. Er zögerte etwas und kam dann näher.

„Tomaso?“, sprach er ihn mit rauer und brüchiger Stimme an. Toni bejahte. Ihm fielen sofort die Augen des Anderen auf, die von ursprünglich tiefer blauer Farbe, wie Irrlichter flackerten. Der Mann blieb unmittelbar und stocksteif stehen und starrte den jungen Italiener an. Etwas schien in ihm vorzugehen, doch Toni konnte weder in seinen Augen noch an seiner Mimik lesen, was.

Er rechnete nicht damit, wie nah seine Kollegin, hinter einer dicken Zeder versteckt, stand, die über die zehn Meter fühlte, dass etwas gewaltig nicht stimmte. Sie war außerhalb des Dienstes und trug ebenfalls keine Uniform. Gleichzeitig musste sie höllisch aufpassen, von keiner der undurchsichtigen Figuren, die sich gleichermaßen hier herumtrieben, bemerkt, angesprochen oder am Ende noch angefasst zu werden.

„Ich bin Mirko", sagte der Mann in slawisch gefärbtem Italienisch.

„Zeig mir den Ring", forderte er Toni auf, während inzwischen eine bedrohliche Ausstrahlung von ihm ausging. Mirko setzte sich nicht neben den anderen Mann, sondern baute sich vor ihm auf. Der Carabiniere bemerkte die athletische Figur seines Gegenübers und meinte nur:

„Zeig mir die Kohle." Der Muskelkerl griff in seine Hosentasche und zog zwei Hundert-Euro-Scheine hervor, die er in der rechten Hand behielt.

„Die bekommst du, wenn es der Ring ist, den ich suche", sein Italienisch war fehlerfrei, aber eigenartig von der Betonung.

Toni sah in den blauen Augen des Mannes trotz der Dunkelheit des Parks ein teuflisches Leuchten, zum ersten Mal bekam er Angst. Trotzdem nahm er die kleine Schachtel aus der Jackentasche und reichte sie Vukovic, der ihn dabei ununterbrochen beobachtete.

Inzwischen waren einige einsame Herren auf die hübsche Blondine hinter dem Baum aufmerksam geworden, obwohl sie die Kapuze ihres Hoodies über den Kopf und tief ins Gesicht gezogen hatte und figurverdeckende Klamotten trug. Sie zischte leise:

„Verpisst euch, aber avanti“, was die Männer zu einem Grinsen verführte, aber nicht von Patti weg. Sie holte einen Schlagring aus der Tasche ihrer Bomberjacke, zielte damit in Richtung Hosenlatz des ihr am nächsten Stehenden und war die Kerle fürs Erste los.

Dackel Eugen, den sie zuvor mit seiner Herzensdame zusammengebracht hatte, war unmittelbar nach dem Rendezvous wieder in seine tiefe Depression verfallen und bellte nicht einmal. Er beklagte sich auch nicht, an der Parkbank, die neben der Zeder stand, angebunden geworden zu sein. Ohne Liebe ist das Leben einfach nicht bellenswert, fand Eugen und schnupperte ein wenig an dem vertrockneten Überbleibsel einer seiner Kollegen auf dem schmutzigen Boden. Sie würden eine dauerhafte Lösung finden müssen, fand Patti, doch welche?

Als sie wieder zu Toni schaute, bemerkte sie, wie der Mann sehr nahe an ihren Kollegen getreten war.

Dann hörte sie den Mann brüllen:

„Das ist der Ring. Ich war zehn Jahre alt, damals, 1992. Mehrere Soldaten der serbischen Armee überfielen unser Haus, sie erschossen unsere Eltern und sie fesselten mich. Meine Schwester Marija, sie war nur zwei Jahre älter als ich, wurde von allen Soldaten vergewaltigt und geschlagen. Als sie schließlich nicht mehr schrie, zog einer die Zavasta CZ-99 aus dem Holster, griff sich ihr Gesicht und schoss ihr in den Mund. Ich sehe bis heute seine blutüberströmte Hand vor mir, er trug genau diesen Ring. Da kamen zwei Leute von uns ins Haus, sahen alles und erschossen die Serben. Ich wurde befreit, konnte mich schnell bücken und dem Mörder meiner Schwester die Pistole entreißen. Dieser Teufel sah genauso aus wie du.“

Mit diesen Worten hatte er eine Waffe gezogen, sich in Blitzeseile neben Toni gesetzt und hielt ihm die Zavasta an die Schläfe.

„Mein Leben lang habe ich diesen Ring gesucht, ich wurde damals schnell aus der Kampflinie gebracht, ich weiß nicht, was mit ihm geschah. Nun hast du ihn, du siehst so aus wie er, das reicht. Ich will endlich meine Rache“, bereit, dem schweißüberströmten Polizisten den finalen Schuss zu versetzen.

Toni hatte die Angst wie eine eiskalte Hand um sein Herz gegriffen und es erstarren lassen. Logischerweise hatte er gewusst, worauf er sich einließ, als er sich damals bei der Polizei bewarb. Sich tagtäglich in Gefahr zu bringen, sich dessen auszusetzen, eine perfekte Projektionsfläche für frustrierte oder psychisch gestörte Menschen zu sein, was besonders in den letzten Jahren immer schlimmer geworden war. Seine Mama war von Anfang an unglücklich darüber gewesen, was bei ihrer Vita auch kein Wunder war. Sollte es tatsächlich jetzt schon so weit sein, jetzt, wo er dank Lissi nicht nur eine berufliche Perspektive hatte.

Er spürte, wie sich eine warme Flüssigkeit zwischen seinen Oberschenkeln ihren Weg bahnte, er war ihm sofort klar, was es bedeutete. Es kam ihm wie Stunden vor, bis der Kroate endlich abdrücken würde, und noch nie in seinem Leben wünschte er sich so sehr Hilfe herbei.

Der Angreifer drückte nicht ab. Wie ein Wirbelwind war eine dunkelgekleidete, sehr kleine Person aufgetaucht, die ihm mit ihrem rechten Fuß die Waffe aus der Hand kickte und den Mann mit wenigen geschickten Griffen zu einem Päckchen zusammenfaltete.

Patti.

Ein paar Schwarze suchten erschrocken das Weite,

Toni nahm wahr, wie einer sein Handy zum Filmen zückte, und dann holte die Polizistin den Hund.

Nur wenig später erschienen die Genossen der nächsten Carabinieristation. Schnell konnten sich Patti und Toni als Kollegen zu erkennen geben, während der paralysierte Mirko Vukovic abgeführt wurde.

Toni war nicht weniger von der Rolle. Er fiel Patti Mayrhofer, seiner Retterin, um den Hals und weinte. Das überraschte den Hund jetzt doch, er bellte kurz.

„Toni, nein, du brauchst dich wirklich nicht zu bedanken, hör auf damit", schimpfte die Win-Tsun-Meisterin.

„Überlege dir lieber, was du Marini erzählst, der in drei Tagen wieder hier, also wenigstens im Lande ist. Erstmal wird er den Jetlag überwinden müssen, insgesamt hatte er ja vier Wochen Urlaub eingereicht."

„Si, Sorella, si", mehr brachte der Appuntato in diesem Stadium nicht heraus, ab heute wäre Patti für ihn eine weitere Schwester, Sorella.

„Überlege dir, ob du nicht recht bald bei Pixners Frau vorbeischaust, die ist doch Psychologin und Psychotherapeutin. Zwar im Ruhestand, aber für einen Exkollegen ihres Ehemanns macht sie sicher eine Ausnahme. Ich denke, du könntest in Sachen Aufarbeitung jetzt einen Profi gebrauchen."

Mit diesen Worten drückte sie Toni die Hundeleine in die Hand und schickte ihn einmal ums Carré, um wieder zu Luft zu kommen.

Die Carabiniera übernahm es, den Bozner Kollegen zu beschreiben, was sich ereignet hatte, und bezeichnete die Begegnung zwischen Toni und Vukovic als Undercover Aktion. Erstmal würden sie damit durchkommen.

Sie kritzelte schnell eine Unterschrift unter das Protokoll auf dem Tablet und dann fuhr sie den Kollegen nach

Hause. Sie war bewusst mit dem Vinschger hergekommen, vielleicht mit einer Vorahnung. Toni neben ihr auf dem Beifahrersitz kam von der Idee ab, dass der Ring mit der Mafia zu hatte. Immerhin hatte sich auf seine Anzeige im Darknet niemand außer dem traumatisierten Kriegsopfer mehr gemeldet.

# KAPITEL SECHZEHN

Als Benno Silla die Aufforderung erhielt, sich bei der Polizei zu melden, hatte der ohnehin eine schriftliche Aufstellung dessen gemacht, was er auszusagen hatte. Er war völlig erschüttert über den Mord an seinem Bruder und reflektierte seither, ob er etwas hätte tun können. Denn seines Erachtens war es kein von Robert selbst inszenierter Tod.

Die Eltern waren glücklich als Kastellane auf ihrer Burg, wo sie häufig die Enkel zu Gast hatten. Benno war mit einer italienischen Lehrerin, Luisa, verheiratet, die in Bozen am Gymnasium Geografie und Geschichte unterrichtete und hatte mit ihr zwei Jungen im Grundschulalter. Robert pflegte viel zu wenig Kontakt zu seinen Neffen und Luisa lud ihn schon gar nicht mehr ein, obwohl er die Aufenthalte in der Sommerfrische auf dem Hof seines Bruders in Barbian auf dem Rittner Horn immer sehr genossen hatte. Dort, oberhalb von Bozen, konnte man die häufig brütend heißen Monate von Juni bis August gut aushalten, wenn Robert Tag für Tag im Südtiroler Landtag in der Provinzhauptstadt verschmachtete.

Ähnlich seinem Vater saß nun der Bruder im Büro der beiden Kommissare. Isabel Grüner und Thomas Prinoth verdauten gerade die Nachricht von Patti Mayrhofer über die Heldentat des jungen Kollegen von den Carabinieri.

Sie würden sich da nicht einmischen, das musste Chef Marini höchstpersönlich klären. Immerhin war inzwischen deutlicher geworden, dass die Mafia recht sicher nichts mit dem Verschwinden des Siegelringes zu tun hatte. Den Kroaten Mirko Vukovic erwartete eine Verhandlung wegen des Vorfalls im Park, er saß derzeit ein.

Leider hatte Isabel Grüners Onkel Gabriel Nichts zum besseren Verständnis beigetragen. Sie hatte ihn mit Freude besucht, war bei Wind und Wetter über den Brenner gefahren und hatte den alten, äußerst originellen Herrn in seiner nicht weniger originellen Galerie besucht. Natürlich ließ der sich die Gelegenheit nicht entgehen, seiner Nichte, die einmal ein Neffe gewesen war, einen stundenlangen Vortrag über Heraldik und das Gemmenwesen im Besonderen zu halten. Onkel Gabriel war einer der wenigen Grüner, die die Wandlung von Igor zu Isabel weder verurteilten noch kommentierten, er nahm es hin, wie es war. Isabel liebte ihn dafür umso mehr.

Benno unterstrich die deutliche Familienähnlichkeit der männlichen Sillas. Auch er sah Robert zum Verwechseln ähnlich, doch schien er deutlich weniger aggressiv zu sein.

„Ich machte mir seit dem Spätsommer Sorgen über seinen Gesundheitszustand. Er wurde immer schwächer, sah schlecht, müde und grau aus, schlief wohl unruhig, war appetitlos und wurde regelrecht dürr. Zum Arzt mochte er nicht gehen, er schob alles auf die anstrengende Zeit, was ich ihm nicht glaubte.“ Benno legte eine kleine Pause ein, während die beiden Kommissare aufmerksam zuhörten.

Ursel saß dabei und nahm auf, um die Carabinieri in der Petrarcastraße auf dem neuesten Stand zu halten.

Patti Mayrhofer war zu Sillas Arzt geschickt worden, um Einkünfte einzuholen, vielleicht eine Bestätigung dessen zu bekommen, was sie soeben vom Bruder hörten. Beim Judo war Robert zuletzt Anfang September gewesen, die blauen Flecken hatte man kaum wahrgenommen, weil sie alle welche hatten.

Das brachte der Sport eben so mit sich. Benno räusperte sich und sprach weiter:

„Ich hätte ihm gerne geholfen, aber mehr als zuhören konnte ich nicht bieten. Ich fürchtete um ihn, und teilte ihm das auch mit. Meine Frau Luisa bestand auf einer gemeinsamen Aussprache auf der Burg, bei der es auch um die Zukunft der Eltern gehen würde. Wir hofften beide, für Robert einen Weg zu finden und auch die Eltern in die Fürsorge um den offensichtlich kraftlosen Sohn mit einbeziehen zu können.

Ich brachte seinen Anruf mit der Überlegung unserer Eltern in Verbindung, die Burg aus Altersgründen aufzugeben und sich auf unserer Sommerfrische am Ritten niederzulassen. Die zusätzlichen Einkünfte als Ferienhausvermietung haben uns all die Jahre keine tatsächlichen Reichtümer gebracht, da die Steuertaxen sehr hoch sind. Wenn etwas übrig blieb, haben wir das für die Kinder zurückgelegt. Wir leben gut von meinem E-Book-Verlag und dem Lehrergehalt meiner Frau."

Das mit den hohen Steuern war bekannt, dennoch vermieteten viele Südtiroler die ehemaligen Höfe, wenn sie nicht mehr als Bauern arbeiten wollten oder konnten. Die Polizisten nickten verständnisvoll, Prinoth sagte: „Bitte" mit einer Bewegung seines Arms, die bedeutete, dass Benno weitersprechen sollte.

„Robert schickte endlich eine Nachricht in Sachen Treffen, kurz vor der Wahl“, erzählte der jüngere Bruder und las aus seinem Handy vor:

„Bennolino, hast du Lust, dich mit mir in Bozen im Batzenhäusl zum Mittagessen zu treffen? Gleich morgen?

Ich stimmte erfreut zu, denn ich mag dieses alteingesessene Wirtshaus sehr gerne, und obwohl ich die Anrede Bennolino aus unserer Kindheit überhaupt nicht leiden kann.“

Er schnaubte hörbar.

„Also lief ich am nächsten Tag von der Bindergasse, wo ich mein Auto abstellte, in die Andreas-Hofer-Gasse und war froh, wie warm und gemütlich es drinnen war. Robert war schon da und winkte mir mit freundlichem Gesicht zu. Er strahlte seit langer Zeit wieder einmal so etwas wie Ruhe aus. Ich freute mich ehrlich, meinen Bruder wiederzusehen, der mir schmal und stark gealtert erschien. Als ich näher kam, stand er auf und wir umarmten uns innig. Das alte Gasthaus ist ja reichlich urig und die Küche, wenn man das Tagesgericht bestellte, ordentlich. Wir bestellten schwarzplentene Riebl mit selbstgemachter Preiselbeermarmelade, eine Art süße Pfannkuchen, und redeten.“

Benno legte eine kleine Pause ein und trank den Kaffee, den ihm die Sekretärin bereitgestellt hatte. Grüner und Prinoth blickten einander verstohlen an und wünschten sich, der Herr Verleger würde nicht ganz so ausführlich erzählen, sonst wären sie womöglich bis zum Feierabend noch nicht fertig. Doch Benno, der bisher als Einziger wirklich erschüttert über den Tod Robert Sillas erschien, war viel zu sehr in seinen Erinnerungen versunken, um die Ungeduld der Kommissare zu bemerken. Er fuhr fort mit seinen emotionalen Erinnerungen:

„Meine Augen wurden bei der Beichte bestimmt größer

und größer. Beinahe vergaß ich das Gericht, das wir beide über alles lieben und das die Großmutter Apollonia, Ilses Mutter, einzigartig zuzubereiten verstanden hatte, zu Ende zu verspeisen. Aber ich ließ den Bruder einfach reden. Vorurteile habe ich nicht, und auch glaubte ich nicht, dass unsere Eltern ein Problem mit der neuen Entwicklung ihres Ältesten hätten. Glücklich wären sie wohl aber nicht, dachte ich. Eine grandiose Fehleinschätzung. Ebenso wie die Roberts in Sachen Silvia." Bei diesen Worten wachten die Kommissare wieder auf.

„Was hatte denn Ihr Bruder an seiner Frau falsch eingeschätzt?", fragte Isabel Grüner.

„Nicht er, sondern was er glaubte, warum sie ihre Schwiegertochter von Anfang an nicht mochten. Abgebrochenes VWL-Studium und dann Trachtenmodenladenbesitzerin. Doch die Animositäten hatten mit Silvias Beruf rein gar nichts zu tun. Sie wurde seinerzeit mit offenen Armen empfangen. Die Gute war ihnen ein wenig zu kapriziös, zu ehrgeizig als Unternehmerin, schwierig zu akzeptieren für Menschen dieser Generation. Aber das war es auch nicht."

Benno senkte die Augen. Prinoth und Grüner schauten sich an.

„Was war es denn", hakte Prinoth nach. Draußen spitzte Ursel die Ohren.

„Dennoch mochten sie sie und versuchten, meine Schwägerin so zu nehmen, wie sie eben ist. Es kam noch etwas anders dazu, nämlich die Kinderlosigkeit der beiden. Mutter meinte, Silvia wollte wegen ihrer Karriere keine, und das konnte sie überhaupt nicht nachvollziehen. Robert hatte damit nicht gerechnet. Er meinte, er habe höchstpersönlich unseren beiden Eltern vor über zwanzig Jahren erklärt, warum sie von ihm und seiner Frau keine Enkel erwarten sollten und sie hatten das scheinbar mühelos akzeptiert.

In Wirklichkeit aber hatten sie sich bei mir darüber ausgeheult und noch dazu Silvia die Schuld dafür gegeben. Ob sie das wohl ahnte? Wie lange diese Ahnung eventuell schon in ihr gärte? Doch mich interessierte etwas ganz anderes, also fragte ich ihn direkt. Er sollte mir von Gianni erzählen, denn ich hatte das Gefühl, die ganze Situation würde ihn mehr belasten, als ihm lieb wäre, und dass er sich nicht so recht über die neue Liebe freut. Ich traf punktgenau ins Schwarze. Robert erzählte, was ich eigentlich nicht hören wollte, nämlich, dass dieser Junge wunderschön wäre, leidenschaftlich und zärtlich, er habe etwas in ihm geweckt, das sehr lange verborgen war.

Nicht nur, dass Gianni dreißig Jahre jünger ist als er, er verfüge über Kraft und Energie, die er einfach nicht mehr habe. Zurzeit erst recht nicht. Mein Bruder schaute aus wie ein begossener Pudel."

Alle drei, Ursel, Grüner und Prinoth saßen recht gespannt auf ihren Stühlen. „Erzählen Sie bitte weiter", forderte die Kommissarin Benno Silla auf, als der erschöpft eine kurze Pause machte.

„Robert meinte, er würde sich einerseits total nach Gianni sehnen, und andererseits würde der ihn zu Tode nerven. Alle paar Minuten käme eine WhatsApp-Nachricht, wenn er nicht sogar versuchen würde, ihn anzurufen, obwohl sie ausgemacht hätten, dass er ihn anrufe.

Mein Bruder kramte sein mobiles Telefon heraus, das er sicherheitshalber ausgestellt hatte. Kaum war es an, ploppte eine Nachricht nach der andern auf. Ich antwortete, dass mir das granatenmäßig auf die Eier gehen würde. Zusätzlich wäre Gianni schrecklich eifersüchtig, macht dem Image eines Südländers wirklich alle Ehre. Robert wollte einen Weg finden, denn er wollte dieses neue Glück genießen. Das sagte er wortwörtlich. Ich sah ihm den Zwiespalt an und er tat mir aufrichtig leid. Was ich dazu sagen sollte, wusste ich zu diesem Zeitpunkt selbst nicht. Leider war das noch nicht alles. Ich weiß nur nicht, ob das wirklich interessant für Sie ist", stoppte er seinen Redefluss.

„Herr Silla, das werden wir dann sehen. Momentan ist alles wichtig, was wir an Informationen über Ihren Bruder bekommen können, also fahren Sie bitte fort."

„Er meinte, Silvia wäre komisch, irgendwie rachsüchtig."

Die Kommissare sahen sich nur an, Ursel schien das Gesicht herunterzufallen. Sie war felsenfest davon überzeugt, in der Trachtenladenbesitzerin die Mörderin zu haben, im Besonderen, weil die ihr einmal ein Dirndl nicht hatte verkaufen wollen, weil sie sich das „bestimmt nicht hätte leisten können."

„Nach dem Outing wäre sie einfach nur kühl gewesen, später sogar regelrecht gehässig. Ehrlich – so kannte ich sie bisher nicht. Ich vermutete eine ohnmächtige Wut in ihr, die mir schon Angst gemacht hätte.

Ich antwortete, dass ich ihn gewiss nicht verurteile und auch denke, dass es besser ist, seine Wünsche auszuleben als ums Verrecken eine Ehe aufrecht zu erhalten, die keine Grundlage mehr hat. Aber nichts auf der Welt ist gefährlicher als eine Frau, die zurückgewiesen wurde.

Noch dazu kommt ein megamisstrauischer italienischer Kater, der seine frisch gefangene Maus permanent zum Spielen braucht. Noch sind die Pfoten samtig, aber hundertprozentig können die auch ganz nett kratzen. Ich wollte nicht in seiner Haut stecken, auch wenn ich, und das musste ich zugeben, ihn um das grenzenlose Ausleben seiner Leidenschaften ein wenig beneide. Unser eins ist halt schon eine Weile verheiratet .... Ich umarmte ihn beim Hinausgehen und versicherte ihm meine jederzeitige Hilfe. Danach sah ich Robert nie wieder."

Benno starrte einen Augenblick zum Fenster des Büros hinaus, die Luft zum Zerreißen gespannt.

„Sie haben gerade Ihre Schwägerin ziemlich belastet, Herr Silla", unterbrach Thomas Prinoth die Stille.

„Genau das hatte ich nicht gewollt, ich halte Silvia nicht für fähig, eine solche Tat zu begehen", beeilte sich der Bruder, zu beschwichtigen.

„Robert war wirklich verliebt in Gianni, aber es war rein körperlich. Er war bisexuell und lebte etwas aus, was er jahrzehntelang unterdrückt hatte. Um ehrlich zu sein, habe ich immer so etwas geahnt, warum, kann ich allerdings nicht erklären.

Man fühlte eine weg gedrängte Leidenschaft in ihm, obwohl er seine Frau Silvia sehr liebte und die beiden anfangs hervorragend zusammenpassten. Das muss man wirklich sagen. Ein tolles Paar mit einem offenen Haus, das interessante Gesellschaften gab und auf Partys gerne gesehen war. Sie bildeten eine Einheit, da schien kein Blatt Papier dazwischen zu passen.

Vielleicht zu viel Glück? Das frage ich mich manchmal. Auch Silvias Eltern, besonders ihre Mutter Gerlinde, fuhr total auf Robert ab.

Ich denke mir nur, dass Roberts Bekenntnis Silvia ins Mark hinein getroffen haben muss. Mein Bruder gestand mir zwar, er habe in den letzten Monaten, vielleicht sogar schon Jahren, immer mehr Routine in der Ehe und dadurch auch Abstand verspürt – aber welche Ehe hat keine schwierigen Phasen. In guten wie in schlechten Zeiten! Gianni war für Silvia ganz sicher ein richtig harter Schlag."

Offenbar wusste der Bruder nichts von der Gewaltbereitschaft seiner Schwägerin und auch nicht, dass sie diese auslebte.

„Kannten Sie den jungen Mann eigentlich, Herr Silla?“, erkundigte sich Kommissarin Grüner.

„Nur von Fotos. Ein wirklich schöner Mann, das muss ich Robert lassen. Robert hatte mit dem Handy ein paar Aufnahmen gemacht, aber nur wenige. Sicher hatte er deutlich mehr von seiner Frau. Na, egal. Falls Sie jetzt wissen wollen, ob Robert vorhatte, ihn mir vorzustellen, selbst das weiß ich nicht. Er ging kaum an die Öffentlichkeit mit Gianni als seinem Freund. Als Fahrer blieb ihm ja gar nichts anderes übrig“, beendete er diese Ausführungen.

„Also war Robert Silla seine Affäre peinlich, oder warum hat er sie verschwiegen? Wen schützte er? Sich selbst, seine Karriere, seine Partei oder seine Familie?“, fragte Prinoth.

„Zu diesem Zeitpunkt in erster Linie seine Karriere. Er hielt ein Outing vor der Wahl im September für kontraproduktiv.“

Das hatte bereits Silvia Silla erzählt, das stimmte offenbar.

„Allerdings überlegte er seit einigen Wochen, ob er die Politik nicht überhaupt an den Nagel hängen und wieder als Rechtsanwalt arbeiten sollte.“

„Um dann offener mit seiner neuen Liebe leben zu können?“, war die Kommissarin gespannt.

„Das glaube ich eher nicht, Frau Grüner“, meinte da Benno, „auch heute noch dürfte es ein schwuler Anwalt, der dazu noch seine ehrenhafte Frau verlassen hat, in Südtirol schwer haben.“

Da mussten ihm die Polizisten Recht geben, Ursel fand es richtig so. Das behielt sie allerdings für sich.

„Das hatte andere Gründe. Ich fühlte bei Robert eher

eine Art Verdrossenheit bezüglich seiner politischen Ziele und wie diese umgesetzt wurden. Er gab jetzt noch einmal ordentlich Gas, was ihn zusätzlich zu seiner privaten Situation Kraft gekostet hat. Möglicherweise wurde ihm das durch die Tatsache, dass sein Partner dreißig Jahre jünger war als er, noch viel deutlicher."

Benno erlaubte sich eine kleine Pause und trank einen Schluck Wasser.

„Meinen Sie nicht auch, dass genau dieser Umstand dem Verstorbenen Probleme machte?", hakte Grüner weiter nach.

„Dass sein Lover so viel jünger ist? Aber hallo! Gianni wollte ausgehen, Spaß haben, bis in die Puppen tanzen. Er wollte sich mit Robert zeigen, stolz auf seine Eroberung sein dürfen – alles Dinge, die mein Bruder weder konnte, noch favorisierte. Mit fünfundzwanzig kann man noch die halbe Nacht durchmachen und trotzdem morgens zur Arbeit gehen, aber mit Mitte fünfzig sieht das völlig anders aus. Kein Wunder, hat er ..." – Benno stockte.

„Sie spielen auf den Kokain-Verbrauch an? Das ist uns schon lange bekannt, Herr Silla. Schon bei der allerersten Untersuchung haben wir nicht nur eine ganze Menge Alkohol im Blut festgestellt, sondern auch andere Drogen, allen voran Kokain."

„Das wurde immer schlimmer, er hat sich regelrecht damit zugrunde gerichtet." Benno schüttelte den Kopf.

„Ich habe nicht den blassesten Schimmer, mit wem er sich getroffen hat. Nur, dass er mit Gianni einen so großen Krach hatte, dass der ihn im Zorn verlassen hat. Hat er mir per WhatsApp- Sprachnachricht mitgeteilt. Seine Stimme war sehr gebrochen. Sie können die Datei haben."

Die Kommissare wollten.

„Das mit dem Streit hat uns seine Witwe auch schon

erzählt. Aber durch Sie, Herr Silla, können wir alles zeitlich besser einordnen, vielen Dank."

Per Bluetooth hatten sie die Dateien schnell ausgetauscht, und Isabel sah, dass es am 31. Oktober eine weitere Nachricht an Benno gegeben hatte. Eine wesentlich interessantere. Robert hatte seinem Bruder an Halloween gegen 16 Uhr geschrieben, dass „Alles" keinen Sinn mehr habe und er jetzt aufs Ganze ginge. Benno wurde mit einem Mal wieder still. Er schaute traurig auf den Boden.

„Ich liebte ihn, meinen älteren Bruder. Als wir Kinder waren, war er genau das, was ein älterer Bruder sein sollte: immer für mich da."

Dann schaute er auf und Isabel Grüner direkt in die Augen:

„Halten Sie es etwa für möglich, dass Gianni durchgedreht ist?"

„Zum Stand der Ermittlungen kann ich Ihnen keine Auskunft geben, Herr Silla, tut mir leid. Aber ausschließen können wir auch nichts. Noch nicht einmal Sie oder Ihre Frau, trotz Ihrer Alibis. Verdächtig ist erst einmal jeder, sogar die Eltern. Es bleibt ja auch die Tatsache, dass sein rechter Finger fehlt, der mit dem Wappenring. Das war ganz sicher kein Unfall. Der wurde sauber abgesägt."

Benno wurde es übel und er stürzte hinaus auf die Toilette. Als er wieder kam, bat ihn Ursel um ein Autogramm.

„Wollen Sie das Protokoll noch unterschreiben? Gibt es noch etwas, das Sie unbedingt loswerden wollen?", die Sekretärin.

„Ich bin sicher, dass Robert sein Kokain über Gianni Leone bezog. Er behauptete mir gegenüber zwar, kaum etwas zu nehmen, aber man sah es ihm an. Vielleicht können Sie über bestimmte Kreise in Bozen etwas herausfinden, die Drogenabteilung ist ja gut aufgestellt!"

Als Thomas Prinoth überrascht aufblickte, setzte Benno Silla erklärend hinzu:

„Mein ältester Sohn hat gerade dort ein Schulpraktikum gemacht und ist total überzeugt. Er will jetzt unbedingt Bulle werden", lächelte er heute doch noch einmal.

„Perfetto", entgegneten die Kommissare, „wir brauchen dringend motivierte junge Leute."

Benno Silla verließ die Amtsstube. Seine Frau und er waren am Halloweenabend ebenso wie Mathilde Kirmair auf einer Party gewesen und hatten sich als Andreas Hofer plus Gattin verkleidet. Die Gesellschaft war klein und die beiden waren nachgewiesenermaßen den ganzen Abend dortgeblieben.

# KAPITEL SIEBZEHN

Isabel und Thomas fuhren tags darauf zusammen in die Petrarcastraße, es goss in Strömen und war viel zu warm für Ende November. Sie hatten eine dringend anstehende Konferenz anberaumt.

„Wahrscheinlich hat Franco Marini mal ein bisschen Sommer aus Neuseeland vorausgeschickt, der kommt doch heute zurück, oder?“, orakelte die Kommissarin.

„Ja, er landet in Rom und nimmt dann den Zug nach Bozen, er wollte auf gar keinen Fall abgeholt werden.“

„Aber dann wenigstens in Bozen, oder?“, wollte ihr Kollege wissen. Nun ließ Isabel die Bombe platzen.

„Ja, und zwar von dieser Buchhändlerin vom Brunnenplatz, die das Antiquariat hat“, schmunzelte sie. Prinoth war wie vom Donner gerührt.

„Ja, ist denn das zu fassen? Gerade ein paar Monate hier und schon völlig im Bilde über alles, was unter den Bettdecken passiert“, echauffierte er sich künstlich.

„Komm wieder runter, Kollega, nur weil bei dir da gerade nix passiert“, wurde Isabel frech. Thomas liebte Gefrotzele dieser Art, noch lieber mit einer Frau, mit der es sich dabei gleichzeitig flirten ließ. Doch Isabel war für ihn in dieser Beziehung leider nicht die Richtige.

„Aufi, sprich, woher weißt du das? Ich für meinen Teil kenne den Maresciallo gar nicht persönlich. Gehört habe ich dagegen einiges“, er ließ offen, was genau er damit meinte.

„Patti Mayrhofer und ich waren kürzlich zusammen ein Bier trinken, oben in Schenna. Sie hat doch über ihre Nenntante, diese Fernsehfrau, die beim vorletzten Fall mit der Schweinefleischmafia eine so wichtige Rolle spielte, eine superschicke und bezahlbare Wohnung vermittelt bekommen.

In die soll Carmine Losso mit einziehen, wenn er als frisch gebackener Maresciallo von seinem Lehrgang zurückkommt.“

Prinoth kam aus dem Staunen nicht mehr heraus, was man ihm deutlich ansah. Isabel fuhr zwar und orientierte sich auf den stark befahrenen Rennweg, am Theaterplatz vorbei über die Theaterbrücke auf die SS44 in Richtung Carabinieri, sah aber aus den Augenwinkeln die Grimassen, die ihr Partner zog.

„Naja, und bei dieser Gelegenheit habe ich gehört, was für ein Genie Hubert Pixner sein muss – den ich bisher noch nicht angetroffen habe, weil er mit seiner Holden im Wellnesskurzurlaub in einer Therme in den Dolomiten war. Nun ist er wieder da. Dass Toni Scarpone ein wenig schusslig wäre, was mir persönlich bisher nicht auffiel, und über Marini, der ein genialer Fallanalytiker sein soll und ein wahrer Frauenheld. Doch Letzteres hätte inzwischen nachgelassen. Seine langjährige Freundin, eine Deutsche, wäre doch wieder in die Heimat zurückgekehrt und bei der Abschiedsfeier für Pixner habe sich ihr Chef auffällig lange und intensiv mit der Antiquarin

Florentine Senoner unterhalten. Das ist die Frau, die bei dem letzten Fall mit der Ziegenkäsefrau hier in Meran unsere Kollegen tatkräftig unterstützen konnte und deswegen zu dieser Veranstaltung eingeladen worden war. Und – tara – diese würde den großen Meister in Bozen am Bahnhof abholen".

Isabel stoppte kurz mit ihrer Liebesanalyse der Kollegschaft, um scharf zu bremsen. Ein großer SUV mit Rosenheimer Kennzeichen hatte ihr die Vorfahrt genommen und raste trotz des Wetters weiter in Richtung MeBo. Wahrscheinlich wieder einer dieser reichen Bürger der Stadt, der sich die enorm hohen italienischen Kfz-Steuern sparte und den Wagen über ein Autohaus in Deutschland angemeldet hatte.

„Darf ich erfahren, woher du das alles weißt, beziehungsweise unsere Miniblondine?", lästerte Prinoth.

„Das war so schwer nicht, Patti liest sehr gerne, ist zudem neugierig wie eine Katze und mag das Antiquariat. Offenbar hat sie sich mit der neuen Aushilfe angefreundet, eine Slowakin, die hier an der Urania (eine Art Volkshochschule) Unterricht in Sachen Bloggen gibt. So kam eines zum anderen. Was ich allerdings noch nicht so genau weiß, ist, wie weit Florentine und Franco schon gekommen sind. Denn, so die Slowakin, wollte Florentine eigentlich keine Beziehung mehr, konnte aber wohl Francos Charme nicht widerstehen. Ihr erster Mann war ja auch ein Italiener", plauderte die Kommissarin munter weiter, als würde sie im Stiegenhaus mit der Nachbarin ein Schwätzchen halten.

Thomas war vor Überraschung still geworden und überdachte seine Muster in Sachen Frauen. Da waren sie schon da. Isabel fand einen Parkplatz und Thomas hielt ihr gentlemanlike die Türe auf. Elegant stieg sie aus, und war mit den Stiefeletten etwas größer als er, was ihn irritierte und ärgerte, hielt er sich doch für vollkommen vorurteilsfrei.

Dann rannten beide durch den Regen und hörten aus dem Gebäude aufgeregtes und lautes Gekläffe in der Wache. Eugen war wieder zum Leben erwacht, ob es dafür wohl einen Grund gab?

Als sie die Tür öffneten, sauste ihnen eine graue Katze zwischen den Beinen hindurch wie ein geölter grauer Blitz auf die Straße.

Eugen stand knurrend und aufrecht mitten im Raum und fletschte die Zähne.

„Was ist denn passiert?", fragte Thomas Prinoth erschrocken.

Toni begann:

„Ich hatte den Hund gerade abgeholt, wir sind ein paar Schritte gelaufen, da fängt dieser Mordsregen an. Ich also rein mit Eugen ins Büro, denke, wir gehen einfach nachher noch mal. Keine Ahnung, wie es geschehen konnte, aber Molly wollte wohl auch bei uns Schutz suchen und kam ebenfalls mit rein, hatte aber den Dackel nicht gesehen. Plötzlich ging es hier ab wie in der Stierkampfarena. Patti hat versucht, die Katze zu fangen und ich den Hund wieder zu beruhigen. Dann wart ihr plötzlich da und Molly ist abgehauen."

Der Carabiniere brachte das noch immer aufgebrachte Tier nach hinten in die Zelle, wo sein Korb stand, und öffnete ein Schälchen Hundefutter. Vielleicht würde ihn das beruhigen. Eugen nahm die Geste wohlwollend an und fraß ein wenig. Nicht zu viel, er musste auf seine Figur achten, denn er hatte nun eine Freundin, Franzi. Von ihr träumend schlief er nach diesem Angriff friedlich ein, und die Polizisten konnten konferieren.

„Also", begann Isabel Grüner, „was haben wir bisher?"

Sie hätte gerne gewusst, woher Toni den Namen der Katze kannte, seine Ansage klang in ihren Ohren sehr vertraut. Vielleicht handelte es sich bei ihr um eines jener Tiere, über die Sekretärin Ursel recht verächtlich gesprochen hatte. Sie würde das an anderer Stelle klären, zurzeit gab es wahrhaftig Wichtigeres. Kommissar Thomas Prinoth sah sie erwartungsvoll an, und so fragte sie in die Runde. Vor jedem der Kollegen stand ein dampfender Espresso, den die von Pixner gespendete Maschine ausgespuckt hatte und ein paar selbstgebackene Haferkekse von Tonis Oma, der Katzenliebhaberin. Sie hoffte am meisten, dass Molly wiederkäme, hatte sie der Mama damals eigens ein Kissen gestickt. Patti schüttelte den Kopf, Toni auch.

„Es wäre uns lieber, du würdest die heutige Leitung übernehmen, Toni leidet noch ein wenig und möchte lieber erst einmal zu hören. So wirklich viel haben wir leider nicht", bedauerte sie diesen Umstand.

„Ich war gestern auch bei Pixners Frau, das Sprechen über den Vorfall tut mir recht gut. Aber den Ärger, den ich mit Lissi hatte, den will euch lieber vorenthalten. Mama habe ich gar nichts gesagt, wozu auch", gestand der Appuntato ein wenig die Feigheit vor der Familie.

„Bene", meinte Isabel und Prinoth lehnte sich zurück.

„Fassen wir zusammen: Bei Benno und Harald Silla fehlt mir das Motiv, um zu ehrlich sein. Bringt man seinen Sohn, weil der sich als schwul bekannt hat gleich um, auch wenn der uns ein bisschen cholerisch zu sein scheint? Da passen auch die Zusammenhänge nicht, und beide haben wasserfeste Alibis."

Nun mischte sich Prinoth kurz ein:

„Es erschien ein Rechtsanwalt bei Ursel, ein gewisser Gampiero d'Annunzio. Er muss wohl schon einmal bei uns gewesen sein, als es um diese tote Frau im Seerosenteich von Schloß Trauttmansdorff ging. Ursel meinte, er wäre reichlich großspurig aufgetreten, hätte Schuhe aus Pferdeleder getragen – woher die immer solche Sachen weiß – und ein notariell gezeichnetes Schreiben vorgelegt. Darin wurde vom Hausarzt des ehemaligen Kastellans bestätigt, dass Dr. Harald Silla am 31. Oktober um 17:45 Uhr zur Grippeimpfung bei ihm erschienen sei und diese auch erhalten habe."

„Was ist denn mit Mutter Silla, von der hat bisher noch keiner gesprochen", begehrte da Patti zu wissen. „Nicht, dass ich sie verdächtige, aber die gibt's doch auch noch!"

„Absolut richtig. Ilse Silla war zu Halloween bei ihren Enkeln, sie hat den ganzen Tag dort verbracht. Opa Silla hasst diesen neumodischen, amerikanischen Firlefanz, wie er wortwörtlich gesagt hat, und wollte sowieso zum Doc. Auch das stand im Schreiben des Rechtsanwalts."

„Va bene", meinte die Carabiniera, Toni schwieg mit geschlossenen Augen weiter, und hörte aber konzentriert zu.

„Frau Fera, die Chefverkäuferin vom Modeladen, halte ich unfähig eine solche Tat zu begehen", gab sie zu bedenken, „die wirkte hölzern, und ist sicher auch nachtragend, aber sie hat so gar kein Motiv."

„Eventuell der ungeliebten Chefin eine reindrücken", meldete sich jetzt endlich Scarpone zu Wort, „ne, Quatsch, war nicht ernst gemeint."

„Darüber hinaus hat sie ein astreines Alibi, sie war mit der Katze beim Tierarzt, haben wir überprüft. Stimmt", erklärte Kollege Prinoth.

„Und die Kirmairin? Ich glaube der nicht so richtig, an der ist was faul", meinte Patti, „ich forsche mal weiter nach, mal sehen, ob sie wirklich die ganze Zeit auf der Halloween-Party war." Die anderen nickten zustimmend.

„Ich wüsste immer noch gerne, ob es mit dem lila Duft-Gummi doch was auf sich hat", warf Isabel Grüner ein.

„Nicht, dass ihr mich jetzt in die Cancel Culture oder kulturelle Aneignung oder Ähnliches Schublade steckt, aber ich finde schon, dass das in Richtung schwule Szene verweist. Ein Ersatz für Gianni?"

Zum ersten Mal seit Tagen zeigte sich auf Tonis Gesicht ein Lächeln. Er sprach weiter:

„Was mir auch seltsam vorkommt, ist, wie schnell der Gianni das Deepfake bei der Partei hatte – könnte es nicht sein, dass der das vorbereitet hat? Das muss sogar so sein. Nachdem, was wir von Benno gehört haben, brodelte das schon eine ganze Weile zwischen den beiden."

„Wenn er tatsächlich in der Schweiz ist, haben wir ganz schlechte Karten, wir können nur hoffen, dass er aus irgendeinem Grund noch einmal her kommt. Seine Wohnung jedenfalls hat er noch nicht gekündigt", erzählte Thomas Prinoth. Dann gab er zu bedenken:

„Wir dürfen auf keinen Fall außer Acht lassen, dass der Täter eine uns völlig unbekannte Person sein kann. Nur weil Gianni sehr verdächtig erscheint und natürlich Silvia, haben wir die Sache mit dem Oldtimer, der auch ein alter VW- Bus sein kann, noch offen.

Mir sagt mein Bauch, dass wir den unbedingt finden sollten, der hat was mit der Sache zu tun. Auf dem violetten Duft-Präservativ haben wir fremde Fingerabdrücke gefunden, leider kein Match mit unserer Datenbank. Wir konnten auch noch nicht den blonden Deutschen finden, der Späthauf die Uhr und den Siegelring verkaufen wollte, trotz Phantombild."

Er konnte es sich nicht verkneifen, Toni mit einem strengen Blick zu bedenken. Dann ging es weiter:

„Denkt daran, es fehlen noch immer der Nerz, die Uhr

und leider die Tatwaffe. Mit irgendwem muss sich Silla getroffen haben, ein Unbekannter mit einem Kübelwagen oder VW-Modell. Nachdem der Reifenabguss durch die KTU ausgewertet wurde, steht das ausgesprochen fest."

„Das Privathandy. Wurde eigentlich schon der Klamottenladen durchsucht?", fragte Patti, „könnte ja auch ein Auftragsmord von der Ehefrau gewesen sein." Sie hatte die Mafiaidee noch nicht komplett aufgegeben.

„Ein völlig Unbekannter", wiederholte Toni. „Aber warum? Wenn er auf die Uhr und den Ring scharf war, warum lässt er dann den Ehering an der Leiche, der ebenfalls ziemlich wertvoll sein soll? Außerdem, so wie der – oder die – den armen Mann aufgeschlitzt hat, war da eine Menge Emotion dabei. Nein, ich glaube nicht an den großen Unbekannten."

„Dennoch können wir diese Möglichkeit nicht ausschließen, leider. Gerade die Tatsache, dass er den Ehering am Finger ließ, verweist für mich auf Signora Silla als mögliche Auftragsgeberin. Einen blonden Deutschen kann sie aus ihrem Laden haben. Den Laden müssen wir uns noch vornehmen, einfach zu wenig Leute. Ich war auch noch nicht bei Pixner, der war im Urlaub. Möglicherweise hat er eine Idee und außerdem ist jetzt auch Maestro Maresciallo Franco Marini wieder im Lande, freuen wir uns also", versuchte Isabel Grüner die Stimmung zu heben.

Sie wurde von Kollegen Thomas Prinoth umgehend getrübt, als es leise von hinten aus der still gelegten Verbrecherzelle zu winseln begann.

„Übrigens hat mir Matthias Ohnewein eine Sprachnachricht aufgesprochen. Seine Carmen hat ihn über Eugens schlechten Zustand informiert.

Er ist nicht sauer, sondern überlegt, den Hund eventuell wegzugeben, da ihn seine zusätzlichen Aufgaben als Polizeichef nicht für einen Hundehalter prädestinieren.

Womit er natürlich recht hat, aber ob es der einzige Grund ist? Er bietet ihn mir oder Isabel an, ihr zwei habts ja Katzen. Ich denke, wenn ich mich das nächste Mal mit Michele treffe, spreche ich mit ihm darüber. Vielleicht kennt der ja in Bozen jemanden, dann wären die beiden ja schon mal näher zusammen. Morgen fahre ich rüber, nachdem ich die Laimers in Toblach interviewt habe. Die haben dort eine kleine Wohnung in einer Seniorenresidenz. Michele wäre zwar dran, aber er hat gerade sehr wenig Zeit."

Allgemeines Gegrummel war die Antwort.

„Also, ich kümmere mich um die Kirmair, gehe aber vorher in Sachen Armbanduhr bei Signora Silla vorbei. Und Toni beichtet unserem Chef", bestimmte die Jüngste und Rangniedrigste der Carabinieri.

Die Kommissare bedankten sich für den exzellenten Kaffee und verließen die Wache, in Begleitung Tonis, der wiederum in Begleitung Eugens war.

# KAPITEL ACHTZEHN

Kommissar Thomas Prinoth wollte sein Bild der ganzen Familie vervollständigen und fuhr, im Kofferraum den freudig erregten Hund, zu der Seniorenresidenz, in die die Eltern Laimer untergekommen waren. Sie lag am Toblacher See, der sich jeder Jahreszeit wie ein jadegrünes Juwel vor dem im Tiroler Stil erbauten Gebäude erstreckte.

Thomas hatte die Fahrt hierher sehr genossen. Früher war er nur selten ins Pustertal gefahren, das bei den deutschen Touristen beinahe zu jeder Jahreszeit äußerst beliebt war. Seit einigen Jahren kamen im Herbst viele Italiener zum Pfifferling-suchen dazu, was immer wieder zu großem Unmut bei den Einheimischen führte. Man überlegte schon Strafen. Doch daran dachte der Commissario nicht, als er die Staatsstraße mit den häufigen Kehren entlang brauste und den reichlichen Schnee bewunderte, je höher die Straße stieg.

In Meran waren sie quasi schneelos im Winter, da musste man hoch hinaus auf die Dreitausender, begeisterte man sich für das Skifahren. Aber hier!

Er hatte sich ein kleines Konzept erarbeitet, wollte etwas über die Tochter, die taffe Geschäftsfrau erfahren, die zwar angeknockt, doch gemütsarm wirkte. Im Gegensatz zu Benno Silla hatte sie nicht geweint oder Regungen der traurigen Art gezeigt, außer vielleicht der Trauer über ihr eigenes Schicksal. Prinoth war ordentlich gekleidet, wie man das von einem Mann in seinem Alter erwartete, das war der edlen Unterkunft der Laimers geschuldet. Alles nur vom Feinsten, da konnte er nicht im üblichen„Schmuddellook“ aufkreuzen.

Isabel hatte ein ausgiebiges Briefing unternommen und so stand er in einer sauberen schwarzen Jeans, einem Pullunder mit Hemd unter der Winterjacke, einschließlich Krawatte vor dem Empfang. Der Kommissar zeigte seinen Ausweis und wartete dann in der großzügigen Lounge auf das Ehepaar Laimer. Offenbar hatten die früher ordentlich verdient, mutmaßte Prinoth, wenn sie sich einen solchen Luxus wie hier leisten konnten. Er kalkulierte nicht, dass der Schwiegersohn dafür aufkam, das hatte Donald Laimer in den Wochen vor Herbstanfang und dem Erntedankfest mit Robert durchkalkuliert. Eugen durfte sogar mit ins Gebäude hinein, Tiere waren ausdrücklich erlaubt.

Während ein leicht gebeugter alter Herr im Anzug und mit Stock durch das Eingangsportal von einem Spaziergang auf ihn zu geschritten kam, fuhr justament der Aufzug herunter. Dieser öffnete sich und eine furchterweckend aussehende alte Frau mit lila Haaren schoss aus ihm heraus. Sie stürzte auf Thomas zu, als ob sie sofort erraten hätte, wer der angekündigte Kommissar von all den anwesenden Leuten hier war und schrie unmittelbar los:

„Sie hat es also geschafft, ihn beiseite zu räumen? Dieser wunderbare Mann, klug und attraktiv, so blöd, meine Tochter zur Frau zu nehmen, der ist also tot? Doch das Riesenweib lebt noch, mit ihrem Selbstmord auf Raten", geiferte sie zum Amüsement der übrigen Besucher und zur Schande ihres Mannes. Den funkelte Gerlinde Laimer gleich mit an: „Sie ist keinen Deut besser als du, der mich hier einsperren lässt, Pfui Deibel!"

Der erschrockene Polizist wäre nicht verwundert gewesen, hätte Gerlinde auch noch auf den Boden gespuckt, derweil ihr Ehemann unglücklich dreinschaute. Eugen bellte ein paar Töne wie zur Beruhigung. Sein Teilzeitherrchen war im Begriff etwas in Worte zu fassen, da drehte sich die Mutter der Verdächtigen wieder um und erklärte: „Ich habe nichts dazu zu sagen, mir tut der arme Teufel leid. Aber, so schlecht wie der an Erntedank aussah, ist es vielleicht besser so."

Sie rauschte in Richtung Aufzug wieder davon. Vater Laimer erlaubte sich eine einladende Geste zu den schicken Sesseln der Lounge und nahm mit ihm zusammen Platz. „Ich mag mich für meine Frau nicht mehr entschuldigen", sagte er mit belegter Stimme, „dennoch tut es mir für Sie leid. Gerlinde hat Alzheimer, wie Sie vielleicht wissen, und es wird mit jedem Mal, an dem ich sie sehe, schlimmer. Trotz bester Behandlung in diesem Hause. Ich habe ein getrenntes kleines Ein-Zimmer-Appartement. Womit kann ich Ihnen helfen?"

Der Kommissar sah dem traurigen alten Herrn, der wie ein fernes helleres Bild seines Kindes wirkte, in die Augen.

„Wie würden Sie die Ehe Ihrer Tochter beurteilen, Herr Laimer?", fragte er dann.

„Was man als Vater eben so weiß", beeilte der sich, eine kluge Antwort zu geben. „Silvia machte all die Jahre, besonders nachdem ich ihr das Unternehmen übergeben hatte, immer einen sehr zufriedenen Eindruck. Sie ging völlig darin auf, obwohl sie einmal ein paar Semester studiert und ich persönlich immer gedacht hatte, sie schlägt eine akademische Laufbahn ein. Sie und Robert waren ein sehr eingestimmtes Paar, das sich wohl auch sehr liebte, jedenfalls wirkte es immer so."

Er hielt kurz inne, als Prinoth aufmunternd nickte.

„Die Chemie zwischen ihr und Robert stimmte, das war nicht zu übersehen. Natürlich fand ich es schade, dass die beiden keine Kinder wollten. Besonders, weil wir nun gar keine Enkel haben. Vielleicht wäre Gerlinde ...", er sprach den Gedanken nicht weiter aus. Thomas Prinoth ließ ihn und wartete einfach ab.

„Für mich kam diese spezielle Erklärung schon sehr überraschend. Dass etwas nicht stimmte, spürte ich bereits bei einem spontanen Besuch im Spätsommer. Ich kenne meine Tochter, ich liebe sie und wir stehen uns ausgesprochen nahe. Nach außen zeigt sie selten, was sie wirklich bewegt, aber ich bin vertraut mit ihr. Ein Blick in ihre Augen sagte mir mehr, als ihr vielleicht lieb war.

Meine Tochter war zutiefst verletzt, noch niemals hatte ich eine solche Trauer in ihr erkannt wie damals. Nur einmal als Kind, da haben ihr ihre beiden besten Freundinnen nach einem kleinen Zwischenfall übel mitgespielt und sie dann ausgelacht. Es hieß, sie verstünde keinen Spaß, weil sie sich, eingeschlossen in einem Schrank, vor Angst eingenässt hatte. Sie hat ihnen das nie verziehen.

Wer es mit Silvia, die oft zu gutmütig ist oder besser war, verspielt hat, dem gibt sie keine Chance mehr, niemals. Damals, Anfang September, nachdem sich dann meine Frau ihrer „angenommen" hatte, verschloss sie sich wie eine Auster. Sie meldete sich nicht mehr, was immer ein negatives Zeichen ist.

Falls Sie mich fragen wollen, ob ich sie eines Mordes für fähig halte – nein, ganz sicher nicht. Ich hatte eher bei

Robert an Erntedank das Gefühl, dass er todunglücklich ist, auch wenn er quasi das Gegenteil behauptete. Nur kann er sich kaum den Hals selbst durchgeschnitten haben. Mag sein, dass Silvia auf Rache sann, aber das hätte sie anders hinbekommen."

Er schien von seinem langen Monolog müde zu sein und verabschiedete sich. Thomas Prinoth schätzte, dass der alte Mann seine Tochter in einem etwas zu positiven Licht sah, aber er liebte sie eben. Was Silvia von ihrer eigenen Mutter nicht behaupten konnte. Am Ende war dies ein zusätzlicher Grund für ihre Alkoholerkrankung.

Draußen nahm der Himmel die typisch teigig-weiße Färbung vor einem Schneeeinfall an und der Kommissar wollte gerne wieder in Meran sein, bevor es losging.

Wie beinahe alle Südtiroler fuhr er nämlich im Winter mit Sommerreifen durch die Gegend. Er saß noch einen Moment in seinem Wagen und ließ sich die Show der Mutter Laimer durch den Kopf gehen. Die Krankheit dazu. Siedend heiß fielen ihm da die Presseberichte ganz am Anfang der Ermittlungsarbeiten ein und er wählte die Nummer von Isabel Grüner. Die Kollegin nahm unmittelbar ab.

„Thomas", freute sie sich, „so was. Ich hatte schon eine Weile das Telefon in der Hand, und wollte dich anrufen. Ich habe mich nicht so recht getraut, da ich mich ja nicht einmischen will und soll. Und nun meldest du dich. Das musste wohl so sein!"

„In der Tat, Kollegin, informieren darf ich dich und fragen auch. Zurzeit sieht es leider nicht so gut für Signora Silla aus. Mein Bauch aber meint, sie war es nicht. Es deutet zwar sehr viel darauf hin, dass sie nach Roberts Offenbarung deprimiert und wütend bis hin zu rachsüchtig war, aber sie scheint mir keine Mörderin zu sein. Der Vater deutete an, dass Robert seinen Tod absichtlich inszeniert haben könnte, diese Überlegung stand ja schon mehrfach im Raum", beendete er das Intro zu seiner eigentlichen Frage.

„Naja, wie oft habe ich das selbst in Vernehmungen gehört, wie Leute sich etwas überhaupt nicht vorstellen konnten, und dann war es doch so. Aber warum hast du angerufen, Thomas?", kam sie zum Anfang zurück.

„Als die Mutter von Silvia so ein Casino aufgeführt hat, da fiel mir wieder dieser ominöse Onkel, der Bruder der Mutter Gerlinde, ein.

Du hattest dich damals mit der Familiengeschichte befasst und den kurz erwähnt bei der Aufzählung sämtlicher Familienmitglieder. Ich erinnere mich, dass du dazu gesagt, der säße schon sein ganzes Leben lang in einer psychiatrischen Einrichtung. Warum eigentlich, weißt du da etwas?", kam die Antwort.

Grüner holte tief Luft und legte dann los:

„Grundsätzlich bin ich überfragt, da gab es nicht so wirklich viel.

Bekannt ist ein Gendefekt, der über die italienische Oma in die Familie kam. Du kannst Dir vorstellen, was das in Zeiten des Faschismus bedeutet hätte, wäre es raus gekommen. Also haben da alle fein drüber geschwiegen und die arme Frau wurde mehr oder weniger versteckt. Der Südtiroler Opa liebte sie trotzdem heiß und innig, das hat mir Silvia mal erzählt, sonst würde es sie ja letztlich nicht geben.

Sie soll der Oma offenbar ziemlich ähnlich sehen, bis auf die Größe. Silvia ist zwanzig Zentimeter größer. Was da genau war oder ist, ich habe keine Ahnung. Anscheinend etwas, was erblich ist. Möglicherweise ist das der Hauptgrund für die Kinderlosigkeit der Sillas. Silvia hatte zusammen mit ihrer Mutter im Kindesalter den Onkel mal in Innsbruck besucht und war für den Rest des Lebens bedient. Das hat sie mal in einem Interview für das „Fesche Diandl" erzählt. Steht alles in unserer Akte, die Ursel fein säuberlich als Dossier zusammengestellt hat."

„Was ist denn so Furchtbares vorgefallen?", fragte Thomas erstaunt, der das überlesen hatte.

„Der Onkel hatte die Unterarme voller Narben und muss gewütet haben wie ein aggressiver Schimpanse, das Kind bekam einen Schock für den Rest seines Lebens", klärte seine Kollegin auf.

„Du überlegst dir wahrscheinlich, ob die Anlage zur Alzheimer-Erkrankung etwas mit diesem Gendefekt zu tun hat", brachte Kommissarin Grüner die Sache auf den Punkt.

„Ich würde diesbezüglich mal mit Lukrezia sprechen. Die ist ja ein wandelndes Lexikon in Sachen menschlicher Körper, und zwar in nahezu allen Bereichen. Das Einzige, womit sie sich nicht auskennt, sind die Anzeichen der plötzlichen Schulkrankheit bei Teenagern."

Thomas lachte und überlegte laut weiter.

„Also, vielleicht ist da eine Veranlagung zur Aggressivität in der Familie mütterlicherseits bei Silvia, mehr meine ich gerade nicht."

„Zu der gibt's auch was Neues, Patti war bei ihr. Soll ich es eben erzählen, oder magst du lieber schnell zurückfahren, es sieht nach Schnee aus."

„Jetzt will ich es wissen, werte Kollegin, und hier schneit es bereits. Ein bisschen."

Tatsächlich waren während des Gesprächs erste Schneeflocken auf die Windschutzscheibe gefallen und Prinoth hatte die Standheizung angeschaltet.

„Sie findet es eigenartig, dass Leone von der Bildfläche

verschwunden ist. Schließlich ist die Bude in Bozen eine Mietwohnung, Strom, Heizung und so weiter muss ja jemand bezahlen. Es soll wirklich komplett aus gewesen sein, wie Robert seiner Frau gestanden hat. Trotzdem kommt er hoffentlich noch einmal zurück. Auf ihre Mutter ist Silvia nicht sehr gut zu sprechen, was man inzwischen ganz gut verstehen kann.

In Sachen Armbanduhr konnte sie Auskunft geben, und nun kommt der Hammer. Die jugendliche Witwe und ehemals beste Freundin Mathilde Kirmair hat uns nämlich angelogen, Patti hatte einen guten Riecher: Robert erzählte seiner Frau, er habe den wertvollen Zeitmesser von der Partei bekommen, als Auszeichnung.

Doch sie misstraute ihm und schaute sich die Uhr einmal genauer an, als er im Bad war. Sie entdeckte die Initialen des verstorbenen Mannes von Mathilde und wusste ab da Bescheid, dass die beiden ein Verhältnis hatten, das Robert anscheinend für Gianni beendete. Silvia gab ihr Wissen nicht preis, sie wartete lieber auf den richtigen Zeitpunkt, der dann aber nicht mehr kam. Doch das alles spielt nun keine Rolle mehr, denn unsere Hauptverdächtige hat ein lupenreines Alibi."

Isabel machte nach diesem Statement wirkungsvoll eine leicht theatralische Pause. Thomas fror und schnappte nach Luft. Die Kommissarin holte zum entscheidenden Schlag aus:

„Ein Edwin Kerschbaumer, von dessen Existenz Frau Silla Patti erst heute erzählte, ist Silvias neuer Begleiter. Ja, ich habe auch geschluckt, Mädels."

Thomas grinste und meine nur: „Mach's kurz, ich platze vor Neugierde und vor Kälte."

„Er ist einer der drei Doppelkopfpartner von Traudl Fera und sie sind vor einigen Wochen zu viert mit Silvia in Pfelders bei Moos im Passeier Schneewandern gewesen."

„Schneewandern? Im Regen?", platzte Prinoth dazwischen.

„Freilich. Wenn es in Meran regnet, beginnt dort ein regelrechter Wintertraum. Hab' ich mir sagen lassen. Das muss ein Paradies für Skifahrer sein, und noch dazu nicht so arg bekannt wie die Gegend, in der du gerade bist. Quasi mit Schneegarantie, und dazu noch autofrei. Sollten wir mal Patti stecken, die schwört ja auf den Ortler. Pisten gibt es in großer Auswahl, auch für Anfänger."

Dies war ein deutlicher Seitenhieb, denn Isabel hatte in der Zwischenzeit von den Kollegen erfahren, dass Kommissar Thomas Prinoth einer der seltenen Südtiroler war, die nicht Ski liefen.

Eine kleine Retourkutsche dafür, dass er sie neulich für unsportlich gehalten hatte. Sie reizte dieses familiäre Skigebiet, das sie gar nicht kannte, sehr und vielleicht würde sie eine Kollegin, Patti?, dazu überreden, mit ihr am Wochenende einmal dort hinzufahren. Dann ließ sie die Bombe platzen:

„Zwischen Silvia und Edwin soll es dabei gefunkt haben. Während sie das unserer Kollegin beichtete, fiel ihr etwas ein und sie klingelte ihn übers Festnetz an. Sie sprach von einem Foto und kurze Zeit später machte es auf Pattis Diensthandy Pling."

Warum ist die nur seit einiger Zeit so geschwätzig, sinnierte Thomas Prinoth, der ja auch noch Eugen ausführen wollte und musste. Dass dies ein Zeichen größeren Vertrauens sein könnte, auf diese Idee kam er nicht.

„Kerschbaumer hatte ein Foto geschickt. Darauf waren Silvia und ein unglaublich dicker Mann zu sehen, die in ihrem Laden am 31. Oktober die erste von vielen Flaschen Prosecco tranken. Ein Selfie, wie unschwer zu erkennen war, um 18:30 Uhr."

Isabel gönnte sich eine weitere kunstvolle Pause.

„Aber warum hat sie das denn nicht gleich gesagt", wunderte sich Prinoth.

„Ganz einfach: Kerschbaumer ist verheiratet, und zwar mit der Ortsvorsteherin von Tisens/Prissian. Sein Liebchen wollte ihn schützen."

„Den Klamottenladen müssen wir trotzdem endlich untersuchen, aber das ist ja der Hammer. Ein Hauptverdächtiger weniger."

„Morgen gehe ich zu Pixner, Thomas, und stell' dir vor, Marini hat sich gleich mal gemeldet. So, von wegen Jetlag, dem ist offenbar stinkelangweilig! Und wir können Hilfe dringend brauchen!"

Prinoth hatte nun genug, er schickte seiner fleißigen Kollegin Grüße, auch an Patti, Toni hatte er gerade nicht auf dem Schirm und fuhr bibbernd in Richtung Bozen. Es war inzwischen dunkel geworden, doch der Feierabendverkehr zum Glück bereits durch.

In Bozen, an der Talferwiese angekommen, stellte er fest, dass es hier nur nieselte, und statt Michele eine stattliche rothaarige Frau mit Franzi am vereinbarten Platz stand. Die Hunde rissen sich von den Leinen los und stürmten aufeinander zu, während die Frau, die sich als Fornaras Schwester Luna vorstellte, Thomas verführerisch anlächelte. Meinte er jedenfalls. Er war nämlich wie vom Donner gerührt, Luna war seine Fleisch gewordene Traumfrau. Was für ein Tag.

# KAPITEL NEUNZEHN

„Alter – bist du braun“, entfuhr es der jungen, inzwischen dank fehlender Wintersonne erblassten Carabiniera, beim Anblick ihres Chefs.

Frischen Mutes war Maresciallo Franco Marini schon einen Tag nach seiner Rückkehr aus dem Lande der Keas und der Kauri-Bäume in seinem Reich in der Petrarcastraße aufgekreuzt.

Offenbar hatte er das strahlend schöne Sommerwetter ein Stück weit mitgebracht, denn von Regen- oder gar Schneemassen war nichts übrig geblieben und das Radio kündigte milde Temperaturen an. Kreislaufwetter, was ihn nicht störte, er hatte keinen plötzlichen Temperaturanstieg zu verkraften.

Gaius Marinius Augustus, wie ihn seine „Sklaven“ manchmal nannten, fand alles zu seiner besten Ordnung, kein Vieh weit und breit. Dackel Eugen weilte bei sich zu Hause und harrte dem nächsten Besuch aus Bozen. Franzi würde diesmal zu ihm kommen, mit wem war Eugen ziemlich egal, Hauptsache, seine Schöne wäre wieder bei ihm.

Nicht egal war dem Maresciallo, dass wieder einmal ein schwieriger Fall zu lösen war, und im Land der Seligen wie Südtirol so viel Schlimmes passierte.

„Warst du denn die ganze Zeit von der Außenwelt abgeschnitten oder warum bist du so überrascht“, wunderte sich ein bisschen schnippisch seine Schutzbefohlene Alieva Ufficiale Mayrhofer. Es musste eine Umverteilung der Ränge geben, denn wie er einer internen Nachricht entnahm, war Losso bald mit seiner Ausbildung zum Maresciallo fertig.

Ohnehin wäre Carmine Losso nicht nach Meran zurückgekommen, und vor Pattis Ankunft waren sie auch nur zu dritt (mit Molly natürlich zu viert) auf der Wache gewesen. Zum Glück war der Chef völlig entspannt, und er lächelte über die Zickigkeit der Untergebenen. Er kannte sie inzwischen gut, schätzte ihre Intelligenz, ihren Mut und ihre Kombinationsfähigkeit und war sich sicher, sie würde in nicht allzu langer Zeit eine der ersten weiblichen Marescialos des Landes sein.

Manchmal bockte Patti, und immer hatte es einen Grund. Er würde es erfahren, denn sie waren allein. Toni fuhr Streife. Er machte sich lieber aus dem Staub, nachdem er dem Chef sein Bozenabenteuer gebeichtet hatte. Franco gab den strengen und verärgerten Wachenvorsitz, der Alleingänge dieser Art niemals duldete. Er verließ sich darauf, dass solcherlei nie wieder vorkommen würde. Schließlich hatten sein ehemaliger Brigadiere Losso und die damals frisch zu ihnen gekommene Patti Mayrhofer genau dies vor einem guten Jahr gewagt. Selbst er, vor so vielen Monden, dass es ihm mittlerweile unwirklich vorkam. Letztlich hatte Tonis Einsatz die Ermittler ein Stück vorangebracht und im tiefsten Inneren war Marini stolz auf seinen Mann.

„Patti, ich war einfach drei Wochen in einer komplett anderen Welt. Das hat mir unwahrscheinlich gut getan und ich habe viele Dinge überlegt. Doch das muss sich alles erst einmal setzen, das wird dauern. Mich sofort wieder in die Arbeit zu stürzen lenkt mich ab, am liebsten würde ich bei den Kiwis bleiben", erwiderte zur Überraschung seiner Mitarbeiterin der erklärte Italienfreund.

Seine feinen italienischen Schuhe waren vom Schneeregen der letzten Nacht gleich „eingesaut" worden, wie er schimpfte, und er sehnte sich nach der Sonne, aus der er gerade kam. Draußen schien sie jetzt wieder, doch ohne die sengende Kraft der Sommersonne Neuseelands.

Mayrhofer war eine Weile damit beschäftigt, Marini detailliert über den Fall in Kenntnis zu setzen, sie legte ihm die Akten vor und beendete ihren Vortrag mit dem Vorschlag, gemeinsam die Witwe Kirmair aufzusuchen. Den Grund würde sie ihm auf der Fahrt berichten.

Kollegin Grüner war unterwegs zu Ex-Polizeichef Pixner und Prinoth verfasste eine ausführliche Pressemitteilung der nach inzwischen fast vier Wochen Ermittlungsarbeit amoklaufenden Medien. Der Chef fasste zusammen:

"Va bene, wir haben also einen Oldtimer, der mit einer ziemlichen Sicherheit ein schöner T1 ist", Marinis Augen glänzten zu Pattis Überraschung, „und von dem jede Spur in Meran fehlt, mit der Rentnerin eine Zeugin in Sachen komischer Pelzmantel, einen auffälligen blonden Deutschen, der wohl Robert Sillas Uhr verkaufen wollte und auch seither verschwunden ist, und lustige lila Parfum-Verhüterlis.

Wir hatten eine höchst verdächtige Ehefrau und haben einen noch verdächtigeren italienischen Hitzkopf als Lover. Sie hat ein Alibi, welches nicht mehr als ein Indiz, aber keinen Beweis zum Fehlen an der Tatbeteiligung darstellt.

Leones Spur führt in die Schweiz, puttana. Der ist doch offensichtlich abgehauen, wir müssen unbedingt mit den Schweizer Behörden zusammen arbeiten."

Patti fuhr dazwischen: „Der Antrag auf Amtshilfe in Zürich ist natürlich schon raus, leider sind die Schweizer bekanntlich nicht die Schnellsten", folgte sie einem nicht beweisbaren Vorurteil.

Marini erlaubte sich daher einen strengen Blick und sprach weiter: "Ausklammern konntet ihr bisher die Wanderführerin, Parteikollegen und Familienangehörige, die sich allesamt zu Halloween auf Partys befanden, denn endlich durfte wieder gefeiert werden. Diese Alibis werden zurzeit durch die Kriminalpolizei ein weiteres Mal überprüft, denn man kann sich gerade von einer Feierlichkeit perfekt davonschleichen.

Du höchst persönlich hast über den Leibarzt des Herrn Politikers erfahren, dass dieser sterbenskrank war – die Vermutung, Silla könne seinen Tod inszeniert haben, liegt im Raum. Vielleicht waren Uhr und Siegelring die Bezahlung und der blonde Deutsche ein Auftragskiller? Größere Geldbeträge fehlten jedenfalls nicht auf dem Konto, wie Ursel nachgewiesen hat. War Silla deswegen so randvoll mit Drogen, weil er zum Schluss doch Angst hatte, sich umbringen zulassen? Daher ein letztes Mal Sex? Könnte schon sein. Sagen denn überhaupt alle die Wahrheit? Gerade Familie und Politiker verschweigen gerne Tatsachen und lügen, dass sich die Balken biegen."

Patti stimmte dieser Aussage heftig nickend zu.

„Es ist offensichtlich, dass uns auch Signora Kirmair etwas vorenthalten hat, um es freundlich auszudrücken. Nachdem, was du alles berichtet hast, würde ich ja am allerliebsten die trauernde Witwe Silla kennenlernen, andererseits brauchen wir sie nach Thomas Bericht erstmal nicht mehr. Verzeih', wenn ich das jetzt sage, aber ich meine, man hätte das Trachtengeschäft schon viel früher untersuchen sollen. Schließlich fehlt noch immer die Tatwaffe. Außer ihr, der von einer Zeugin gesehene Nerz und das Privathandy, das Hinweise auf den Täter oder die Täterin geben könnte. So, wie ich die Sache ganz oberflächlich einschätze, kann die Ehefrau durchaus den Auftrag zum Mord gegeben haben. Dass sie ein Alibi hat, macht sie nicht wirklich unverdächtig. Auch wenn sie ein Alki ist – gerade die sind häufig ausgesprochen bösartig."

Weil die Carabiniera ein schuldbewusstes Gesicht erzeugte, fügte ihr Chef tröstend hinzu: „Patti, den Durchsuchungsbeschluss müssen die Kommissare beantragen, nicht du oder Toni. Oder ich", tat er wie beleidigt.

„Soweit ich weiß, läuft das jetzt, Chef, wir stecken ja noch mitten in den Befragungen. SpuSi, KTU und Pathologie waren leider aufgrund Materialmangels nicht sehr hilfreich!"

„Ja, mein Mädchen, ich weiß", entgegnete der Maresciallo großväterlich, was die junge Polizistin überhaupt nicht leiden konnte, „aufi nach Prissian. Hoffentlich ist sie da. Ein unangekündigter Besuch ist immer besser", rief der Meister der Carabinieri unternehmungslustig und steckte die Dienstwaffe in das Holster. Patti sprang auf, reckte ihre schlanke Figur und nahm ungläubig wahr, dass Marini, der früher beinahe schon dünn gewesen war, ein Bäuchlein angesetzt hatte. Es war ihm in Down Under wohl sehr gut gegangen.

Im Dienstalfa ließ Franco Marini Patti fahren, er musste sich erst wieder an den Rechtsverkehr gewöhnen. Schon gestern, als ihn Florentine Senoner in Bozen abgeholt hatte, hatte er Eingewöhnungsschwierigkeiten, sah sich mehrfach in einen bösen Auffahrunfall verwickelt. Obwohl die Antiquarin alles andere als eine Rennfahrerin war, im Gegensatz zu „seiner" Patti.

Verzückt erinnerte er sich an den gemütlichen Abend bei der warmherzigen Frau. Sie hatte ihm eine regelrechte Cena präsentiert, alles selbst gemacht, sogar die Nudeln waren frisch. Er blieb nicht über Nacht, noch immer war es zu früh. Er spürte es. Ihre Ängste, ein weiteres Mal verletzt zu werden, mussten groß sein. Obwohl Florentine mit ihrem Ex ein freundschaftliches Verhältnis hatte, für Franco stand es völlig fest, dass da noch etwas anderes vorgefallen sein musste. Sie würde es erzählen, wenn sie so weit war. Ihr Interesse an ihm war offensichtlich, und er?

Er hat es schon beim ersten Mal gewusst, als er sie sah. Er würde diese Frau heiraten, ein pathetischer Gedanke, so emotional, wie es eben nur ein Italiener konnte. Allein schon deswegen war es wichtig, dass er jetzt arbeitete.

Pattis Antennen hatten gemeldet, dass der Chef einen Schnupperkurs in Sachen alte Heimat brauchte und nahm absichtlich nicht die MeBo in Richtung Tisens-Prissian. Sie entschied sich für die SS238, vorbei an Marling, und fuhr jetzt nach Tscherms.

„Schau, Chef, das ist der Stadel der Sillas", erzählte Patti ohne Neid, als sie einen Schlenker an dem großen, altertümlich und düster wirkenden Gebäude vorbei machte. Marini betrachtete es. Oben, unter dem Dach, war also ein Mann entsetzlich unglücklich gewesen, so deprimiert, dass er eventuell einen Mord an sich selbst inszeniert hatte. Was für eine grausame Vorstellung, fand der Polizist, den selbst völlig gegensätzliche Gefühle überwältigten.

Fast schien es ihm, als habe er eine dünne, schmuddelige Gestalt an einem Fenster gesehen, doch das hatte er sich sicher eingebildet.

Weiter ging es am Weingut Kränzel mit dem uralten

Wasserrad und dem Kunstgarten, in den man im Winter von außen leicht einsehen konnte, in Richtung Lana. Marini war Patti ziemlich dankbar, dass sie diese Strecke nahm.

In Richtung Süden passierten sie die beachtliche Zahl von Burgen und Ansitzen, Obst- und Weinplantagen zur Rechten, die Etsch am linken Rand, oberhalb das Tisenser Mittelgebirge in der Nonsberggruppe, wo viele Wanderwege lockten.

Eine Schneehaube verzuckerte den Anblick. Patti war mit Carmine manchen Weg abgelaufen, Marini bevorzugte den Gardasee und das Meer. Als sie jedoch hier durch die Spätherbstlandschaft fuhren, die, vom Laub beraubt, zeigte, wie ursprünglich sie sein konnte, je weiter man nach oben kam, wurde Marini gewahr, wie sehr er Südtirol im Herzen hatte. Es gab inzwischen noch einen Grund mehr.

In Naraun mit seinem malerischen Kapellchen St. Hippolyt bog die Fahrerin ab. Franco erinnerte sich daran, wie er häufig mit seiner deutschen Freundin Rosi hier über den Gampenpass und Unsere Liebe Frau im Walde zum Kalterer See gedüst war. Er mochte diesen Weg abseits der Schnellstraße durch den lichten und grünen Wald, der einen jedes Mal verzauberte.

Rosi war seine zügige Fahrweise bei den engen Kehren suspekt gewesen und amüsierte sich dennoch über die in ihren Augen seltsamen Südtiroler Namen. Süß war sie gewesen, sein kleiner Rubensengel, ihm aber doch immer fremd geblieben.

Seine Gedanken schweiften wieder ab zu einer Frau mit grünbraunen Augen und rehfarbenen langen Haaren, die sie stets in einem dicken Zopf trug. Auch sie war nicht gertenschlank, was ihr wunderbar stand.

Im Gegensatz zu Rosi schminkte sie sich fast gar nicht, etwas Wimperntusche und etwas Lippenstift.

Patti plauderte über die Katzen, die Kinder von Molly, und dass sie ihre kastriert hatte. Man könnte ja nicht noch mehr von den Viechern gebrauchen, die in Sachen Größe leider nach ihrem Vater, einem echten Maine-Coon, Adriano, kamen.

Daher fraßen sie auch viel und die arme Patti verdiente als Alieva nicht die Welt. Doch Tonis Oma verstand sich als weitere Mutter für die ehemaligen Kitten und half weiterhin bei der Versorgung der Raubtiere. Die Mäuse, die sie zusätzlich fingen, legten sie ihrer Dosenöffnerin dankbar auf die Wohnungstürschwelle.

Das mochte nicht jeder Nachbar und Patti bekam in der neuen schicken Bude gelegentlich Ärger. Von Marini kam ab und zu „Mhm" zur Bestätigung, und Patti wäre nicht sie gewesen, hätte sie seine geistige Abwesenheit nicht bemerkt.

Doch führte sie diese mehr auf den Jetlag und den intensiven dreiwöchigen Urlaub zurück, weniger auf die Antiquarin, die ihn vom Bozner Bahnhof abgeholt hatte. Das war merkwürdig genug.

Der jungen Polizistin entging normalerweise gar nichts, kein versteckter Seitenblick, kein angedeutetes Lächeln, kein ausgestrahltes Interesse. Doch in Bezug auf die quasi Vaterfigur Marini war sie offenbar die Einzige, die damals, bei Pixners Abschiedsfest im Frühsommer desselben Jahres das Knistern zwischen den beiden erfolgreich ignorierte. Obwohl sie genau da Isabel Grüner in aller epischer Breite erzählt hatte. Sie übersah die Verliebtheit, obwohl sie sie wahrgenommen hatte. Mit Patti stimmte etwas nicht.

Nun fuhr sie direkt nach Tisens hinein. Sie war auf der Suche nach einer Bar, denn sie merkte, bevor sie mit ihrem

Chef eine Verdächtige ins Kreuzverhör nahm, wäre ein persönliches Gespräch von Nöten. Hinter Tisens fanden sie ein winziges Lokal, kurz vor dem prächtigen Prissian. Das hatte es in sich.

Ein außergewöhnliches Friseurcafé, das niemand hier vermutet hätte.

Denn man konnte nicht nur neben dem Legen und Schneiden den üblichen Kaffee bekommen, sondern einfach nur entspannen. Es gab genau zwei Frisierhauben und zwei einzelne Tische, die zusammen mit den jeweils drei Stühlchen komplett mit Schnittmusterpapier überzogen waren.

Ein großer kräftiger Mann, angetan mit einem karierten kurzen Faltenrock, einer Seidenweste auf der nackten Brust und Springerstiefeln, lächelte unter seiner Glatze, die mit spiralförmigen Tattoos verziert war, den Gästen warmherzig zu. „Nur herein, ich heiße Norbert und ich beiße nicht“, meinte er, wobei er verdächtig nach Marinis knackigem Popo schielte.

Die extrem kleinen Tische nahmen sich aus wie extra für Patti gemacht, doch der Maresciallo wirkte deplatziert wie in ein Puppenhaus gefallen. Dennoch amüsierte ihn die Situation und er hätte zu gerne gewusst, wie es eine solche Persönlichkeit hier oben hin verschlagen hatte. Norbert brachte die bestellten Espressi Macchiati und stellte sich vor:

„Ich bin Modedesigner. Dieser Laden gehörte früher meiner Mutter. Ich war eine Weile in Mailand, dann veränderte ein schwerer Motorradunfall mein Leben, das ich um ein Haar verloren hätte. So blieb es bei der Hälfte meines Hirns“, lachte er und tänzelte davon. Beiden Polizisten hatte er zum Getränk eine Visitenkarte gelegt, auf der „Sir

Lady Aisenhoover – schneidert Euch neue Mieder, Kleider, Hosen, Jacken, Mäntel“ stand.

„Der Kaffee ist perfetto, Norbert“, freute sich der Maresciallo und musste zugeben, dass ihm in Neuseeland doch gewisse Dinge sehr gefehlt hatten.

Patti nickte eifrig und hatte zu Marinis Freude einen kleinen Kaffeeschnäuzer, der ihr allerliebst stand.

„Eigentlich will ich mich gar nicht so arg in den Fall einmischen, bin im Kopf noch bei den Keas ...“, versuchte er seine Anwesenheit bei der Arbeit zu rechtfertigen.

„Chef, jede helfende Hand wird dringend gebraucht, wir haben wirklich noch nicht viel, und wie üblich sitzt uns der Rosengarten im Nacken. Du glaubst nicht, was die gerade vor ein paar Tagen getextet haben: „Dämlicher als die Polizei erlaubt – Halloween-Mord seit drei Wochen ungelöst. Muss Silla als Zombie zurückkommen, um endlich gerächt zu werden?“

Marini griff sich an den Kopf. „Eigentlich sollten wir vom Rosengarten Provision bekommen, bei der Amtshilfe. Die fahren doch ständig Höchstauflagen ein. Sicuro bin ich ab jetzt dabei. Doch vorher: Wie findest du denn die beiden Neuen und wann zieht Carmine bei dir ein?“

Die Frage nach dem ehemaligen Kollegen und Brigadiere Carmine Losso hatte die Carabiniera erwartet und war vorbereitet.

„Carmine meldet sich regelmäßig und ist ja auch nicht aus der Welt, an den meisten Wochenenden sehen wir uns. Die Ausbildung läuft hervorragend, er ist sehr zufrieden. Sobald er fertig ist mit allem, schauen wir weiter. Vielleicht heiraten wir ...“, Patti sprach nicht weiter. Ihr Boss, der für seine feinfühlige Nase bekannt war, bemerkte einen Hauch von Trauer in ihr, wollte der Sache in diesem Moment nicht nachgehen. Patti hatte immer, wenn sie seinen Rat brauchte, den Weg zu ihm gefunden, das würde diesmal erneut so ein. Sie lenkte ab.

„Isabel Grüner und Thomas Prinoth vertreten Matthias Ohnewein und Pixner ganz hervorragend. Prinoth hat was Schlurfiges“, Marini verstand nicht und machte runde Augen, „Na ja, du kennst sicher diese antiken amerikanischen Krimiserien. Man kann sie sich über Netflix anschauen, Toni und ich haben immer eine Wahnsinnshetz (Spaß) damit.“

Antik! Marini war not amused, diese Serien waren Begleiter seiner Kindheit. „Das treibt ihr also, wenn ich euch mal nicht beaufsichtige, Zeit, dass wieder Sitten eingeführt werden“, beeilte er sich, seiner Carabiniera zur Strafe ein wenig Angst einzujagen. Es funktionierte nicht sonderlich effektiv, sie berichtete weiter, ohne seinen Einwurf überhaupt zu kommentieren.

„Er wirkt wie nicht bei der Sache, schlussfolgert dann haarscharf und kann überraschend charmant sein. Ich mag ihn. Die Grüner ist hochintelligent und recht sympathisch, aber indifferent, freundlich, und dennoch verschlossen. Kühl und distanziert einerseits, dann hat sie uns after work in dieser neuen LGTBQ+ Bar in den Lauben mit verführerischen Schlangentänzen an der Stange überrascht“, Patti giggelte, „im Dirndl und mit Übergewicht. Mega.“

„Offenbar habt ihr mich kaum vermisst, das ist ein gutes Zeichen. Was ist mit Toni, abgesehen von seiner Heldentat“, wollte der Chef dann noch wissen.

„Die Heldentat erzählt er dir selbst, Boss. Toni ist, wie soll ich sagen, immerhin ist er älter als ich, aber ... hm ... er ist erwachsen geworden. Seine Freundin tut ihm gut und ich glaube, er möchte nun Brigadiere werden. Er macht einen richtig guten Job“, lächelte Patti nun. Marini erkannte augenblicklich, dass diese beiden echte Freunde geworden waren. Das gefiel ihm. Ausgerechnet er, ein Maresciallo und inoffizieller Fallanalytiker, hatte einen deutlichen harmoniesüchtigen Zug.

Daher unterließ er es, ausführlicher nach Molly zu fragen, zu der er ein ganz besonderes Verhältnis hatte und wurde stattdessen kurz über die amourösen Abenteuer von Ohneweins Dackel belehrt.

„Madonna mia, als ob es sonst keine Probleme gäbe", schimpfte der Maresciallo ein wenig. Hätte das die Ursel im Präsidium gehört, sie wäre ihm vor Glück um den Hals gefallen. Marini zahlte den Kaffee, lobte ihn und deutete beim Hinausgehen auf die Visitenkarte, die er einsteckte.

„Falls Bedarf ist", rief er noch und weg waren die beiden.

„Ich würde gerne den Tatort sehen, Patti. Bevor wir diese Lady besuchen, fahr da mal eben vorbei", begehrte er.

Vor dem hell schimmernden Castel Katzenzungen musste er auf dem kleinen Parkplatz seine schönen Schuhe wieder schmutzig werden lassen, denn der Boden war hier oben vom Schneeregen der vorangegangenen Tage noch immer nass.

Vom Versoalnrebstock waren inzwischen die allerletzten Blätter abgefallen, die nasse Erde, die in den Kieselbelag überging, glänzte. Der Jahreszeit geschuldet waren hier in den letzten Wochen kaum Fahrzeuge gestanden, sodass dem Maresciallo ein sehr kleiner Erdhaufen vor dem dicken alten Rebstock auffiel.

Auch er glitzerte, doch anders. Nicht Regentröpfchen in der warmen Morgensonne, sondern es leuchtete wie ein winziges Spiegelglasstückchen und stach ihm ins Auge. Marini rief Patti und untersuchte mit einem gefundenen Stöckchen den winzigen Hügel.

Zum Vorschein kam ein Bowi-Messer mit Hirschhorngriff, teuer und scharf. Marini und Patti schauten sich an. Der Maresciallo nahm ein Paar Gummihandschuhe aus seiner Manteltasche und packte das Messer vorsichtig am Heft, um es gänzlich von der Erde hochzuheben. Am Griff waren eindeutig dunkle braune Flecken zu sehen.

„Das könne die Tatwaffe sein", meinte Patti, „ab in die KTU damit."

„Wie konnte das die SpuSi übersehen?", fragte sich Marini geschockt.

„Es hatte in der Mord-Nacht angefangen zu regnen, Chef, und auch die Tage danach hatten wir hier Sintflut. Vielleicht hat der Täter das Messer weggeworfen, und mit dem Fuß ein wenig vergraben. Dann war es wirklich unsichtbar."

Franco Marini stimmte ihr zu und war nun um so enthusiastischer, mit in diesen Fall einzusteigen. Verliebte Dackel hin oder her.

# KAPITEL ZWANZIG

Ausgerechnet am ersten Advent, dem letzten Sonntag im November kündigte sich ein Vorweihnachtswetter wie am Capo Vaticano an, wie Isabel Grüner das vor etlichen Jahren einmal erlebt hatte. Damals hieß sie noch Igor und war zu einem Wellnesskurzurlaub dorthin gefahren. Ein Gefühl, als ob man Südsee gebucht hätte, mit Temperaturen um 22 Grad. Außer Igor gab es nur wenige Paare und fast ausschließlich Frauen. Diese wären lieber mit Gymnastikprogramm und Schönheitsanwendungen unter sich geblieben, jedenfalls wurde Igor entweder verlacht oder geschnitten. Das einzig Wohltuende waren das warme Wetter und die atemberaubende Landschaft. Doch hatte das zwischenmenschlich gesehen wenig angenehme Erlebnis auch etwas Gutes: Der Entschluss, endlich aus Igor eine Isabel zu machen, stand danach fest, mit allen Konsequenzen, unter der sie noch heute litt.

Igor war von Geburt an das fünfte Rad am Wagen seiner jüdisch-irischen Familie, in der ohnehin gar nichts passte. Der Vater ein Musiker aus Galway, der seine Zeit mit Fideln, Guinness und making-love verbrachte, die Mutter eine Deutschlehrerin, die über die Vermittlung durch Onkel Gabriel in Innsbruck damals eine Stellung in Tramin angetreten hatte.

Sie hielt es für besser, ihre jüdischen Wurzeln zu verbergen, doch der Name verriet sie. Daher nahm sie später den Namen ihres Ehemannes an, als die beiden heirateten, und nach Igor vier weitere Kinder bekamen, lauter kleine rothaarige Dohertys.

Igor hätte von Vater Ian adoptiert werden müssen, wozu dieser keine Lust hatte, daher blieb er ein Grüner. Ein Außenseiter, sein ganzes Leben lang, da er sich schon als Junge im falschen Körper gefühlt und entsprechend verhalten hatte.

Isabel war mit ihrem E-Scooter eine geraume Weile nach einem späten Frühstück am Passerufer entlang gerollert und hatte die wogenden Wellen des normalerweise flachen Flusses fasziniert betrachtet. Sah man sonst die großen Kiesel golden durch das Wasser wie unter Glas glitzern, trug der Wildfluss nun die Massen der vergangenen Regentage und den geschmolzenen Schnee in Richtung Etsch. Sie wühlten und brausten und schäumten, dass es eine Freude war, aber warnten gleichzeitig. In der Passer waren immer wieder unvorsichtige Menschen ertrunken, die das bachartige Gewässer unterschätzt hatten. Was würde das wohl für einen Winter geben, überlegte die neue Kommissarin. Über den Steg fuhr sie prima gelaunt am Thermenpark vorbei zum ehemaligen Polizeichef, über den sie ausschließlich Positives gehört hatte. Der erste Eindruck bei seinem Abschied im Sommer war genauso gewesen. Er hatte sie zum Kaffee eingeladen.

Isabel Grüner genoss den freundlichen Empfang des Ehepaares Pixner in ihrem liebevoll renovierten Bauernhäuschen in der Untermaiser Bäckergasse. Allein der Innenhof ließ der Kommissarin das Herz aufgehen und sie fühlte sich mehr zu Hause als irgendwo anders in Meran.

Eine Laube aus Weinreben, upgecycelte Sitzmöbel in bunten Farben, Kunst, geschmackvoll und wie zufällig arrangiert. Was sie garantiert nicht waren. Im halbrunden, gemauerten Portal stand ein lächelnder großer Mann mit pfeffer- und salzfarbenen langen Haaren, die er in einem Pferdeschwanz zusammengebunden hatte.

Breite Schultern steckten in einem edlen Herrenhemd, dazu eine Jeans über den noch immer schmalen Hüften, ein schwarzer Gürtel unter dem runden Bäuchlein. Es verriet, dass hier jemand sein Leben genoss, gutes Essen und einen schönen Schoppen liebte. Den liebte auch die Polizistin, die vor der Polizeischule eine Lehre als Winzerin gemacht hatte. Am auffälligsten an dieser Erscheinung waren seine klugen grünen Augen, die ihm unter sorgfältig getrimmten schwarzen Augenbrauen etwas von einem schlauen Kater gaben, zusammen mit seinem beinahe ironischen Lächeln.

Neben ihm stand seine Frau, fast so groß wie er, silbriggraue Haare in einem Pferdeschwanz wie ihr Mann, dezent geschminkt, in Rock und Pullover und langen Ohrringen.

Ihr Lächeln war noch herzlicher, und sie erkannte mit einem Blick, wo Isabel Grüners wunder Punkt lag. Eine sehr gute Menschenkennerin und Psychotherapeutin. Anmerken ließ sie sich natürlich nichts. Beide Pixners lebten im Ruhestand, und das in vollen Zügen.

„Liebe Kollegin, bitte tritt doch ein", lud Hubert Pixner ein, und Frau Pixner schüttelte Isabel mit kräftigem Griff, aber sanft die Hand.

Innen war es genauso unkonventionell eingerichtet wie außen, doch sogar diese unkonventionellen Menschen hatten eine klassische Tiroler Bauernstube, in die sie ihren

Gast baten. Auf dem Tisch stand ein schlichter Adventskranz, an dem eine Kerze aus echtem Bienenwachs angezündet war. Selbstgebackener Apfelstrudel mit einem wunderbar duftenden Kaffee aus Urgroßmutters Kaffeeservice, wo sie das wohl aufgetrieben hatten? Elena Pixner sah Isabels Blick und beantwortete ihre unausgesprochene Frage:

„Wir lieben unseren Flohmarkt am Passerufer unter der Wandelhalle, warst du schon einmal da?"

Isabel musste verneinen, sie kaufte Gebrauchtes, wenn überhaupt, online, über Ebay und ähnliche Seiten.

„Aber ich komme gerne einmal mit", beeilte sie sich, hinzuzufügen. Es war ihr inzwischen bekannt, dass der Flohmarktbesuch ein must-be der Meraner Gesellschaft war.

Die Kommissarin nahm sich ein Stück Strudel, biss genussvoll ab und kaute gemütlich. Nachdem sie das Gebäck ausreichend gelobt hatte, fing sie auf Pixners Bitte an zu erzählen. Sie ließ das Ergebnis der Siegelring-Überprüfung durch ihren Innsbrucker Onkel nicht aus, die leider nichts Fallrelevantes ergeben hatte.

Nur eine mehrseitige, handgeschriebene Abhandlung über das Motiv des Rings und die Erinnerung an den lange versprochenen Besuch in seiner originellen Galerie. Elena und ihr Gatte tranken dabei still ihren Fairtrade-Kaffee, knabberten leise ebenfalls am Strudel und hörten zu. Elena überlegte, ob sie da nicht vielleicht mitfahren dürfte, der Onkel hörte sich höchst interessant an.

Schließlich meinte Hubert kauend:

„Dass jemand der bisher Verdächtigen direkt von der Tötung profitiert, konntet ihr ja ausschließen. Als Motiv sollte dieser Gedanke allerdings niemals ganz aus den Augen verloren werden.

Dieser Gianni muss unbedingt her. Der ist ja geradezu auf der Flucht, das riecht nach einem Schuldbekenntnis. Ein temperamentvoller Italiener, der den Kopf verloren hat. Wie weit seid ihr mit der Amtshilfe?“ Isabel schüttelte nur mit dem Kopf und zeigte einen verärgerten Gesichtsausdruck.

„Immerhin gibt's eine Zeugin in Sachen komischer Pelzmantel und wenigstens hat Meister Marini die Tatwaffe gefunden, ein Stückchen wären wir also weiter. Man sollte vielleicht auch Späthauf ein weiteres Mal befragen. Schade, dass das Phantombild so gar nichts gebracht hat. Man sollte nicht ausschließen, dass der Verkäufer eine Perücke und Make-up benutzt hat. Wir hatten bei dieser Geschichte mit dem Maler Tschurtschenthaler, der wochenlang als vermisst gemeldet und dabei schon lange ermordet war, einmal einen Verdächtigen, eine echte Dragqueen aus Deutschland, den hättest du als Frau wahrhaftig nicht erkannt.“

Pixner nahm aus den Augenwinkeln wahr, dass Isabel kurzfristig erblasste, und Elena sah ihre Vermutung bestätigt.

„Tatsächlich hat der Juwelier damals eine Bemerkung gemacht, der Mann könnte eine Perücke getragen haben“, fiel der Kommissarin wieder ein.

„Ja, du hast recht, Hubert, der muss noch einmal zu uns“, pflichtete sie dem grauhaarigen Pensionär bei. Elena Pixner hatte die ganze Zeit über aufmerksam gelauscht.

„Gerade jemand, der von der Ehefrau mit einem Mord beauftragt worden wäre, würde sich verkleiden. Rätselhaft ist mir dann aber, warum diese Person hier geblieben sein sollte. Das muss stichhaltige Gründe haben, im wahrsten Sinne des Wortes“, erinnerte er sich an die Todesart.

„Was den Oldtimer betrifft, habe ich eine Idee“, fasste Pixner zusammen.

Grüners Herz hüpfte und sie übernahm das Wort, bevor der ehemalige Chefermittler seine Überlegungen ausführen konnte.

„Stefan Oberhofer, so ein Schrauber genau wie du, hatte ja sofort einen Oldtimer diagnostiziert. Er meinte, in Meran einen Kübelwagenbesitzer häufiger gesehen zu haben. Den konnten wir inzwischen ausfindig machen, doch leider war der zur Tatzeit schon eingemottet in der Garage. Das ist der Grund, warum wir nach Käfern beziehungsweise besonders nach Bussen Ausschau halten.“

„Jupp, den Kübelwagen-Otto kenne ich auch. Der wäre es sowieso nicht gewesen. Der tut keiner Fliege etwas zu leide und liebt nur seine Frau“, lachte der Ex-Polizeichef. „So wie ich“, fügte er weise und schnell hinzu, seine Elena lächelte nur.

„Aber ich hätte eine Eingebung in Sachen T1. So beliebt sie seit einigen Jahren gerade bei jüngeren Leuten sind, desto seltener sieht man sie. Die sind kaum zu bezahlen und bei uns natürlich gleich zweimal nicht.“

Pixner legte eine theatralische Pause ein, seine Frau ihm die Hand auf seine. Dann erklärte er:

„Manchmal fährt hier einer in der Romstraße vorbei. Ich trinke gerne meinen Vormittagsespresso in der Bar an der Ecke zur Maria-Trost-Kirche, und lese dort die Zeitung. Rot-weiß lackiert, mit zugezogenen Vorhängen rings um alle Panoramafenster. Das fiel mir zusätzlich auf. Ein dünner Mann saß hinter dem Steuer, immer allein. Entweder er wohnt hier oder ist bei uns regelmäßig zu Besuch, denn er hatte ein deutsches Kennzeichen.“

Grüner zog die Augenbrauen hoch, alle wussten, das hieße gar nichts. Daher legte Pixner nach.

„Ein Berliner Kennzeichen, nicht Rosenheim oder München. Vor circa drei bis vier Wochen erst habe ich ihn gesehen. Ich kann mich natürlich auf die Lauer legen und dann in Elenas Smart folgen. Der ist unauffälliger als meine rote Ape. Wenn ich darf, meine Holde."

Hubert war sich völlig darüber im Klaren, wie sehr es seine Frau hasste, wenn er ihren Wagen nahm, und sie danach wieder alles auf sich einstellen durfte, vom Sitz bis hin zum Radiosender. Dennoch stimmte sie großzügig zu.

„Der Fahrer schien mir von weitem eher dunkelhaarig zu sein, aber das heißt nichts. Wenn mit diesem Späthauf ein neues Phantombild mit dunkler Haarfarbe erstellt wird, dann zeigt es mal mir. Und vielleicht auch dieser Rentnerin, man weiß ja nie."

Die Kommissarin war hoch erfreut. Noch bedeutete das keinen Durchbruch in diesem verzwickten Fall, aber einen dünnen Streif am Horizont glaubte sie zu erkennen.

„Du, Isabel, da fällt mir noch etwas ein. Ich habe den Bus einmal mit dem Handy fotografiert. Er hielt gegenüber vom Café am Kiosk, und ich konnte nicht widerstehen, weil es doch so ein schönes Auto ist."

Seine Elena lachte und fügte hinzu:

„Er hat eine regelrechte Sammlung. Sowohl an Blechspielzeug-Oldtimern als auch an Fotos.".

Hubert schaute seine Liebste ein wenig missbilligend und bot der Kollegin an: „Ich kann das Foto heraussuchen und ihr gebt es mal in die Fahndung. Selbst wenn es keinen Zusammenhang ergibt, dann wüsstet ihr wenigstens dieses." Kommissarin Grüners Laune besserte sich immer mehr.

Entgegen ihrer Gewohnheit – sie gehörte nicht zu diesen „Vielküssern" wie sie es nannte – verabschiedetet sie sich von den Pixners mit Busserl und bei Elena sogar mit einem kurzen

Drücker und verabredete einen ausführlichen Flohmarktbesuch gleich im nächsten Jahr. Die Therapeutin sah ihr dabei so warmherzig in die Augen, dass sich Isabel einen Hauch von Freude in ihr ewig misstrauisches Herz gönnte. Sie konnte einen Freund gebrauchen, die Angst war allerdings groß.

Es wurde immer schneller dunkel, doch bald, mit dem offiziellen Winterbeginn, dann wieder früher hell. Diese Tatsache summte sie mantramässig vor sich hin, denn Isabel liebte die Sonne und die Wärme des Südens und konnte der kalten Jahreszeit nichts abgewinnen. Das hatte sie mit Maresciallo Franco Marini gemeinsam, den sie auch sehr bald besser kennen lernen sollte.

Energie musste gespart werden und dennoch blitzte die Weihnachtsbeleuchtung an etlichen Privathäusern.

Die frühsommerlichen Temperaturen mochten da nicht so recht passen, allerdings zogen die gegen Abend ziemlich an. Vor der Therme liefen viele Winterfans Schlittschuh, um wenigstens ein bisschen Adventsstimmung in die festliche geschmückte Stadt zu bringen, was dem Christkindlmarkt kaum gelingen wollte. Ihr Telefon klingelte, und Isabel blieb am Ufer der von der Uferbeleuchtung blitzenden Passer stehen. Kollege Prinoth.

„Ja", antwortete sie, „es war hoch interessant, ich schreibe ein Protokoll und natürlich alles in unsere WhatsApp-Gruppe. Sollen doch alle etwas von ihrem früheren Chef haben."

Thomas lachte und erzählte kurz zur Sachlage in Richtung Problemdackel. Das wollten sie unbedingt gelöst haben, bevor der neue Polizeichef Ohnewein aus seiner Reha zurückkam. Was sie hörte, amüsierte die Kommissarin aufs Köstlichste. Auf seinen ausdrücklichen Wunsch war wieder statt Michele Fornara dessen Schwester Luna am

Talferufer erschienen und die beiden verliebten Dackel würden Hochzeit halten können.

Prinoth vielleicht auch, überlegte Isabel ketzerisch, der das Schwärmen über das „curvy model" Luna nicht entgangen war, obwohl Thomas Prinoth geglaubt hatte, völlig neutral über die Dame zu berichten. Luna hatte nicht nur Zeit und Platz, sondern auch das Anliegen, einen ähnlichen Hund wie ihr Bruder zu besitzen und überlegte, Eugen zu adoptieren.

Seine Wünsche waren vom Universum erhört worden und er würde mit Franzi eine Dynastie gründen, von der noch viele tausend Jahre zu hören sein würde, dessen war sich Eugen völlig sicher. Die von Teckels auf der Talferwiese, eine mutige und starke Rasse, aus einer uralten Stadt. Unbesiegbar.

Ungehindert seiner imperialen Überlegungen schickte aus seiner Nähe die nimmermüde Gerichtsmedizinerin Prof. Dr. Lukrezia di Lorenzini ein PDF an die E-Mail-Adresse der Meraner Kommissare. Es enthielt einen Aufsatz zur genetischen Disposition in Sachen geistiger Erkrankungen in der Familie Laimer. Di Lorenzini schrieb noch dazu, man solle diesen Umstand tatsächlich in Erwägung zur selbstgewählten Kinderlosigkeit der Verdächtigen ziehen, wahrscheinlich wäre ihr die Veranlagung bekannt gewesen.

Ihre Alkoholerkrankung spräche dafür.

Di Lorenzini erwähnte bei dieser sich bestens bietenden Gelegenheit die Seminare in forensischer Psychiatrie und Psychologie an der Edelschmiede „Oregon State University", die sie damals zusätzlich zu ihrem Medizinstudium absolviert hatte.

Damit rückte Silvia Silla wieder stärker in den Focus als Auftraggeberin des Mordes an ihrem Mann.

Den VW-Bus sah der Ex-Polizeichef nicht mehr, es war wie verhext. Das ersparte ihm die Fahrt im unbequemen, wie er fand, Smart, seiner Frau Ärger und schenkte ihm einige nette Stunden in der Frühstücksbar mit gleichaltrigen Geschlechtsgenossen in Diskussionen über auserlesene alte Fahrzeuge der 1950er- und 1960er-Jahre. Ein Genuss!

## KAPITEL EINUNDZWANZIG

„Thomas Prinoth war vor der Arbeit mit der Pressemitteilung noch einmal wegen der Armbanduhr bei Silvia Silla gewesen und hatte Erstaunliches erfahren. Die Frau war total nüchtern und geht bald in eine Suchtklinik, sie ließ auch etwas über ihre ehemalige beste Freundin heraus, und nun kennen wir den eigentlichen Grund für den Bruch zwischen den beiden", erzählte Patti ihrem Chef auf der Fahrt zu Mathilde Kirmair.

Ihr wichtiger Fund ruhte gut eingetütet im Kofferraum des Alfas, sie würden ihn direkt nach der erneuten Befragung der reichen Witwe nach Bozen fahren. Stefan Oberhofer stand bereits Gewehr bei Fuß und war ausgesprochen neugierig. Auch er hatte bisher noch kein Bowi-Messer als Tatwaffe untersuchen dürfen, ein einmaliger Vorgang.

„Als da wäre?", fragte Franco. Obwohl er immer mehr vom Fall eingefangen wurde, schweiften seine Gedanken während der Fahrt durch die Weinberge an eine hübsche Frau am Brunnenplatz in Meran ab.

„Signora Silla fiel eines Tages ein sehr teurer und protziger goldener Chronometer an Robert auf. Eine Art von Uhr, die er normalerweise niemals angezogen hätte. Seiner erstaunten Frau bog er bei, er habe sie von der Partei bekommen, als Auszeichnung. Sie misstraute ihm und schaute sich den Zeitmesser einmal genauer an, als er im Bad war. Dabei entdeckte sie die Initialen des verstorbenen Mannes von Mathilde und wusste ab da Bescheid. Sie schwieg darüber und wollte den richtigen Zeitpunkt abwarten, der dann aber nicht mehr kam.“

Maresciallo Marini war nun völlig bei der Sache.

„Also hatte Silla vor Gianni schon einmal ein Verhältnis, und das auch noch mit der besten Freundin seiner Frau? Na, wenn das mal kein Motiv ist ... sagtest du nicht, Kirmair sei sehr knabenhaft? Vielleicht war das so eine Art Rache an der Ehefrau, die dominant und größer ist als er? Madonna!“, grübelte er.

Da waren sie schon da und Carabiniera Mayrhofer hielt vor einem pompösen traditionellen Holzstadel mit fantastischem Blick über das Etschtal. Ein kleiner englischer Sportwagen stand davor, mit Münchener Kennzeichen.

„Ich glaube, wir haben Glück, die Casalinga (Hausfrau) ist da“, meinte die junge Frau etwas spöttisch. Sie hatte eine Vorahnung.

Nach dem Klingeln öffnete wie beim ersten Mal eine ihr wohlbekannte mürrische Deutsche mit kurzen verstrubbelten Haaren.

„Ja“, maulte sie zunächst, als sie der jüngeren und besser aussehenden Polizistin gewahr wurde. Beim Anblick des gutaussehenden Maresciallo aber schob sie ihren schlanken Körper vorwärts und strich sich die Haare nach hinten. Das änderte nichts an dem unsympathischen Eindruck, den sie auf den Mann machte. Die Carabiniera, die es vom Aussehen her locker mit der Haushälterin aufnehmen konnte, übersah sie jetzt.

„Was kann ich für Sie tun", flötete die Deutsche und rollte die Augen mit dem Versuch, verführerisch zu wirken. Die Miene des attraktiven Mannes blieb undurchdringlich. Sekunden später erkannte die Dame, dass sie bei Franco Marini nicht landete und wurde wieder unfreundlich.

„Ist die Signora zuhause?", fragte der Beamte freundlich, aber bestimmt. Fast wäre ihre Haushälterin schnippisch geworden, da hört man hastige Schritte aus dem hinteren Teil des Hauses näher kommen. Eine zierliche Frau schob ihre Angestellte beiseite, musterte die beiden Carabinieri, lächelte Patti gütig an und widmete sich dann ganz dem attraktiven Chef, der sich schnell vorstellte.

Mathilde Kirmair hatte heute überhaupt nichts betont Weibliches an sich, eher strahlte sie die Strenge eines preußischen Generals aus. Die kurzen, inzwischen wieder gänzlich grauen Haare trug sie spartanisch zurückgekämmt, Reithosen und teure Reitstiefel, darüber ein gemustertes Hemd und keinen Schmuck, außer ihren beiden Eheringen an der rechten Hand. Einer war mit einem seltenen gelben Diamanten geschmückt.

Eine Handbewegung bat die beiden Beamten in das Wohnzimmer mit Panoramafenster, in dem Patti Mayrhofer schon einmal gewesen war und scheuchte ihre Angestellte hinaus. Frau Kirmair bot nichts zu trinken an und war offensichtlich auf dem Sprung. Wohin, brauchten die Carabinieri bei ihrem Outfit nicht zu fragen. Bevor sie selbst in Angriffsposition ging, entschloss sich Patti Mayrhofer zum ersten Schritt.

„Ich denke, Sie haben uns nicht ganz die Wahrheit gesagt", erklärte sie nüchtern. Fand Mathilde Kirmair die junge Carabiniera bisher hauptsächlich niedlich, so flößte ihr der autoritäre Maresciallo wesentlich mehr Achtung ein. Daher speiste sie die Polizistin mit einem maliziösen Lächeln ab und wandte sich interessiert an deren Vorgesetzten.

Patti ärgerte sich über diese Überheblichkeit, ließ sich aber dank Antiagressionstraining nichts anmerken. Marini war die despektierliche Haltung der Zeugin gegenüber seiner Mitarbeiterin aufgefallen und er hakte nach:

„Sie haben uns angelogen, Signora Kirmair. Es war nicht die Trunksucht Ihrer ehemaligen besten Freundin Silvia Silla und die damit verbundene Unzuverlässigkeit, sondern deren Ehemann, durch den die langjährige Freundschaft beendet wurde. Sie waren nämlich seine Geliebte!"

Mathilde sah Marini direkt in die Augen, ignorierte wieder die Carabiniera, nahm die Reitgerte vom Tisch und drehte sich auf dem Absatz ihres rechten Reitstiefels um. Sie schlug ein wenig mit der Gerte auf ihre linke Handinnenseite und antwortete dann:

„Robert kam eines Tages zu mir, wegen Silvia und ihrem Schnapsmissbrauch. Er wusste sich nicht mehr zu helfen, und hatte Angst, dass es inzwischen nicht mehr länger geheim zu halten war. Schließlich mussten sie ständig zusammen in der Öffentlichkeit auftreten. Zunächst wollte er nur wissen, wie sehr Silvia auffiele beziehungsweise wie gut sie ihren Missbrauch in einer Gesellschaft wie der unsrigen in Südtirol, wo beinahe jeder trinkt, verstecken konnte. Mein Mann war kurze Zeit vorher gestorben, er war ursprünglich Geometer, dann wie Robert in der Politik und sogar der stellvertretende Landeshauptmann," fügte sie ein wenig zusammenhanglos hinzu.

Das war Marini neu, ihm hatte Patti nur von der überaus wohlhabenden Familie der Mosers berichtet. Wie in Südtirol üblich, hatte die Ehefrau ihren Mädchennamen behalten. Sie selbst war ebenfalls reich, dirigierte ein effektiv laufendes Immobiliengeschäft für die oberen Zehntausend.

„Wir trafen uns häufiger, weil ich mir für ihn Zeit nahm und ihm zuhörte, und so ist es einfach passiert. Silvia hatte jegliche eheliche Verpflichtungen aufgegeben. Das wusste ich von ihr persönlich, denn sie führte ihre Unlust auf die Wechseljahre zurück."

Mit plötzlichem Schrecken dachte der Maresciallo an die Frau mit dem unwiderstehlichen Charme zwischen all ihren Büchern, die die Vierzig ebenso überschritten hatte. Ob sie auch ... Er verbot sich diesen Gedanken und nahm sich vor, es doch demnächst einmal auszuprobieren.

Patti lauschte einfach nur. Kirmair hatte sich wieder ihnen zugewendet, setzte sich aber nicht und lud die Beamten nicht ein, Platz zu nehmen.

„Dummerweise verliebte ich mich ein wenig in Robert. Er nahm das zum Anlass, die Affäre zu beenden, denn für ihn kam eine Scheidung von Silvia nicht infrage. Die goldene Armbanduhr meines Mannes, die ich ihm geschenkt hatte, behielt er aber auf meinen Wunsch hin, als Andenken sozusagen.

Kurz danach lernte er Gianni kennen. Mehr habe ich nicht dazu zu sagen und würde Sie bitten, nun mein Haus zu verlassen. Ich muss weg, mein Reitlehrer wartet", sagte sie abrupt mit einem äußerst süffisanten Lächeln.

Marini hatte genug vom ersten Tag und außerdem Hunger. Zudem machte sich doch der Jetlag bemerkbar. Patti und er plauderten bei einem Happen in einer kleinen Trattoria unter den Bozner Lauben, vorher hatten sie das Messer bei Stefan Oberhofer abgeliefert.

Sie lasen, was Isabel Grüner in die Whatsapp-Gruppe

gestellt hatte, was Pixner anregte, und was die geniale Pathologin zur Familie Laimer befand. Nachdem die Carabiniera ihren Chef bei ihm zu Hause abgesetzt hatte, sank dieser rasch in einen sehr tiefen Schlaf, aus dem er mitten in der Nacht immer wieder schweißüberströmt und mit stark klopfendem Herzen erwachte. Nachdem er endlich erneut eingeschlafen war, überwältigte ihn ein böser Traum.

Es war ein regelrechter Albtraum, etwas, was Franco gelegentlich von Kollegen gehört hatte, er selbst schlief normalerweise sehr ruhig. Sein Flugzeug war über Castel Katzenzungen abgestürzt.

Er war mit einem Leichtsegler über die Meere geflogen und saß nun schwerverletzt unter einem Sonnenschirm, der mit Katzenköpfen verziert war. Plötzlich tauchte vor ihm ein glänzendes Bowi-Messer auf, vor Blut tropfend, und ein gemein grinsendes Gesicht wie das des Jokers aus den von ihm geliebten Batman-Verfilmungen mit Jack Nicholson.

Marini spürte das Messer an seinem Hals, jemand schüttete Versoaln in seine klaffenden Wunden und er fühlte, wie sein Blut davon rann. Wie festgezurrt nahm er unbeweglich wahr, wie ein Schatten mit einem verrosteten Schraubendreher seinen Namen in das immer stärker auf den Kies des Parkplatzes fließenden Blutes schrieb, ein Kea schrie, eine Katze und ein Hund jagten sich, eine Frau mit einem langen Zopf fuhr in einem Kübelwagen über die Passer in Richtung Hirzer.

Schließlich erwachte der Maresciallo, während ein blonder, dünner Mann mit einer goldenen Uhr als Ohrring mit ernsthafter Miene zu ihm sagte: „Das war eine Verzerrung im Raum-Zeitkontinuum."

Marini saß aufrecht in seinem gemütlichen Boxspringbett und rieb sich das Drei-Tage-Bart-Kinn. Was war denn das gewesen?

Er schwang seine langen Beine auf den Boden und tappte in die Küche, um zu allererst einen Espresso aufzusetzen. Sieben Uhr morgens, er hatte mehr als zwölf Stunden geschlafen. Das Handy machte Geräusche, offenbar war eine Sprachnachricht hereingekommen.

Er setzte die Cafetieria auf die Gasflamme und griff sich das Teil. Mit Sicherheit hatte wieder jemand einen Einfall in Sachen Silla gehabt, den er sofort hatte loswerden müssen. Doch er wurde eines Besseren belehrt. Die Nachricht kam von Florentine Senoner und verscheuchte sofort sämtliche Nachtmahre.

Sie musste einen siebten Sinn gehabt haben, denn sie fragte ihn, ob er gut geschlafen und den Jetlag bereits verkraftet habe, und ob er nach dem Ausflug in die große weite Welt immer noch mit dem beschaulichen kleinen Städtchen Meran zufriedengestellt wäre. Marini lächelte, was Florentine nicht sah, aber scheinbar spürte. „War meine Frage so putzig," schmollte sie pro forma, und sein "ma dai", kam umgehend. Die beiden flirteten ein wenig, und schon bald waren die merkwürdigen Traumgestalten des Maresciallos verflogen. Dafür bekam die Antiquarin eine Einladung in ein schön gelegenes historisches Gasthaus in der ebenfalls historischen Altstadt von Klausen am Eisack. In Franco Marinis Kopf hielt sich trotz alledem noch den ganzen Tag über das Bild eines Jack Nicholson, das Messer zwischen den Zähnen wie ein Pirat und schütterem Haar mit Lichtungen.

## KAPITEL ZWEIUNDZWANZIG

Der erste Advent war vorbei, Patti Mayrhofer hatte, um ihren Chef Marini ordentlich in Fahrt zu bringen, einen niedlichen Adventskalender mit süßen Weihnachtskätzchen aufgehängt. Toni Scarpone hielt sich den flachen Bauch vor Lachen.

„Wo hast du den denn aufgetrieben, der ist ja unfassbar kitschig", grölte der Brigadiere in spe. „Das wird unseren Gaius Marinius Augustus aber ganz bestimmt außerordentlich freuen, wenn er seinen Jetlag dann mal ausgeschlafen hat und wieder fix bei uns ist. Sollen wir nicht auch einen Adventskranz aufstellen und noch mehr Weihnachtsstimmung einschmücken? In Sachen Katzendeko hat meine Oma sicher viele gute Ideen", amüsierte er sich weiter und weiter. Andererseits sollte der Chef nicht zu sehr verärgert werden, denn Toni hatte sich fest vorgenommen, in Bälde mit Marini über seine Beförderungsabsichten in Richtung Brigadiere zu konferieren. Dienstjahre hatte er inzwischen genügend angesammelt, seine Weste war weiß (das Bozenabenteuer zählte da nicht, sondern seine Unbestechlichkeit), was nun anstanden, waren Schulungen.

„Aus dem Internet“, gab die Kollegin frech gelaunt zur Antwort, „doch im Gegensatz zu dir brauchte ich dafür kein Darknet zu bemühen.“

Ein Hieb, der saß, Tonis Heiterkeit war auf die Sekunde verflogen. Der Appuntato setzte sich vor seinem Rechner zurecht, straffte den Rücken und las seiner Partnerin vor, was er soeben darauf vorgefunden hatte.

Kommissariatssekretärin Ursel hatte die Informationen sorgfältig zusammengestellt und in die Petrarcastraße geschickt. Ihre Bemerkungen dazu schenkte sich der Appuntato, er mochte die energische, aber strenge Dame nicht arg.

Im Präsidium war mithilfe des Juweliers Späthauf ein neues Phantombild mit dunklem und längerem Haar erstellt, und außerdem der Rentnerin „von der Bushaltestelle“, wie sie sie intern nannten, Pixners Aufnahme des VW Bus gezeigt worden. Tatsächlich erkannte die ältere Dame das Fahrzeug sofort, beim Fahrer wollte sie sich nicht festlegen.

„Er könnte es sein, wenigstens war er genauso dünn wie der Pelzmantel, vielleicht aber auch nicht“, sagte sie aus.

Nachdem dieses Phantombild und das VW-Bus-Foto veröffentlicht worden waren, hagelte es von Zuschriften. Die Presse, durch ein Lawinenunglück auf der Seiser Alm, das unvorsichtige Skifahrer selbst verursacht hatten und dabei einige Menschen ums Leben gekommen waren, seit Tagen abgelenkt, roch wieder Blut und stänkerte, was das Zeug hielt.

Die E-Mails, Anrufe, handschriftliche Fresszettel und unscharfe Handyfotos, auf denen irgendwelche SUVs und ein alter Ford-Transit zu erkennen waren, waren unbrauchbar. Sie alle zu entziffern, kostete eine Menge Zeit, doch es lohnte sich.

Eine Pensionswirtin in Verdins, oberhalb von Schenna am Eingang zum Passeiertal gelegen, erkannte den historischen Bus, der eine Weile täglich an ihrem Haus vorbei gefahren war. Seit ungefähr einem Monat nicht mehr. Zunächst war ihr das gar nicht aufgefallen, wie die Fünfzigjährige schrieb, doch als sie den Bus auf dem Foto sah, fiel es ihr wieder ein. Besitzer und Fahrer kannte sie nicht.

„Da oben gibt's doch bestimmt einen alten Heuschober. Da muss man einfach herumfragen, da bin ich sicher,“ ereiferte sich Toni, der schon im Schulkindalter gerne auf Schatzsuche gegangen war.

Die Verwandtschaft nördlich der Alpen in St. Johann, wo er sich während der Sommerferien oft aufgehalten hatte, erzählte gerne von einem Naziversteck im Wilden Kaiser. Dort sollte es jede Menge Waffen und Geschütze geben, doch keiner wusste so genau, wo. Jedenfalls offiziell.

Diese Geschichten hatten unter anderem zu Tonis Berufswahl geführt. Kollegin Patti zuckte mit den Achseln, heute war sie vollauf mit verzweifelten Touristen beschäftigt. Die Tür ging auf und zu, ständig suchte jemand sein Auto, sein Smartphone, seine Geldbörse, italienisches Geschnattere vom Feinsten.

Wie gut, dass Eugen, wie man von Thomas Prinoth, der gerade anrief, hörte, tatsächlich nach Bozen würde verfrachtet werden können. Polizeichef Matthias Ohnewein war einverstanden, allerdings wollte er zuerst Eugens neue Wohnung plus Besitzerin kennenlernen.

Da er rechtzeitig zu Weihnachten aus der Reha entlassen werden würde, musste der verliebte Dackel noch ein wenig zwischen den Kommissaren hin und her geschoben werden. Thomas Prinoth übernahm diese Pflicht auffällig oft und hatte so die günstige Gelegenheit, die attraktive Luna wiederzutreffen. Seine Kollegin Isabel

Grüner fing an zu lästern, aber Prinoth ließ ab sofort kein Wort mehr an Privatem heraus.

Molly war auf Blitzbesuch in der Wache gewesen, hatte ihren Korb kontaminiert vor gefunden und war ebenso schnell wieder entwichen. Wollten sie sie als Maskottchen behalten, musste ein neues Lager für sie her. Vielleicht interessiere sich ja Luna für den alten Korb, traute sich Patti, den Kommissar zu fragen, bevor sie das Telefon an Toni weiterreichte. Es fauchte am anderen Ende und sie beschloss daraufhin, dieses brisante Thema besser zu umfahren. Sie mochte auch nicht allzu viele Fragen in Sachen Carmine beantworten, sie verstand das.

„Patti sagt, ihr habt Ursels Bericht gelesen. Was meinst du, Toni, wollen wir beide mal zusammen hochfahren?", fragte der Kommissar den jungen Kollegen. Toni war hoch erfreut. Bis sie solche Touren mit den neuen Dienstpedelecs antreten konnten, dauerte es noch bis zum nächsten Frühjahr. Bestellt waren sie, und er freute sich zusammen mit Patti auf die schnellen und klimaneutralen Elektrodrahtesel statt Alfa. Den sie selbstverständlich behielten, ohne sich vor der gesamten kriminellen Bevölkerung des Burggrafenamtes lächerlich zu machen.

Um nicht zu sehr aufzufallen, holte ihn Thomas Prinoth mit seinem Citroën ab. Von der Wache fuhren sie durch die Cavourstraße in Richtung Schloss Trauttmansdorff.

„Dort haben wir letztes Jahr eine Leiche im Seerosenteich gefunden", erzählte der Carabiniere. „Ich weiß", antwortete der Kommissar, der sich auf seinen Einsatz in Meran gut vorbereitet hatte. Der Verkehr war um die Mittagszeit genauso schlimm wie am Feierabend, wenn alle zum Mittagessen nach Hause fuhren. Auf der linken Seite leuchtete das Denkmal der Kaiserin Elisabeth in seinem blütenweißen Gestein aus dem Südtiroler Laaser Marmor im sogenannten Sissipark, rechts passierten sie den Minigolfplatz.

Hier hatte Toni oft als Schulbub gespielt. Viele Geschäfte und Bars säumten die SS44. Die Winterpromenade am gegenüberliegenden Ufer der Passer war durch die laublosen Bäume auf der linken Seite gut zu sehen, während es rechts durch die Winkelstraße nach oben in Richtung Obermais ging. Vorbei am Brunnenplatz, auf dem bei dem milden Wetter viele Menschen in den Bars im Freien saßen, bogen sie dann in die Schennastraße ein und fuhren immer weiter bergauf, die ansprechende und große Burg dieser kleinen romantischen Gemeinde vor Augen. Prinoth hatte sie noch nicht besichtigt, vielleicht wäre das ein ausgezeichneter Ausflug für zwei kleine Dackel, überlegte er nicht ohne Hintergedanken.

Am attraktiven Schloss Rametz mit seinem kleinen Weinbaumuseum vorbei, fuhren sie durch das verwinkelte Dorf Schenna und den sündhaft vielen Pensionen, Hotels und Ferienwohnungen und gelangten steil hinauf nach Verdins. Auch hier lebte man beinahe ausschließlich vom Tourismus, eine Herberge neben der anderen. Schon auf der Fahrt hierher hatten beide den Blick genossen, während kein Wort gefallen war.

Die kleine Ansiedlung bestand aus Behausungen für Touristen, mit Gaststätten, Cafés und Bars. Ein kurzer Halt bei der Hinweisgeberin bestärkte sie, dass der Bus hier sein könnte. Sie war sich sicher, als sie das Foto auf Prinoths Handy sah.

An der Seilbahn zum Hirzer und dem ruhigen malerischen Wandergebiet, im Herbst und Frühling enorm frequentiert, parkte der Kommissar seinen Wagen auf dem leeren Parkplatz und die Polizisten stiegen aus.

„Gehen wir ein bisschen, Toni, was meinst du", fragte der Ältere freundlich. Scarpone rückte seine Uniform zurecht und nickte. Nach Konversation war beiden weiterhin nicht zumute, sie wussten gegenseitig nicht recht viel miteinander anzufangen. Automatisch suchten die Polizisten nach geheimen und alten Stadeln oder Heuschobern, wurden aber nicht fündig.

Alles entweder modern oder aufwändig restauriert und versteckt schon einmal gar nicht. „Schade", meinte da Toni, beinahe gleichzeitig mit Prinoth, der das nur dachte. Inzwischen waren sie im winzigen Ortskern angekommen und entdeckten da eine ebenfalls winzige Bar, die wie aus der Zeit gefallen schien. Eine alte italienische Bar, in der ein paar genauso alte männliche Einheimische beim Weißen saßen.

Dem charmanten Prinoth, der den Südtiroler Dialekt selbstverständlich beherrschte, fiel es nicht schwer, mit ihnen in Kontakt zu kommen, der junge Carabiniere schwieg lieber dabei. So fanden sie heraus, dass es sehr wohl noch Möglichkeiten hier oben gab, ein größeres Fahrzeug zu verstecken, wenn man wollte. Einer der Alten kannte den Bus sogar, erkannte den Fahrer, als Prinoth das Foto und das Phantombild zeigte.

„A Deitscher, a Preiß, von Berlin isch der", erklärten sie. Arg mager wäre er, und würde in seinem T1 Samba wohnen. Dass es sich dabei um ein Original des allerersten Typs VW-Bus aus den 1950er-Jahren handelte, waren sich alle Herren sicher, stammte das Fahrzeug doch aus ihren Jugendtagen.

Manchmal wär' er ein bissl besser als sonst gekleidet gewesen und dann mit einer blonden Kurzhaarperücke unterwegs gewesen. Er wäre zwar immer freundlich gegen sie aufgetreten, aber sie hätten ihn nicht mögen, er wäre ihnen unheimlich gewesen. Allerdings habe man den komischen Mann wenigstens vier Wochen nicht mehr gesehen.

Toni rutschte das Herz in die Hose. Immer, wenn sie endlich eine Spur hatten, war sie auch schon wieder weg oder der Tatverdächtige hatte ein bombensicheres Alibi. Es war wie verhext. Kommissar Prinoth gab den hoch erfreuten älteren Herrschaften, es waren genau fünf, zum Abschied einen weiteren Weißen aus, und schwieg beim Laufen.

Erst, als die Polizisten im Wagen saßen, verkündete er:

„Wir lassen hier alles absuchen, ich gebe so schnell nicht auf. Mit Sicherheit denkt Isabel genauso und die Ausgaben dafür wird unser Controller in Bozen verkraften müssen." Die beiden Beamten fuhren vom sonnenbeschienenen Berg hinunter ins Tal nach Meran, das in dieser kurzen Zeit von einer dicken Wolkenschicht überzogen worden war. Ob doch endlich Winterwetter kam?

# KAPITEL DREIUNDZWANZIG

Thomas Prinoth, der in den Bergen Wolkensteins aufgewachsen war, sollte recht behalten. Am nächsten Tag war es Winter geworden, zunächst grau in grau, dann weiß, noch ohne Niederschlag. Doch kalt genug, um sich endlich auf dem Weihnachtsmarkt einen Glühwein schmecken zu lassen.

Vielleicht hatte das auch Gianni Leone gedacht, dessen Mobiltelefon den Grenzübertritt oben im Vinschgau beim Kloster Müstair meldete. Hatte Leone einen Wagen? Gemeldet war kein Auto auf seinen Namen, doch er bewegte sich deutlich in Richtung Taufers auf der SS41 und dann weiter nach Glurns, der kleinsten Stadt Italiens, zudem komplett mittelalterlich erhalten. Die Kommissare Grüner und Prinoth waren in aller Eile zu ihren Kollegen in die Petrarcastraße gehastet.

In Glurns warteten bereits die Kollegen der dortigen Carabinieristation, um den jungen Mann, der, wie auch immer mobil über die Grenze gekommen, festzunehmen und zu ihnen nach Meran zu bringen.

Sie saßen gemeinsam in der Wache der Carabinieri, in

der Isabel mit Erstaunen eine graue Katzendame aus dem Fach eines Rolltisches blinzeln sah.

„Eugen hat ja jetzt die Liebe seines Lebens gefunden", erklärte Carabiniera Mayrhofer mit Seitenblick auf den Kommissar. „Allerdings brauchen wir einen neuen Korb, der alte war anscheinend verseucht."

Prinoth dachte sofort an die hübsche Schwester Fornaras, und überlegte ein weiteres Vorgehen in Sachen Rendezvous.

„Eine Mitteilung an die Kollegen in der Schweiz ist jedenfalls raus, wir übernehmen den Fall jetzt wieder selbst", fügte sie hinzu.

„Vielleicht gab es ein Abschiedstreffen mit Robert, um von dannen zu rauschen? Dabei ist etwas passiert", überlegte sie in Sachen Gianni Leone.

„Hätten wir bloß Sillas Privattelefon", brachte sich Toni mit ein und spann den Faden Pattis weiter. Ohne Unterbrechung knüpfte er an.

„Leone ist also wutentbrannt davon gestürmt, wobei wir keinen echten Schimmer davon haben, warum der dermaßen sauer geworden ist. Nur weil Robert mit Silvia zum Wahlpartyball gehen wollte? Vergessen wir den Koksverbrauch von dem Typen nicht, der spielt garantiert hier eine Rolle. Dann tut ihm das alles wieder leid, denn wankelmütig ist er sowieso, wie wir von dem Bruder wissen.

Er meldet sich bei Robert und möchte ein Rendezvous, vielleicht sogar Versöhnung, schlägt etwas vor. Auch Robert will keinen völligen Bruch, besonders nachdem ihn seine Frau Silvia endgültig ins Eheaus befördert hat. Er schnappt sich den Pelzmantel, wahrscheinlich etwas Bargeld und läuft zu dieser Bushaltestelle."

„Aber warum gerade dort? Wollte er mit Gianni türmen? Mitten in der Nacht und ohne Kofffer, aber dafür mit einem VW Bus? Dummerweise kommt es zum erneuten Streit, Robert stupst seinen Liebhaber, der flippt aus und schwupps ist es passiert. Aber bevor er abhaut, schneidet er ihm zum Andenken noch den rechten Finger ab. Strange!“

„Und warum kommt er dann jetzt wieder zurück?“, sprach Patti laut aus, was Prinoth und Grüner annahmen. „Er wäre in der Schweiz einigermaßen in Sicherheit, zumindest so lange, bis wir ihm den Mord an Silla hundertprozentig nachweisen könnten.“

Toni schwieg.

„Eventuell ist er nicht der Allerschlauste und dachte, wenn er in Müstair über die Grenze geht, würden wir es so schnell nicht merken. Sicher hat er in seiner Wohnung etwas zu erledigen“, gab er dann zu bedenken.

„Vielleicht liegt dort bestens versteckt Roberts so schmerzlich vermisstes Privathandy, das den Fall lösen könnte. Das wiederum spräche für Tonis Überlegung. Wenn Leone dort genug Geld hätte, um weiterhin in der Schweiz zu leben, kommt er wohl jetzt hierher, um seine Spuren endgültig zu beseitigen. Das Kokain kann ihm schon lange seinen gesunden Menschenverstand benebelt haben. So abwegig ist das nicht“, nahm der Kommissar den Appuntato in Schutz.

Maresciallo Marini hatte sich bisher in der Sache nicht geäußert, er empfand den Fall noch immer nicht als auch den seinen. Doch nun zwang es ihn zu einer Bemerkung:

„Die Kollegen von der Spurensicherung haben in Leones Wohnung gar nichts gefunden. Er müsste das Telefon wirklich sehr gut verborgen haben. Wie passt das zu einem benebelten Geist?“

„Zu einem kriminellen schon“, antwortete Kollegin Grüner.

„Die Glurnser Carabinieri haben ihn und sind bereits auf dem Weg hierher“, meldete da Patti.

„Er hätte sich gewundert und behauptet, nichts von einem Mord zu wissen. Er war mit Schweizern unterwegs, die er über die Mitfahrzentrale gefunden hatte und die zum Meraner Weihnachtsmarkt wollen.“

Da klopfte es an der Türe und eine sehr schicke ältere Dame mit flotter Kurzhaarfrisur kam herein. Sie trug einen ebenso eleganten Katzenkorb, in dem ein gemütliches und weiches Kissen mit dem gestickten Namenszug „Molly“ stand.

„Aber nicht wieder Hunde darauf liegen lassen“, lachte Tonis Oma und war ebenso schnell wieder verschwunden, wie sie erschienen war. Offenbar verfügte sie über telepathische Verbindungen zur Stationstigerin, denn diese erwachte augenblicklich aus ihrem Schlaf, sprang aus der Schublade und auf das Kissen, das vorerst einfach auf dem Boden vor Toni lag.

Sie fauchte, als dieser den Korb aus dem Wege räumte, und konnte nur durch gutes Zureden und Streicheln von Seiten ihrer Geschlechtsgenossinnen Patti und Isabel beruhigt werden. Die Kommissarin biss sie dann ein wenig in die Hand, was Thomas Prinoth mit Staunen wahrnahm.

„Was machen eigentlich eure Katzen, Patti, solange Carmine weg ist?“, fragte da Marini. „Fehlt er ihnen?“

Patti schaute überrascht auf, was hatten diese privaten Sachen jetzt hier in der Amtsstube zu suchen? Andererseits mussten sie sich ein wenig die Zeit vertreiben, bis die Kollegen den verhafteten Gianni Leone vorführten.

„Den Katzen ist das egal, so lange wenigstens ein Dosenöffner anwesend ist. Aber mir fehlt er. Der Kurs ist zum Glück bald zu Ende und dann werden wir sehen, wie das hier weitergeht“, sprach sie lakonisch.

„Übrigens haben wir Verstärkung aus Schenna bekommen, sie suchen in Verdins die weitere Umgebung, besonders den Wald, ab. Wenn dieser Bus dort oben tatsächlich versteckt ist, finden wir ihn,“, sprach Prinoth vor allem Toni Mut zu.

Als der Verdächtige schließlich die Büroräume der Polizeistation in der Petrarcastraße betrat, staunten die Carabinieri nicht schlecht.

Schon auf den Fotos, die die Pressestelle der Partei aufbewahrt hatte, sah Gianni Leone ausgesprochen gut aus. Dass er aber in natura derartig umwerfend attraktiv sein würde, hatten sie sich nicht vorstellen können.

Ein leicht gebräunter Teint, den er wahrscheinlich immer hatte, und diese blitzenden dunkelbraunen Augen mit so langen Wimpern, dass manche Frau ihr Leben dafür gegeben hätte, dichtes, volles dunkelbraunes Haar ohne ein einziges weißes Härchen, dichte Brauen, die gezupft waren und ein Profil wie ein griechischer Gott.

Von diesen schien er direkt abzustammen. Das, was man von seinem Körper sah, ließ sicher manches Herz, männlich oder weiblich, auf der Stelle dahinschmelzen.

Der junge Mann, der da saß, war sehr von sich und seiner Wirkung überzeugt. Allerdings war er ein wenig blass ums Näschen und wirkte in höchstem Maße irritiert.

„Warum bin ich eigentlich hier?“, fragte er theatralisch und schaute beleidigt wie eine Diva, die niemand auf der Straße erkannt hatte.

Patti hätte fast lachen müssen, denn der schöne Italiener hielt reichlich affektiert ein Espressotässchen in der Hand, aus dem er gelegentlich nippte. Die Carabiniera klärte auf:

„Signore Leone, Sie sind Haupttatverdächtiger im

Mordfall Robert Silla. Es gibt mehrere Zeugenaussagen, die von einem heftigen Streit am Vorabend der Wahlparty in Rom erzählen. Sie waren danach verschwunden, während sich Silla in sein Haus in Tscherms zurückzog. Sie können ihn sehr gut über sein Privathandy, von dem bisher jede Spur fehlt – haben Sie es? – erreicht haben, um ihn um ein Wiedersehen zu bitten. Der Tote wies außerdem einige ältere Hämatome von früheren Schlägen auf und Sie sind als sehr temperamentvoll bekannt", schwindelte sie ein wenig.

Gianni radebrechte zunächst in seinem fehlerhaften Deutsch, dann wurde die Vernehmung auf Italienisch weitergeführt. Nachdem ihm sein Chef und Liebhaber auf schnöde Art und Weise mitgeteilt hatte, was er von dem Sohn eines Dorfschullehrers und Stammkunden der heißesten Schwulenbar in der gesamten Provinz Südtirol/Trient hielt, war dieser wutentbrannt am Nachmittag nach der Wahl und Stunden vor der Party aus der Wohnung davon gestürmt. Natürlich auch tief verletzt. Als Ausgleich für seine Schmach hatte er die Goldene Kreditkarte behalten, Böses im Schilde führend. Er ahnte, Robert würde sie sperren lassen. Dank Wahlabend konnte er sie noch zweimal einsetzen, danach war Schluss.

Er blieb nicht in Rom. Nachdem er aus der Wohnung Roberts in der Nähe der Spanischen Treppe gerannt war, mit Tränen in den Augen, wie er gestenreich verkündete, sah er auf den unteren Stufen ein Gothic-Pärchen sitzen, das so etwas wie Deutsch sprach.

Die Schweizer waren nach Rom gekommen, um hier den Jahrestag ihrer Liebe zu begehen. Gianni hielt sie zunächst für Südtiroler, die ihn vielleicht würden mitnehmen können und fragte, ob er sich zu ihnen setzen dürfe, was die beiden angesichts der ordentlich gefüllten

Joints, die er dabei aus der Jackentasche zog, gerne bewilligten.

Die Septembernacht war mild, ein ockerfarbener Riesenmond soeben aufgegangen und, wie es schien, waren Myriaden von Nachtschwärmern unterwegs. Liebespaare jeglichen Geschlechts, Touristen aus aller Herrenländer, feierwütige Römer und jede Menge junge Leute, die einfach nur Party machen wollten.

Es war unerträglich laut und voll, und so beschlossen die drei, dem Ratschlag eines Römers folgend, zur Hadriansvilla nach Tivoli zu fahren. Das Paar hatte sein Auto dabei und los ging es. Dem italienischen Prosecco nicht sehr vertrauend, hatten sich die beiden Schweizer genügend französischen Champagner eingepackt und natürlich fehlten auch einige kleine Vorräte für den Hunger zwischendurch nicht. Alles Schweizer Qualitätsware bis hin zur Schokolade, was Gianni bestens gefiel und seine Laune deutlich besserte.

Weiters berichtete er von einem unerlaubten, aber höchst romantischen Aufenthalt zwischen römischen Ruinen, ein paar Haschischpfeifen – das hätten auch die Etrusker schon so gemacht, behauptete er beleidigt wie ein Kind – und dem edlen Getränk direkt aus der Flasche.

Da sie allmählich zu frieren begannen, suchten sie nach einer Bleibe in Tivoli. Gianni holte mit der Karte Geld von der Bank, doch alle Pensionen und Hotels hatten inzwischen zu. Ab auf die Autobahn, bis sie ein Motel gefunden hatten, wo sie übernachten konnten. Von dort aus fuhr er bequem mit in die Heimat der beiden, nach Zürich.

Bei Robert meldete er sich nicht, weil er brüskiert war. So sehr, dass er sogar dessen Handynummer aus seinem mobilen Telefon löschte, wie er gleich bewies. Er hätte seinen Ex-Chef nicht wiedergesehen und ihn schon gar nicht ermordet, zu so etwas wäre ein feinsinniger Mensch wie er gar nicht in der Lage. Hätte man es sehen können, wäre den Ermittlern aufgefallen, dass sogar Giannis Hinterteil beleidigt guckte.

Er fügte noch hinzu, dass er nur deswegen in Bozen sei, um seine Bude aufzulösen.

Es reiche ihm und er überlege, in Zürich eine Lehre zum Koch zu machen. Während er dies berichtete, wedelte er sonnenköniggleich mit der rechten Hand. An ihr steckte allerdings kein Ring, wie Toni gleich feststellte. Wohnen konnte er bei seinen neuen Freunden, diese hätten ihn mit offenen Armen aufgenommen. Und nachdem, was hier alles passiert wäre, habe er wahrhaftig keine Lust in Südtirol zu bleiben.

Isabel fragte nach der Adresse des Gothic-Paares, die per Sprachnachricht bestätigten, was Gianni ausgesagt hatte. Das schloss seine Täterschaft leider nicht aus. Das Pärchen ging im normalen Leben bürgerlichen Berufen nach. Sie war Bäckerin und er belud nachts Lkw eines großen Schweizer Logistikunternehmens, Gianni war häufig weg. Wäre der Exlover also schnell nach Meran gedüst, um sich mit Robert zu treffen und diesen ins Jenseits zu befördern, hätte das Paar seine Abwesenheit nicht zwangsläufig mitbekommen müssen. Über den Verbleib der goldenen Armbanduhr und des Siegelrings wusste Leone nichts, jedenfalls behauptete er das.

„Wovon haben Sie eigentlich in Zürich die ganze Zeit gelebt?“, wunderte sich Toni. Gianni genierte seine Antwort kein Fitzelchen.

„Ich sehe gut aus, und in der schönsten Stadt am See hat man viel Sinn für Ästhetik“, ließ er Raum für Spekulationen.

Da er aber rasch begriff, dass es hierfür nicht der richtige Moment war, schloss er eine weitere Aussage an: „Ich habe gemodelt, woraus sich noch andere Verdienstmöglichkeiten ergaben."

Prinoth entging nicht, dass Leone während dieser letzten Worte Isabel Grüner fixierte, für ihn überraschend. Die steht bestimmt nicht auf schwule Männer, dachte er bei sich. Oder?

Er sah seine Partnerin für einen Moment wie in Trance an, aus seinem Unterbewusstsein blubberte eine Idee an die Oberfläche wie ein Luftbläschen vom Grund einer Wasserfläche. Er nahm sich vor, mit der jungen Carabiniera Patti zu reden, wenn der Fall erledigt und sie einmal Gelegenheit dazu hätten, er hielt sie in solchen Dingen für deutlich kompetenter als sich.

Gianni Leone durfte gehen, sollte aber vorerst die Stadt nicht verlassen. Isabel Grüner hätte ihn am liebsten da behalten wegen Gefahr im Verzug. Da sie aber Sillas Privathandy noch nicht hatten, das sie in Leones Wohnung versteckt vermuteten, ließen sie ihn gehen. Er wurde beschattet.

„He, ich habe doch die Kartenabrechnungen hier", meinte da Patti abschließend in der Wache, „gucken wir uns die einmal an."

Sie und Toni begannen die mühselige Prozedur ein weiteres Mal, obwohl die fleißige Kommissariatssekretärin sicher beste Arbeit geleistet hatte. Dennoch ging es hier um viel, und alle sehnten die Auflösung dieses komplizierten Sachverhalts herbei.

Franco Marini, von bleierner Müdigkeit und dem Kälteeinbruch überfallen, hatte sich entschuldigt und war nach Hause gegangen. Seine Konzentration war dahin und er konnte nicht ernsthaft helfen. Kommissarin Isabel Grüner fuhr zum Mittagessen kurz zu sich nach Hause und kam zu Prinoths allergrößter Überraschung in einem gar nicht winterlichen Outfit wieder.

Ob sie anschließend etwas vorhatte? Zu schwarzen Stiefeletten trug sie einen kurzen Rock in Leo-Optik, darunter blickdichte schwarze Strumpfhosen, die ihre recht langen und schlanken Beine betonten, dazu einen goldenen Pullover und ein schwarzes Samtband um den Hals. Für ihre leicht korpulente Figur reichlich gewagt. Thomas sagte nichts, er hätte wirklich nicht gewusst, was. Alles hätte als Kompliment oder das Gegenteil davon verstanden werden können, soviel war klar. Eugen jedoch, der von Prinoth inzwischen abgeholt worden war und der ja nicht mehr in die Carabinieriwache durfte, erhob sich und bewegte seinen Schweif.

Ob ihn Isabel an seine Franzi erinnerte mit dem Samtband? Er kläffte liebevoll, beschnupperte die Stiefel und legte sich dann erschöpft in sein improvisiertes Körbchen. Ursel hatte es maulend aus einem alten Papierkorb gebastelt und setzte noch dazu, dass sie sehr hoffe, der Spuk mit den Viecherln habe bald ein Ende!

Die Kollegin sah sich auf dem Präsidium die ganze Aussage des Schönlings auf Fehler in der Stringenz hin noch einmal durch.

„Der Italiano war's nicht", verkündete Isabel plötzlich aus einem Wust von Papieren von ihrem Tisch aus.

Thomas Prinoth guckte überrascht über seinen Rechner. Gianni war von Anfang an sein „Favorit" gewesen, Silvia hatte er immer ausgeschlossen und die Idee, die zwischendurch einmal im Raum stand, das politische Umfeld könnte eine Rolle gespielt haben, war schnell vom Tisch.

„Was spricht denn so eindeutig dagegen?", fragte er.

Kollegin Isabel musste zu ihrem Bedauern verkünden:

„Soeben kommen die Daten aus der KTU. Leone hatte eine spezielle App auf seinem Smartphone, die für ihn als Fahrer wichtig war. Sie zeigt nicht nur die Aufenthaltsorte, sondern auch die dort verbrachte Zeit auf. Diese GPS-Daten beweisen ein eindeutiges Protokoll. Leone hat die Wahrheit gesagt, er war zur Tatzeit bereits in der Schweiz. Er hätte verdammt gut gepasst, allein, er hat ein wasserdichtes Alibi. Dass jemand anderes mit dem Gerät in der Schweiz war, kann man ausschließen, da die Mitbewohner seine Angaben schließlich bestätigten."

„Ma va far un culo (verflixt und zugenäht)!", schimpfte der Wolkensteiner, „jetzt bleibt wirklich nicht mehr viel. Der VW-Bus-Typ, der von Silvia Silla angeheuert worden sein kann, oder Silla selbst, der für einen Selbstmord zu feige war. Und der einen Auftragsmörder mit seinem Schmuck bezahlt hat. Das mit dem Mord auf Wunsch ist nicht auszuschließen, diese Beruhigungsmittel in seinem Blut, zusammen mit Alkohol und Kokain sind schon eine reichlich böse Mischung", analysierte Thomas Prinoth die Ausgangsposition. Di Lorenzini hatte noch einmal auf eine sehr hohe Dosis an Barbituraten hingewiesen.

„Es besteht die Möglichkeit, dass ihn dies schwächte. Wir werden niemals herausfinden, ob er sich wirklich auf diese Weise das Leben nehmen wollte, außer, wir würden irgendwo noch einen Abschiedsbrief finden, was ich für ziemlich unwahrscheinlich halte. Ist ja schon alles durchwühlt. Mir riecht das mehr nach Betäuben in allen sich bietenden Möglichkeiten und Flucht in Irgendetwas."

„Signora Kirmair, Thomas, sollten wir nicht außer Acht lassen", wandte Isabel ein. „Auch sie muss es nicht persönlich gewesen sein, obwohl sie ja Jägerin ist und ausweiden kann. Aber ich kann mir nicht vorstellen, dass diese Lady sich die Finger schmutzig machen würde. Man kann allerdings nie wissen. Oder jemand, den wir bisher einfach noch nicht auf dem Schirm hatten. Daran hat mich der geniale Pixner wieder erinnert. Last but not least gibt's da die Sache mit dem unehelichen Sohn." Prinoth blieb vor Staunen der Mund offen stehen.

„Entschuldige, das kam gleichzeitig mit der Nachricht von der KTU. Ein Notar aus Rom hat sich gemeldet. Er bekam die Todesnachricht erst kurz vor dem ersten Advent. Silla hatte einen unehelichen Sohn aus der Zeit seines Studiums in Innsbruck. Entstanden vor der Ehe. Aber", die Kollegin lächelte undurchsichtig, „für heute ist gut, für uns beide, du schaust aus, als hättest du auch noch etwas vor."

Isabel Grüner schnappte sich ihre ebenfalls goldene Umhängetasche, zog sich vor dem Spiegel im Büro die Lippen in Karmesinrot nach und stolzierte an Ursel, der vor Schreck der Keks aus der Hand fiel, vorbei zur Tür hinaus, in die kalte Meraner Nacht.

Thomas Prinoth überlegte, was das wohl war, was er „auch" vor hatte und fragte Eugen, ob er Bock auf einen spontanen Bozentrip hätte. Dann tippte er eine Nummer in sein Handy.

# KAPITEL VIERUNDZWANZIG

„Bruder Benno schließt eine Tötung auf Verlangen erneut aus, Robert wäre nicht der Typ eines Selbstmörders gewesen“, sagte Kommissar Prinoth am nächsten Tag und legte den Hörer auf. Insgesamt wirkte er sehr zufrieden, was Isabel Grüner sofort auffiel.

Sie amüsierte sich. „Bruder Benno“, kicherte sie, „das könnte ebenso ein ermittelnder Mönch wie DJ in einer umgebauten Abtei sein“, kommentierte sie die Aussage ihres Büronachbarn.

Sekretärin Ursel, heute wieder einmal todschick im knielangen Angorawinterkleid in wollweiß, ebenso ihre Strumpfhose in Naturlederstiefeletten, zog düpiert die akkurat gezupften dunklen Augenbrauen hoch.

Sie legte gerade Prinoth eine Akte auf den Tisch.

„Die Unterlagen in Sachen unehelicher Sohn und ein Testament aus Rom“, meinte sie nur, und musterte wenig verstohlen den heutigen Aufzug ihrer Geschlechtsgenossin. Das mit der irgendetwas nicht stimmte, hatte sie von der allerersten Sekunde an geahnt.

Isabel Grüner trug nicht nur einen Stetson, „gegen den Schneeregen“, wie sie ohne Not erklärte, sondern verwaschene Jeans, ein kariertes Hemd unter einer Wildlederweste mit Fransen, was sie zusätzlich mit Cowboystiefeln kombinierte. Diesmal kam nicht einmal der stets lässig gekleidete Partner um einen Kommentar umhin.

„Ja, ist denn jetzt schon Fasching“, lästerte er, weswegen Isabel sich erklärte, aber erst, nachdem die oberneugierige Ursel den Raum verlassen hatte.

„Marini hatte doch erwähnt, dass Vedova (Witwe) Kirmair auf dem Weg zum Reiten war. Nun, so viele Möglichkeiten dazu gibt's hier nicht. Und siehe, die nächste Reitmöglichkeit ist im Unterland eine nachgebildete Wildwestranch. Gestern war dort eine Mottoparty, die „Goldenen Zwanziger“, Eintritt frei für Mitglieder, zehn Euro für diejenigen, die es danach vielleicht werden wollen. So war es auf der Webseite angekündigt. Ich bin dorthin gefahren und habe ein wenig geschnüffelt.

Tatsächlich war unsere flotte Witwe zur dortigen Halloweenparty, die bereits am Nachmittag anfing. Man wollte zusammen den Sonnenuntergang genießen, der als ungeheuer prächtig in den Medien angekündigt worden war. Direkt danach kam ja diese Regenfront und dann ist das oft so. Die Sause fing mit einem kleinen Sundowner, „free for all“ um 16 Uhr an.

Der Barkeeper gab Kirmair ihren Lieblingsdrink, eine Bloody Mary aus, hat sie dann für eine ganze Weile nicht mehr gesehen. Was ihn wunderte, denn diese Dame ist wie ihre ehemalige Freundin reichlich trinkfest. Die beiden waren häufig gemeinsam da, wobei sich Frau Silla an gutaussehende Cowboys herangemacht haben soll. Ohne Erfolg, mehr mochte Matteo nicht verraten.“ Matteo, dachte sich Prinoth, soweit ist man also schon.

„Übrigens, ein ausgesprochen klasse Typ, mindestens 1,90 m groß, sehr breite Schultern und starke Hände", schwärmte die sonst so kühle Isabel. Sie bemerkte es sogleich und errötete ein wenig.

„Ich fahre nachher noch mal hin, habe mich mit ihm verabredet."

Thomas setzte ein Pokerface auf. Schließlich hatte auch er ein Rendezvous, und er war der Meinung, dass dies keinen seiner Kollegen vorerst etwas anging.

Also flötete er unschuldig zurück: „Franco Marini ist allmählich aus seinem Winterschlaf erwacht. Er fand heraus, dass unsere Mathilde Kirmair eine passionierte Jägerin ist. Sie kann mit Messern umgehen und wir sollten einmal bei ihr nachschauen, ob sie ein Bowi-Messer hat."

„Wieso wussten wir das nicht?", wunderte sich seine Kollegin.

„Auch darüber gibt uns der Maresciallo in einer Sprachnachricht Auskunft. Sein Appuntato, Toni Scarpone, hatte es auf seiner Agenda, und wurde dann durch die Sache mit dem Siegelring abgelenkt. Du weißt schon, Tonis Abenteuer im Bahnhofspark von Bozen. Nachdem Marini sich jetzt alles durchgelesen hat, was seine Carabinieri protokolliert haben, ist ihm diese Notiz aufgefallen.

Er hat recherchiert und den Namen der Dame plus Foto auf einem pdf gefunden, ein eingescannter Bericht über einen Wettbewerb, relativ alt. Sie hat den dritten Platz gemacht und wird erwähnt. Ob das allerdings für eine Hausdurchsuchung reicht, ist fraglich", bedauerte er.

„Für mich ist die Lady gerade durch ihre coole Art verdächtig, ich schaue mal, ob ich nicht doch mehr via Matteo herausfinde."

Isabels Augen glänzten verdächtig.

„Wir laden sie vor, Isabel, ich beauftrage unsere Ursel

damit.".

Grüner nickte und Ursel griff wenig später zum Telefonhörer.

Zusammen gingen sie die Unterlagen in Sachen unehelicher Sohn durch. Robert Silla hatte in Rom bei einem kleinen Notar ein Testament für die Frucht eines Techtelmechtels mit einer Kommilitonin während seines Studiums in Innsbruck hinterlassen. Sein Tod interessierte die italienischen Medien nicht. Nachrichten über ihn traten ausschließlich Südtiroler Zeitungen breit und auch die fanden Spekulationen über die „Eisleiche" aus dem Ersten Weltkrieg, die gerade auf dem Tisch von Frau Dr. di Lorenzini lag, wirkungsvoller.

Nachdem durch die kriminaltechnische Untersuchung alle Dateien auf seinen Rechnern inklusive E-Mails auf den Servern durchsucht worden waren, wurde der Kontakt zu dem Notar entdeckt und dieser von den Kollegen in Rom befragt. Das Testament lag den beiden Meraner Kommissaren nun vor.

Der Mann, dreißig Jahre alt, Pfarrer und verheiratet, wohnhaft in Bregenz, sollte den Familienring erben. Er musste sich in Rom bei diesem Notar einfinden und lehnte das Erbe ab. Er soll wortwörtlich gesagt haben, er wollte das Zeugnis einer so abscheulichen Tat nicht auch noch am Finger tragen. Seinen Erzeuger habe er nie kennengelernt, um so mehr fühle er sich dem Mann verbunden, der ihn groß gezogen habe. Dieser wäre für ihn sein Vater und der Großvater seiner eigenen Kinder. Somit würde Benno Sillas Wunsch in Erfüllung gehen und er den Ring, sollte dieser jemals gefunden werden, an sich nehmen.

„Wow", sagte der Chef der Spurensicherung, der just in diesem Moment das Büro der Kollegen betrat. Er nuschelte ein wenig, hatte er doch eine Sekunde vorher aus Ursels

„Baci"-Schälchen genascht und ein weiteres Sekündchen mit der adretten Dame geflirtet. Nun zum Ernst der Dinge.

Grüner und Prinoth sahen überrascht auf, mit Oberhofer hatten sie zur Stunde nicht gerechnet.

Der grinste sich eins und wiederholte die Worte, die er zuletzt gehört hatte: „Abscheuliche Tat, wie recht dieser Mann doch hat. Ich hätte das Teil auch nicht gewollt, passt so gar nicht zu meinen Sachen", scherzte der immer freundliche Spurenprofi. „Aber ich bin nicht nur wegen Ursels Baci hier. Ich hab' was für euch."

Stefan zog sich einen Stuhl heran und legte eine weitere Aktenmappe auf den Tisch.

„D'accordo, ascoltate, voi due (hört zu, ihr Zwei). Ich habe Fingerabdrücke auf dem Messer gefunden," die Mienen der konzentriert Zuhörenden erhellten sich, „leider stimmen sie mit keinen anderen in den italienischen Datenbanken gespeicherten überein."

Die Mienen verdüsterten sich.

„Nach den Berichten von Altfuchs Hubert Pixner in Sachen T1 – ihr könnt euch denken, wie mich das interessierte – kam ich auf die Idee, bei den deutschen Behörden um Amtshilfe nachzuzusuchen." Gespannte Gesichter.

„Tatsächlich wurden diese fündig und schickten Fotos und Dateien über einen Berliner Kleinganoven, Dealer und Stricher, Andreas Müller aka Violetta Fliederbusch. Lebenslauf in Kürze: Ausbildung als Kfz-Mechaniker und Fan von VW-Käfern, die er sich immer mal wieder 'auslieh'. Kam früh auf die schiefe Bahn, handelte erst mit Gras, dann mit härteren Drogen. Mutter Italienerin, verdrückte sich vor Jahren, angeblich nach Italien. Auf dem Foto war ein schmales Gesicht zu sehen, mit, durch den jahrelangen Drogenmissbrauch, kaum mehr individuellen Zügen. Schaut."

Oberhofer hatte die Mappe geöffnet und legte Fotos auf den Tisch, die in erschreckender Weise dem Phantombild glichen. Er fuhr fort.

„Die Fingerabdrücke aber matchen – keine Frage, es ist unser Mann. Falls der VW-Bus-Mann und der Mörder identisch sind. Das herauszufinden ist jetzt euer Business“, erklärte der SpuSi-Chef und machte sich von dannen. Seiner Figur willen nahm er zum Abschied keinen Baco mit, sondern zwinkerte verschwörerisch der gewinnend lächelnden Ursel zu.

„Die Fahndung geht sofort raus. Wäre nicht verkehrt, der Oldi würde endlich mal gefunden – sollen wir noch mal nach oben in Richtung Hirzer fahren, Isabel? Was meinst du?“, überlegte Thomas Prinoth.

„Hast du Schneeketten?“, scherzte die Kommissarin. Weiter oben würde die Fahrt schwieriger werden, denn aus dem Schneeregen hier in der Stadt wurde es, je höher man kam, immer mehr Schnee. „Auf alle Fälle suchen wir weiter. Möglicherweise ist dieser Müller der VW-Bus-Mann und der Auftragskiller von Silvia Silla oder vielleicht von Mathilde Kirmair. Ich würde es dann für ziemlich wahrscheinlich halten, dass er sich in seine Heimat abgesetzt hat und deswegen auch nicht mehr gesehen wurde. Wir sollten unsere Fahndung unbedingt auch an die deutschen Kollegen weiterleiten.“

Die Kommissare gaben das neue Wissen sofort an ihre Kollegen in der Petrarcastraße weiter. Diese jedoch waren unterwegs. So wie jetzt Prinoth und Grüner, der Cowboy auf der Ranch würde ein kleines Weilchen einsam bleiben müssen. Die temperamentvolle Dackelsitterin in Bozen hatte glücklicherweise keine Ungeduld, sie wusste bereits, dass ihr demnächst nicht nur ein grauer Rauhaardackel gehören würde.

# KAPITEL FÜNFUNDZWANZIG

Maresciallo Franco Marini war ausgeschlafen und bestens gelaunt. Sein Abendessen mit seiner wunderbaren Florentine in Klausen war gelungen, das Essen ausgezeichnet, das historische Wirtshaus ein perfektes Ambiente und die Stimmung zwischen ihnen entspannt und trotzdem kribbelig. Diesmal war er gefahren, und so hatte Flo, wie er sie nennen durfte, einen feinen Wein getrunken und ließ sich bettschwer zu ihrem Antiquariat, wo sie auch wohnte, bringen.

Die vorsichtige Frau gestattete Marini eine Umarmung und einen zarten Kuss. Inzwischen hatte die Buchhändlerin so viel Vertrauen zu ihrem Verehrer gefasst, dass sie ihm von einer Kurzbeziehung hier in Meran erzählte, die der Grund für ihren bisherigen kompletten Rückzug aus Liebesangelegenheiten war. Ein toxischer Mann, ein Fetischist, ein Narzisst wie er im Buche stand und glänzender Manipulator. Er hätte sie in den wenigen Monaten beinahe zerstört.

In letzter Minute war sie durch eine Vertraute, die Psychotherapeutin Elena Pixner „gerettet" worden.

Diese erklärte ihr in etlichen Privatsitzungen, dass eine Beziehung, in der einer einen Fetisch braucht, um glücklich zu sein, doch der andere nicht, von Anfang an verloren ist. Marini war nach dieser Eröffnung eines klar: Er würde viel Zeit brauchen, die Verletzung saß tief.

Dennoch schwebte er, wie seine „Untertanen" Patti und Toni fanden, förmlich in den Trachtenladen, den auseinanderzunehmen sie sich eingefunden hatten. Pattis Gesicht wirkte angespannt, wie ihr Kollege Scarpone bemerkte.

„Carmine kommt noch vor Weihnachten wieder nach Hause", gestand sie ihm, der ihr fragend und mitfühlend in die Augen schaute.

„Ich spüre, dass irgendetwas anders ist, und das geht weit über seinen neuen Rang als Maresciallo hinaus!" Toni fand nicht so schnell eine passende Antwort, deswegen versuchte er abzulenken.

"Patti, ich denke, ich habe jetzt genug Dienstjahre gesammelt und werde nun zum neuen Brigadiere, wäre das für dich ein Problem?"

Die Carabiniera musste nun lachen und nahm den Noch-Appuntato kurz in die Arme. Ihr Chef bemerkte das gar nicht und wühlte sich bereits durch Kisten mit Accessoires, während die Besitzerin des Ladens, Silvia Silla, mit verschränkten Armen und miesepetrig daneben stand.

Offenbar hielt sie ihre Therapie, die sie ambulant durchführen konnte, durch, doch sie sah müde und abgekämpft aus. Die glanzlosen Augen lagen tief in den Höhlen, ihre Mundwinkel mit kaum sichtbaren Lippen nach unten gezogen, die Haut großporig und grau.

Silvia Silla, einst eine taffe Geschäftsfrau, schien um Jahre gealtert, unter den früher stets goldblond gefärbten Haaren war deutlich mehr als der Ansatz mausbraun herausgewachsen, sie trug billige Kleidung von irgendeinem Trashmodeanbieter und hatte die Arme fest um ihre magere Taille geschlungen. Sie roch zwar nicht mehr nach Alkohol, dafür nach kaltem und unangenehmen Schweiß. Patti zuckte das Näschen und dann nahm sie sich die Dirndl Dessous vor, während sich Toni in der Lederhosenabteilung zu schaffen machte. Die eine oder andere zog er heraus und hielt sie an sich, musterte sich im Spiegel und machte sich seine Gedanken.

„Die können Sie gar nicht bezahlen, denken Sie nicht einmal daran", giftete die Ladenbesitzerin. Toni fühlte sich ertappt, ärgerte sich über die Arroganz der alten Frau, sagte aber nichts. Patti lächelte ihn dafür spitzbübisch an und hielt sich wie aus Protest einen Spitzen-BH mit Minigamsbärten auf der Höhe der Brustwarzen an, sie kicherte.

Auch da konnte sich Frau Silla keines Kommentars enthalten.

„Wir Trachtenmodenliebhaber sind nicht so spießig, wie ihr jungen Leute immer denkt, ich verkaufe auch Reizwäsche", und schien Anstalten zu machen, diese hervorzukramen. Was weder den Maresciallo noch seine beiden Carabinieri besonders interessierte.

„Bitte nichts anfassen, solange wir hier noch beschäftigt sind", befahl der Chef, dem das Gezicke der Geschäftsinhaberin langsam auf die Nerven ging.

„Guardate, amici, na, da schau her", rief da Appuntato Toni Scarpone und hielt ein luxuriöses Smartphone in der Hand. Es steckte in der Vordertasche einer ebenso teuren Trachtenlederhose. Toni streckte es mit seinen behandschuhten Händen in die Höhe und fragte Silvia Silla direkt:

„Gehörte das Ihrem Mann?"

Silla nickte nur, und beobachtete, wie der junge Mann nun auch noch eine Zahl hinten auf dem Gerät eingekratzt, vorlas. "4711", gab er bekannt. „Wenn das mal nicht der Pin-Code ist". Er gab ihn ein, es dauerte ein wenig, diverse Toneinheiten waren zu hören und dann war das Gerät startbereit. Denn erstaunlicherweise war der Akku des Geräts noch nicht völlig leer, es hatte noch über zehn Prozent und somit für eine rasches Überfliegen in der Lage. Scarpone starrte Silvia Silla böse an und stieß hervor:

„Das Passwort haben Sie wohl notiert, Sie haben doch bestimmt sämtliche Nachrichten gelesen. Sie müssen viel wissen. Warum haben Sie uns das alles vorenthalten?"

Die Witwe blitzte nur wütend durch geschlossene Lider, verschränkte die Arme fest unter der Brust und presste die Lippen aufeinander. Sie zog es vor, zu schweigen.

Das Smartphone enthielt bei einer ersten schnellen Durchsicht ausschließlich Nachrichten von Benno, Silvia, Gianni und einer Violetta. Eingerichtet war auch eine App für ein italienisches Partner Portal, ausschließlich für homosexuelle Männer.

Es hieß „Casanova Rosa".

Angemeldet war Robert dort als „Bernie Morgenlatte" und schrieb sich mit Violetta private Nachrichten. Toni las alles vor und amüsierte sich dann, bevor der lang gesuchte elektronische Zeuge in der KTU im Detail untersucht werden konnte.

„Das müsst ihr noch hören", meinte der Appuntato, „da ist eine Adresse in Schenna, Verdinserstraße, Physiotherapeut Andreas Müller, Inhaber der „Praxis für kreative Leibtherapie."

„Den Namen kennen wir doch", stellte seine Kollegin Patti fest.

Silvia Silla sah nun keinen anderen Ausweg mehr, als endlich die Wahrheit zu sagen, und erklärte.

„Ich habe, als Robert wieder hier einzog, diesen Namen auf dem Boden gefunden als selbst gemachte, billig ausgedruckte Visitenkarte und mit meinem Handy abfotografiert. Ich wollte der Adresse nachgehen, hatte es dann aber vergessen."

Alle drei Polizisten sahen sich an. Hatte Silla eben nicht zugegeben, diesen Mann, der wahrscheinlich der Mörder ihres Mannes war, gekannt zu haben?

Sie mussten schleunigst zu dieser Adresse, würden in dieser Zeit Signora Silla überwachen lassen. Wieder jemand in diesem Fall, der sich heimlich davon machte, brauchten sie ganz sicher nicht.

Franco Marini reizte ihre ablehnende Haltung: „Warum haben Sie uns nicht gesagt, dass Sie Roberts Privathandy in Ihrem Laden versteckt hielten und haben Sie es durchsucht?"

Silvia wurde blasser und sackte förmlich in sich zusammen. Schließlich antwortete sie:

„Weil es kompromittierendes Filmmaterial über mich enthält, wie zum Beispiel eine völlig betrunkene und lallende Silvia, die sich sogar eingenässt hat oder einen grausigen Wutanfall. Robert wollte das eventuell vor Gericht verwenden. Als ich ihn wegen des Pelzmantels ausgelacht habe, rastete er aus, und zeigte mir die Filme. Dann probierte er den Mantel an, drehte und wendete sich vor dem großen Spiegel in der Halle unseres Hauses – das war eine gute Gelegenheit, das Gerät verschwinden zu lassen. Später nahm ich es mit ins Geschäft." Sie hatte also doch alles durchgeschaut.

„Aber warum haben Sie nicht alles gelöscht, Frau Silla, das wäre doch das Einfachste gewesen?", wiederholte Toni Scarpone.

Die ertappte Frau wand sich sichtlich.

„Ich wollte es ja – doch ich habe es einfach nur ausgeschaltet, und ich bekam es nicht wieder an, zefix.“

Die letzten Worte hatte sie geschrien und nun liefen ihr Tränen der Wut über die eingefallenen Wangen. Dann stotterte sie den eigentlichen Grund, der ihr sichtlich peinlich war: „Außerdem wusste ich nicht, wie das bei diesem hochmodernen Ding geht. Und sechshundert Euro wirft man nicht einfach so in die Passer.“ Sie stampfte mit dem Fuß auf.

Patti Mayrhofer konnte es nicht glauben, nichts wäre einfacher gewesen als das, daher drängte es sie mit aller Macht hinaus an die frische Luft und zur Adresse in Schenna, doch sie wollte noch eines wissen: „Wie gut kannten Sie denn eigentlich Andreas Müller, Frau Silla?“

Die Witwe hatte sämtlichen Ausdruck aus ihren Augen verloren, aus dem man hätte etwas lesen können. Tonlos flüsterte sie mehr, als sie sprach: “Gar nicht, ich weiß nicht, wer das ist.“ Dann verließen sie und die Polizei ihr Geschäft, das sie hinter ihnen schloss, fast schon symbolisch. Sie würde es nicht wieder öffnen. Traudl Fera hatte ohnehin das Weite gesucht und war bei der Konkurrenz untergekommen.

# KAPITEL SECHSUNDZWANZIG

Während der Dienstalfa mit allen drei Carabinieri mit Blaulicht über die Postbrücke düste und die Cavourstraße entlang in Richtung verschneites Schenna raste, schaue sich Patti auf dem Rücksitz das inzwischen teilweise aufgeladene Handy genauer an, bevor es endgültig in die KTU ging. Sofort nahm ihr Gesicht einen ernsten Gesichtsausdruck an.

„Also, ich guck" jetzt die Chats und die Freundesliste durch, all zu groß scheint sie mir nicht zu sein", erklärte sie und hoffte, hier endlich eine richtige Spur gefunden zu haben.

Die Polizistin öffnete den Chatverlauf mit Violetta. Sie entpuppte sich als Violetta Fliederbusch, das konnte kein Zufall sein. Bernie hatte als Profilbild Kaiser Franz-Josef, Violetta ein Porträt Frida Kahlos.

Wo sie wohnten, gaben sie nicht zu, nur, dass es Italien war.

Anfangs hatte man sich nur selten geschrieben. Im Frühling dieses Jahres gab es mehrere Kommentare von ihr bei Bernies Musikposts. Sie gefielen ihr, hatte sie doch ein Faible für Soulmusik der 1960er-Jahre und auch für Opern. Dadurch waren sie sich näher gekommen. Violetta hielt Bernie, einen angeblichen Adeligen, für reich, für sehr reich und erzählte von ihrer Vorliebe für Juwelen und Schmuck.

Patti staunte immer wieder zwischendurch über Roberts wirklich makelloses Italienisch, manchmal musste sie Worte nachschlagen. Violetta machte gelegentlich putzige Grammatikfehler, die Robert korrigierte. Darauf gestand ihm die Chatpartnerin, gar keine Italienerin zu sein, mehr jedoch nicht. Sie flirteten miteinander, kokettierten mit erotischen Vorlieben. Alles virtuell, keine Hinweise auf ein echtes Treffen.

Dann war Violetta-Andreas plötzlich verschwunden, nicht ohne vorher noch eine reichlich angefressene Nachricht über die treulose Tomate Bernie zu hinterlassen. Vielleicht hatten sie zwischendurch auch über WhatsApp-Kontakt, überlegte Mayrhofer. Dann schrieb Robert-Bernie auf einmal, er wäre nun glücklich liiert. Danach passierte eine Runde gar nichts. Im Herbst postete er wieder verstärkt, nur depressive Musik und düstere Bilder.

Violetta wurde aufmerksam und schrieb ihn an. Bernie ließ nicht viel raus, nur, dass alles sehr schwierig geworden wäre und er sich weder auf den Winter noch auf das kommende Jahr freuen würde. Violetta bekannte sich als Winterhasserin und so kamen sie sich wieder näher. Wirklich interessant wurde es dann Ende Oktober. Die beiden chatteten wild und eindeutig miteinander, schließlich outeten sie ihre Adressen. Unfassbarerweise wohnte die eine in Tscherms, die andere in Verdins. Violetta jedenfalls gab sich überrascht. Patti war sich nicht so sicher, ob Andreas Müller, von dem sie wussten, dass er sich Violetta

Fliederbusch nannte, nicht schon lange bekannt war, mit wem er da chattete und vielleicht dafür beauftragt worden war.

Sie verabredeten sich an der Bushaltestelle. La Fliederbusch hatte von dem tollen Sonnenuntergang gehört, und diese Stelle in Prissian war einer seiner, wie er schrieb, Lieblingsorte.

Sie versprach, sie würde Bernie einen unvergesslichen Abend bereiten. Sie fragte auch, ob der reiche Adelige seinen einzigartigen Siegelring dabei hätte, von dem er erzählt hatte. Der letzte Eintrag war: „Bis nachher."

Der Alfa war jetzt in Schenna und sie suchten nach der Hausnummer.

Toni las die einzelnen Nummern vor. Nichts.

„Ich finde hier keine Praxis, kein Schild, nichts. Eine Nummer 31 gibt es auch nicht. Ich schätze, das war reine Fantasie, eine Briefkastenfirma. Aber schaut mal, wer uns da entgegenkommt!", rief er erfreut.

Maresciallo Marini hielt den Alfa an und bediente den Fensterheber. Schneeflocken wirbelten ins Auto. Vor ihnen standen Isabel Grüner und Thomas Prinoth, Eugen bellte ein paar Laute zur Begrüßung.

Aus dem Font des Wagens winkte ihm Tierfreundin Patti zu und rief vernehmlich: „Huhu, Eugen, hilfst du uns heute wieder?"

„Wir wollten uns nicht damit zufrieden geben, dass eure Leute hier oben keinen VW-Bus gefunden haben, ich weiß einfach, dass er hier sein muss", meinte die Kommissarin, die Moonboots unter ihrem dicken Wintermantel trug. Ihre finnische Wollmütze passte überhaupt nicht, aber das war unter diesen Umständen wirklich egal.

„Wir fahren euch hinter her", bestimmte der Chef der

Carabinieri, der in seiner Magengegend ein Grummeln verspürte. Aus Erfahrung wusste er, dass dies nichts Gutes bedeutete.

„Vielleicht ist der Bus ja auch gar nicht direkt in Verdins, sondern ein wenig außerhalb", überlegte Prinoth.

„Hinter der Seilbahn?", schlotterte Toni Scarpone, dem durch das geöffnete Fenster eisige Winterluft entgegenschlug. Prinoth war auch jahreszeitgemäß gekleidet, er trug Wanderstiefel und eine dicke Strickmütze. Eugen war endlich wieder nicht mehr miesepetrig. Er mochte Schnee und außerdem würde er bald in einer WG mit seiner Liebsten sein, er war ein Glücksdackel.

Sie fuhren durch ein regelrechtes Schneegestöber langsam ein Stück die Verdinser Straße hinauf. Nirgendwo war ein T1 oder ein stallartiges Gebäude zu sehen. Als sie jedoch hinter der Seilbahn nach einer Kehre im Wald den Weg entlang schlichen, entdeckten sie einen versteckten Verschlag. Neben ihm war kaum sichtbar ein alter und kaputter Ziegenstall und Unterstand gegen den Regen.

Allen Polizisten klopften die Herzen und sie stiegen komplett aus ihren Fahrzeugen aus. Das wollte sich niemand entgehen lassen.

Sofort nahm Eugen Witterung auf und zog an seiner Leine mit einer Kraft, die ihm keiner zugetraut hätte, noch nicht einmal sein Besitzer, Polizeichef Matthias Ohnewein. Als Thomas Prinoth die verrostete Tür des Unterstands zurückschlug, stand dort ein wunderschöner, gepflegter Oldtimer VW-Bus, ein T1, mit dem Berliner Kennzeichen B-US-42.

Eugen fing an, verrückt zu spielen. Der Kommissar gab ihn an die Tierflüsterin Patti Mayrhofer, doch der Hund war nicht zu beruhigen. Alle waren auf der Hut, hier müsste etwas passiert sein. Marini und Toni öffneten vorsichtig die große Tür neben der Fahrerkabine. Sie war nicht verschlossen. Das Tier begann einen Veitstanz aufzuführen, weswegen Isabel Grüner es entschlossen aufhob und festhielt, obwohl sie keine Hunde mochte, wie jeder wusste.

Prinoth staunte wieder einmal über ihre augenfällige Kraft, doch viel Zeit zum Staunen blieb ihm nicht, denn er fand eine Leiche vor.

Auf dem edlen Pelzmantel von Silvia Silla lag reichlich angegammelt Andreas Müller in einem fliederfarbenen Abendkleid, eine pinke Federboa um den Hals. Es roch nicht gut, und alle Polizisten hielten sich Taschentücher vor die Nasen. Eine Spritze, ebenfalls auf dem Pelz, gab eine Vorahnung dessen, was passiert sein könnte. Während Patti Lukrezia di Lorenzini herbeirief, guckten sich die anderen den Bus von innen ein wenig an.

„Sogar ein weiteres Messer liegt dort hinten“, erkannte Toni. „Was will ein Stricher mit so vielen Messern?“, fragte er sich. Isabel Grüner antwortete. „Vielleicht war er sich der Tatsache bewusst, dass seine Lebensweise nicht gerade ungefährlich war, und er wollte lieber bewaffnet sein. Gute Messer kriegst du locker überall, auch übers Internet. Dazu brauchst du noch nicht einmal das Darknet.“

Wie lange werden sie mir das wohl noch unter die Nase reiben, fragte sich der Appuntato, und hielt sich die seine fester zu. Der Gestank, der Eugen zum Tier machte, war kaum zu ertragen. Dann packte er den Dackel in den Alfa, er würde wohl ein Beruhigungsmittel brauchen. Die SpuSi musste her, es konnte dauern, bis wegen der Wetterlage alle hier beim Fundort angekommen waren.

Zu den Kommissaren Prinoth und Grüner gewandt meinte Franco Marini: „Jedenfalls wissen wir jetzt, warum ihn keiner mehr gesehen hat. Für mich sieht das nach einem Goldenen Schuss aus." Die Kommissare nickten, Toni und Patti fuhren den Hund weg. Im Bus, eingerichtet wie ein fahrendes Bordell, lag Müllers Handy. Es würde hoffentlich, ähnlich dem Sillas, die Geheimnisse dieses Mordfalls lösen.

# KAPITEL SIEBENUNDZWANZIG

Der kriminaltechnischen Untersuchung und den Ergebnissen der Pathologie zufolge war Andreas Müller eindeutig der Mörder von Robert Silla. Die DNS-Spuren an der Tatwaffe stammten ausschließlich von diesen beiden Männern. Auch die erste Annahme über die Todesursache der „Violetta Fliederbusch“ wurde von Pathologin Prof. Dr. Lukrezia di Lorenzini bestätigt.

Sie legte den Tod auf vor vier Wochen fest und, dass Müller zum Zeitpunkt des Mordes wie das Opfer vollgepumpt mit Drogen und Alkohol war. So hatten zwar die warmen Tage nach dem ersten November, die in der Stadt mit höheren Temperaturgraden ausgefallen waren als hier oben, unterhalb des Hirzers die Verwesung beschleunigt, die kalte letzte Zeit den Körper dagegen gut bewahrt.

Außer dem Messer und der Spritze, in der sich noch die Reste von Heroin befanden, wurden im Bus Briefchen mit Kokain, sämtliche Habseligkeiten des Toten inklusive seiner Papiere gefunden, darunter die vermisste goldene Uhr und an der Hand der Siegelring Robert Sillas. Amüsiert hatten die KTU lila Kondome, die nach Lavendel rochen.

Schließlich ergab die detaillierte Untersuchung des mobilen Telefons, dass Müller zu keiner Zeit eine Verbindung zu Silvia Silla oder Mathilde Kirmair hatte.

Dies alles erzählte Kommissarin Isabel Grüner im Versammlungsraum des Präsidiums, ein Treffen, zu dem sie sogar Ex-Polizeichef Hubert Pixner eingeladen hatte. Das schriftliche Ergebnis und die Auflösung des Falls sollte anschließend als Pressemitteilung von der fleißigen Sekretärin Ursel verschickt werden. Glücklicherweise hatte der starke Schneefall am Tag des Leichenfunds die allgegenwärtige Presse verhindert, sodass keine unliebsamen Fotos im Netz die Runde machten.

„Der Chat über das Handy erklärt einiges, doch nicht alles. Einige Fragen bleiben unbeantwortet, zum Beispiel warum Müller überhaupt Silla getötet hat oder warum er nicht einfach zurück nach Berlin gegangen ist“, fasste Grüner zusammen.

Ihr Kollege Thomas Prinoth ergänzte: „Warum er den Schmuck überhaupt nahm, den wertvollen Ehering aber an der Hand ließ und erst einmal in der Schwulenbar in Bozen, nachdem er den Finger auf die Uferwiese geworfen hatte, Halloween feierte (dafür gibt es Zeugen), bleibt offen.

Wir nehmen an, dass alles im Drogenrausch geschah. Die beiden hatten Sex und haben sich dann ordentlich die Kante gegeben, wie wir wissen. Wahrscheinlich wollte Silla den Ring nicht hergeben, trotz Drogen, Müller kriegte das Messer her und zack ist es passiert. Dann schaffte er ihn aus dem Bus, die Spuren sind vorhanden, und fuhr in diesem Zustand unglaublicherweise noch bis nach Bozen.“

Er machte eine kurze Pause, die Maresciallo Marini nutzte.

„Oder Müller war lange nicht so berauscht, wie er tat. Barbiturate wurden beispielsweise bei ihm nicht gefunden.

Unsere geniale Gerichtsmedizinerin hat herausgefunden, dass in Silla deutlich mehr an Gift steckte als im Täter."

Marini lächelte Patti Mayrhofer und Toni Scarpone zu, die nun übernehmen sollten. Nach kurzem Blickwechsel zwischen den beiden führte der Appuntato, der sich auf seinem Weg zum Brigadiere sah, aus:

„Es muss ungeklärt bleiben, ob die beiden Witwen nicht doch den Mord in Auftrag geben haben, aber es ist nicht nachweisbar. Müller hatte Einnahmen auf seinem deutschen Girokonto, offenbar für virtuelle Dienste.

Überweisungen aus Italien lassen sich weder Silla noch Kirmair zuweisen. Keine Fingerabdrücke der Damen auf den Euroscheinen in seinem Bus. Nur, weil sie nicht in den Handy-Verbindungsnachweisen auftauchen, heißt das nicht, dass die Damen sich in der Realität nicht mit ihm trafen. Eventuell waren der Pelz und die goldene Uhr die Bezahlung. Eventuell arbeiteten die Frauen sogar zusammen, auf diese Idee kam übrigens Patti. Sie hat die beiden in trauter Zweisamkeit kürzlich Schlittschuhfahren gesehen," schloss Scarpone den Fall.

Letztere Erkenntnisse würden jedoch nicht in die Pressemitteilung aufgenommen werden, beruhigte Grüner und erlaubte sich, wie sie vornehm ausdrückte, alle Anwesenden plus derzeitige Lebensabschnittsgefährtinnen und -gefährten, Freundinnen und Freunde, Liebhaberinnen und Liebhaber, Gattinnen und Gatten etc. zu einem Kabarettabend am dritten Advent in den OstWestclub einzuladen. Sie würde dort als Victor und Victoria mit einem Programm zum Thema Gendern auftreten. Theater und Entertainment betreibe sie als perfektes Abwechslungs- und Entspannungsprogramm vom Job.

Die Tür öffnete sich und der neue Polizeichef Matthias Ohnewein trat ein.

„Darf ich auch mitfeiern?“, fragte er, Dackel Eugen an der Leine.

Ohnewein wurde umzingelt und begrüßt, er sah erholt und frisch aus, und erklärte, gestern zurückgekommen zu sein und gerade den Dackel nach Bozen bringen zu wollen. Er sei jetzt reif für neue Abenteuer, wobei er offen ließ, ob er sich oder seinen Hund meinte.

Ende

Viola Eigenbrodt
Schleiermacherstr. 20
71229 Leonberg
viola-eigenbrodt.de

Lektorat: Ingrid Hofmann
Endredaktion: Bernadette Offenberger
Klappentext: Edith Nebel
Porträtfotografie: Michael Karl

Cover: ePandora
Bildnachweis Cover
Landschaft: © Ulrich Stecker
Foto Dackel: depositphotos
© Gorlov, 274367536

Printed in Poland
by Amazon Fulfillment
Poland Sp. z o.o., Wrocław

28778765R00129